Aryeh Lev Stollman

Im Spiegel meiner Seele

Aryeh Lev Stollman

Im Spiegel meiner Seele

Im Spiegel meiner Seele

Roman

Aus dem Amerikanischen
von Gisela Stege

DROEMER

Originaltitel: The Illuminated Soul
Originalverlag: Riverhead Books, New York

Besuchen Sie uns im Internet:
www.droemer.de

Die Folie des Schutzumschlags sowie die Einschweißfolie sind PE-Folien
und biologisch abbaubar.
Dieses Buch wurde auf chlor- und säurefreiem Papier gedruckt.

Umschlaggestaltung: ZERO Werbeagentur, München
Umschlagabbildung: Photonica, Hamburg
Satz: Ventura Publisher im Verlag
Druck und Bindung: Ebner & Spiegel, Ulm
Printed in Germany
ISBN 3-426-19553-4

2 4 5 3 1

Noch im Alter tragen sie Frucht,
sind saftvoll und frisch.
Psalm 92,15

Für
Deborah und Samuel Stollman

und für
Laura Furman

Anmerkung des Verfassers

Dieser Roman ist reine Fiktion. Die geschilderten Ereignisse sind der Phantasie entsprungen, die handelnden Personen frei erfunden, sie sollen keine lebenden Personen darstellen. Wenn historische Persönlichkeiten bei ihrem richtigen Namen genannt werden, werden sie im Rahmen fiktiver Umstände genannt; der Leser sollte nicht den Eindruck gewinnen, dass diese Geschehnisse sich wirklich ereignet haben.

Die hier geschilderten Ereignisse, die das Zentralmuseum der ausgelöschten jüdischen Rasse in Prag betreffen und die Aktivitäten der Jewish Cultural Reconstruction Inc., beruhen auf historischen Fakten.

Gäbe es doch auf dieser Welt keine endgültige Trennung.
Arihara no Narihira,
»The Tales of Ise«

steine werden zu trauben
und feigen wachsen aus sand
Wandle zwischen lilien, du (kind) aus Israel,
in das Gelobte Land des sehnens
Hans Hartvig Seedorf,
»Ahasverus and the Plough«

Prolog

In letzter Zeit ist eine alte Freundin wieder aufgetaucht, eine, die ich vor langer Zeit geliebt habe. Sie erscheint, genau wie fünfzig Jahre zuvor, aus dem Nichts und aus dem Überall.

Ich sah sie in Manhattan, als ich in der Academy of Medicine sprach. Dann sah ich sie bei einer Präsentation wieder, die ich in Montreal veranstaltete. Seitdem ist sie auch nach Amsterdam und Rom, nach Jerusalem und Berlin gekommen.

Sie erscheint, wenn alle bereits sitzen, nachdem ich aufs Podium gekommen bin und zu sprechen begonnen habe. Mühelos gleitet sie durch dichte Menschenmengen und nimmt in einer der letzten Reihen Platz. Obwohl sie weit von mir entfernt sitzt, kann ich sie deutlich erkennen. Neulich, in Kyoto, wo ich vor langer Zeit ein Forschungsjahr verbracht habe, war der Vortragsraum besonders dicht besetzt. Da blieb sie lächelnd in der Nähe eines Ausgangs stehen.

Sie ist noch immer die wundervolle Erscheinung, die sie vor über fünfzig Jahren war, und bewegt sich mit derselben jugendlichen Eleganz. Ihre Haare sind noch immer rot und üppig, zuweilen locker hochgeschlungen, dann wieder zum Chignon gesteckt. Selbst in Innenräumen, in den dämmrigsten Hallen und Sälen, schimmern ihre Seidenkleider, Kleider, die damals in meiner Heimatstadt niemand trug, Kleider, die man nur in Zeitschriften oder Filmen sah, getragen von Damen, die von Luxusdampfern herab winkten oder in exotischen Badeorten posierten.

Wenn ich sie sehe, stocken mir für einen Moment die Worte. Sie wird mir gleich eine Frage stellen, die ich weder beantworten noch ertragen kann.

»Wasser?«, fragt mich jemand auf dem Podium. »Alles in Ordnung, Doktor?«
Ich wende mich zur Seite und flüstere: »Ja, ja, alles in Ordnung.«
Ich hantiere mit meinen Notizen. Wenn ich aufblicke, ist sie fort. Es stört mich nicht, dass sie ein Phantom ist. Der Zaubertrick eines alternden Gehirns. Ich bin dankbar, dass ich sie wieder sehen darf. Bei der Vorstellung, dass sie nach all dieser Zeit zu mir zurückgekommen ist, empfinde ich Freude.

Kapitel 1

Mein Fachgebiet ist das Gehirn.
Seit vierzig Jahren studiere ich die Windungen und Neuronenschichten, in denen die Vernunft und das Bewusstsein wohnen, sowie die myelinhaltigen Bahnen, die sich durch unseren Körper ziehen, damit wir unserer Welt begegnen und sie wahrnehmen können.
Im Laufe meiner Berufsjahre habe ich mehrere bis dahin unentdeckte Stränge im limbischen System des Menschen beschrieben, eine weit verzweigte, bogenförmige Struktur auf der inneren Oberfläche der Großhirnhemisphäre. Ich habe diese arkadenähnlichen Vorsprünge vom Fötus bis zum Erwachsenen verfolgt und ihren komplizierten Werdegang von Punkt zu Punkt im Schläfenlappen und darüber hinaus aufgedeckt. Außerdem habe ich eingehende und hoch geschätzte Arbeit auf dem Gebiet der vergleichenden Anatomie geleistet. Ich habe die äquivalenten Strukturen bei anderen Säugetieren und sogar bei Vögeln gesucht und stets gefunden. Sämtliche Geschöpfe Gottes haben mir über einander Erkenntnisse vermittelt. Wir sind alle Variationen eines Themas. Dass so unterschiedliche Lebewesen so vieles gemeinsam haben, sollte nicht überraschen, denn letzten Endes bilden alle Geschöpfe der Natur ein Kontinuum der Bewusstheit und eine Hierarchie des Geistes. Davon bin ich überzeugt. Wie sonst könnte der Psalmist verlangen: »Lobet den Herrn der Erde, wilde Tiere und häusliche Tiere, kriechende Würmer und geflügelte Vögel, Könige und irdische Herrscher«?

Meine allerersten Forschungen führte ich vor Jahren durch, indem ich endlose Stunden im Labor arbeitete, als würde jeder schwin-

dende Moment meines kostbaren Hier und Jetzt in dem sich ansammelnden Wissen und den unermüdlichen Untersuchungen irgenwie konserviert.
Es war eine wundervolle und überaus befriedigende Zeit für mich. Sie löste eine Schwermut ab, die mich lange Zeit bedrückt hatte, und der ich niemals entrinnen zu können glaubte.
Trotz all meiner schweren Arbeit und meiner anerkannten Erfolge auf dem Gebiet der Neuroanatomie kann ich immer noch nicht genau sagen, was diese Stränge wirklich tun. Ich würde gern glauben, dass sie Teil jenes geheimnisvollen Webstuhls sind, auf dem wir endlos weben, vor und zurück und wieder vor, ein Webstuhl, auf dem Erinnerung und Zeit auf höchst komplizierte und kompakte Art und Weise fixiert werden. In diesen Webmustern gibt es kein Vorher und Nachher mehr, nur eine große Gleichzeitigkeit festgehaltener Erfahrungen und ein verwegenes, wenn auch illusorisches Aufbegehren gegen die Zeit.
Aber das ist nur eine Vermutung.
Sicher dagegen ist, dass meine Arbeit mir schon früh eine feste Anstellung an einer angesehenen kanadischen Universität eingebracht hatte sowie ein zufriedenstellendes Maß an Anerkennung – nicht mehr und nicht weniger als das, was Tausenden von Wissenschaftlern für ihre jeweilige Arbeit zuteil wird.
Obwohl ich die Großtaten meiner frühen Jahre nicht zu wiederholen vermochte – nicht, dass ich es nicht versucht hätte –, schien es niemand zu bemerken, niemanden zu kümmern. Meine spätere Arbeit, die Arbeit mehrerer Jahrzehnte, war lediglich eine Wiederholung und Vertiefung meiner früheren Entdeckungen. Immer wieder habe ich Ähnliches bei noch einem weiteren Exemplar oder einer anderen Spezies gefunden. Das ist nicht ungewöhnlich für den Beruf eines Wissenschaftlers und wird häufig hinter weitschweifigen Lebensläufen und endlosen Runden von Gastprofessuren und Vorträgen bei internationalen Kongressen versteckt.

Mein ganzes Lebenswerk ist im Vergleich zu dem großer Pioniere ein schwacher Abglanz. Vor langer Zeit lehrte uns Ramón y Cajal, die geheimnisvolle Einheit der Myriaden von Wirbeltieren zu erkennen, der am fünften und sechsten Schöpfungstag entstandenen, mit Knochen begabten Lebewesen des Meeres, des Himmels und der Erde. Wieder andere, darunter Purkinje, His und Golgi, haben die unendlichen Verästelungen des Nervensystems sichtbar gemacht, ihre Komponenten entdeckt und Ordnung in ihre Schemata zu bringen versucht, genau wie jene, die gen Himmel blickten, versucht haben, den Sternen und Galaxien hinter der Milchstraße Namen zu geben.

Manche sagen, diese Pioniere seien vom Glück gesegnet gewesen, weil sie begonnen hätten, als die Grenzen noch neu waren und es noch so vieles zu entdecken gab, wenn man nur richtig hinsah. Ich finde weder Trost in diesen Überlegungen noch eine Rechtfertigung für meine eigene Unzulänglichkeit und für alles, was ich nicht zu erreichen vermochte. Ja, ich glaube nicht daran, dass diese Überlegungen richtig sind. Wir stehen ständig vor neuen Grenzen, wir müssen nur klug genug sein, sie zu erkennen. Wenn wir die eine überschritten haben, taucht urplötzlich eine weitere auf. Das, was wir im Lauf unseres Lebens erfahren, wird immer nichts sein im Vergleich zu dem, was noch zu entdecken bleibt. Die himmlischen Heerscharen in den höheren Regionen, deren Augen so viel weiter sehen als die unseren, singen in ewig staunender Verwunderung: »Wie grenzenlos sind Deine Werke!«

Allein schon auf Grund der Natur meiner anatomischen Arbeit habe ich die theoretischen kognitiven und phänomenologischen Aspekte des Verstandes vernachlässigt. Diese bilden eine zwar nicht wirklich von den anderen getrennte, dennoch aber schwerer fassbare und imaginativere Wissenschaft mit eigenen, speziellen Methoden der Beobachtung und der Messung.

Weder in meinem Labor noch in meinen Träumen bin ich dem

Verständnis der wahren, inneren Funktionen, dem Geist nahe gekommen, der über allen Lebewesen schwebt. Was ist er?, frage ich mich. Ich weiß es nicht.

Dennoch bin ich nach einem langen akademischen Leben plötzlich gefragt, weil ich ein kleines Büchlein über eben jene Dinge geschrieben habe, die ich nicht weiß. Ich verfasste es in ein paar kurzen Monaten nach meiner Emeritierung, als ich mich von einer Operation erholte, die zu unangenehm war, um sie hier zu schildern, und nach der ich immer wieder auf dem Bauch liegen musste.

»Im Spiegel meiner Seele« ist freundlich bei jenen aufgenommen worden, die ihr Lob mit den Worten »anregende Provokation« umschrieben und das Buch ein »zum Nachdenken anregendes, verführerisches Märchen« nannten, »in dem die Seele von einer wunderschönen, kultivierten Frau dargestellt wird, einer Reisenden von großem Charme und hoher Gelehrsamkeit«. Andere haben es als »kultverdächtig« und »gottesleugnerisch« bezeichnet – obwohl ich das nicht für zutreffend halte –, ja sogar als »unglaubwürdig und intellektuell irreführend«. Solche negativen Beurteilungen waren glücklicherweise in der Minderheit und daher von geringer Bedeutung. International hat »Im Spiegel meiner Seele« einen phänomenalen und ganz und gar unerwarteten Erfolg verzeichnen können.

Ich weiß, es ist sowohl Hybris als auch Torheit, aber durch diesen Erfolg wurde mir eine gewisse Genugtuung zuteil, ja ich empfand sogar Stolz angesichts der Gewissheit, dass ich eine Spur meiner Existenz, oder besser noch ein wenig von meiner Imagination hinterlassen werde. Unser Leben und unsere Erinnerungen wären sonst nur etwas schnell Vergängliches.

Aber es gab auch Anerkennung anderer Art. Ich habe im letzten Jahr mehr Geld verdient als jemals an der Universität. Obwohl mir Geld bisher nicht viel bedeuete, muss ich gestehen, dass ich es im

Alter wunderbar finde, fast so, als würde ich einem lange geleugneten heimlichen Laster frönen.
Im letzten Jahr habe ich wieder ausgiebig zu reisen begonnen, nicht wie früher, als ich die verschiedensten Universitäten und Institutionen besuchte, wo ich Vorträge über meine limbischen Stränge mit ihren Synapsen, Relais und Feedback-Schleifen hielt oder weitschweifig meine Forschungsmethoden erläuterte. Nein, meine Proben und anatomischen Objektträger habe ich endgültig beiseite gelegt. Heute reise ich, um über mein kleines Büchlein zu sprechen. Die Menschen fragen mich, ob ich diese endlosen Tourneen nicht ermüdend fände. Nein. Ich finde sie begeisternd.
Das Publikum, das kommt, um mir zuzuhören, fasziniert mich und schmeichelt mir. Jede Versammlung von Individuen, ob in Universitäten, Buchhandlungen oder Stadthallen, wird selbst ein einziges großes, lebendes Gehirn mit einem Meer von flüsternden Gedanken und Wünschen, ohne definitives Zentrum und dennoch mit einem unverkennbaren Gemeinschaftswillen. Die Menge wird zu einem großen Ich, das aus zahlreichen kleineren Ichs besteht. Inmitten dieser Menschen habe ich ein seltenes Gefühl des Dazugehörens, das überaus angenehm und tröstlich wirkt. Ich sehe sie und fühle mich ihnen, obwohl sie mich an Zahl weit übertreffen, eng verbunden. Zur selben Zeit habe ich ein merkwürdiges Gefühl der Distanziertheit. Wer bin ich für diese Menschen? Was habe ich mit jenen anderen zu tun, von denen zu hören sie gekommen sind, den Personen in meinem kleinen Buch? Die Seele und die Freunde, die ich ihr beigegeben habe, sind losglöst, sind von mir getrennt. Ich kenne sie kaum noch.
Ich gebe die übliche Vorstellung. Ich lese von den einzigartigen Gewohnheiten der Seele und ihrer großen Gelehrsamkeit, von den weltlichen Reisen ihrer Jugend und von den Boten, die im Alter

ständig zu ihr kommen, um an ihrer Weisheit und ihrem Wissen teilzuhaben, und die erfahren wollen, wer sie ist.

Anschließend erkläre ich meine Theorie, oder eigentlich meine Intuition, denn ich kann sie nicht beweisen und werde sie wohl auch niemals beweisen können. Ich glaube nämlich, dass all unseren individuellen und sich summierenden Gedanken, unseren unterschiedlichen menschlichen Bestrebungen und Kulturen, den von uns verehrten Literaturen und für uns begreiflichen Naturwissenschaften ein vereinendes Schema zu Grunde liegt, eine Struktur, zu umfassend und zu subtil, um von uns erkannt zu werden. Dieses Schema spiegelt die Anatomie unseres Gehirns und wird in ihm gespiegelt, die Anatomie des Gehirns, aus dem alle Erfahrungen erwachsen müssen und mit dessen Hilfe alle Dinge wahrgenommen und gespeichert werden.

Wenn ich mit meiner Lesung fertig bin, beginnen die Fragen.

Das Publikum, auch sei es noch so gebildet, erkundigt sich nicht etwa nach meiner Theorie, nein, die Zuhörer fragen meistens nach *ihr*, der Seele. Sie ist geheimnisvoll, zuweilen Trost spendend, und letzten Endes unerreichbar. Die Seele besitzt alle Eigenschaften, die bewirken, dass man sich in sie verliebt, die Vertrauen erwecken und uns größte Freuden bringen, aber auch tiefstes Leid zufügen können.

Die Zuhörer stellen Fragen nach den Vignetten, den Dialogen und den zahlreichen Illustrationen, die ich mir ausgedacht habe, als sei das alles ein von mir beabsichtigtes Symbol oder ein Erinnerungsbild. Sie drehen und wenden immer wieder jedes Wort und jeden Ausdruck so eifrig wie in den *Midraschim*, den uralten und verwickelten Bibelkommentaren, für die ich mich erstmals in meiner Jugend interessiert habe, und die dann allmählich mein Denken bis hinein in meine rein wissenschaftlichen Arbeiten beeinflusst haben. Die Zuhörer entdecken Verbindungen, die mir nie in den Sinn gekommen wären und deren Existenz ich bezweifle, obwohl eben diese Gedankengänge vermutlich meine Theorie eines zu Grunde liegenden Schemas und Strukturgefüges beweisen.

»Wenn die Seele mit ihren Freunden den Fluss hinab segeln, warum navigieren sie nach der Bewegung der verschwindenden Wolken? Warum nicht nach den Sternen oder den Konturen der Ufer?«

»Kann die niemals nachlassende Sehnsucht der Seele von ihren Freunden gestillt werden? Wonach sehnt sie sich?«

»Ihre Menagerie ist entzückend, aber warum ist die Zaubergiraffe ihr Lieblingstier? Warum nicht Salomons Bienen, das liebeskranke Einhorn oder der wandelnde Fisch? Wie hat sie ihre Sprache gelernt?«

»Ist es tatsächlich möglich, dass sie in diesen tropischen Breiten das Nordlicht erscheinen lassen kann?«

Dass meine Phantasiewelt für andere so real ist, macht mich zuweilen schwindlig, desorientiert. Die festgesetzte Zeit ist schnell vorüber. Ich bleibe, um noch eine weitere Frage anzuhören. Das vermittelt den Eindruck, dass ich den unersättlichen Zuhörern noch etwas schenke, obwohl sie es sind, die mir einen zwar flüchtigen, aber dringend benötigten Gefallen tun. Das alte Sehnen, das beim Erscheinen meiner alten Freundin jedes Mal aufflammt, nimmt dann wieder ab.

Wenn ich fertig bin, fragt mich mein Bruder Asa, der mich auf Reisen stets begleitet: »Bist du müde, Joseph? Ich hab's an deiner Stimme gemerkt.« Seine Miene ist angespannt und beunruhigt. Nach all diesen Jahren einer unsicheren und hinausgezögerten Aufschubs ist er blind.

Ich weiß, was Asa denkt. Was soll aus ihm werden, wenn ich nicht mehr bin? Wie wird er es ertragen, allein zu sein?

Asa ist wie ein Kind geblieben, sogar im Alter noch voller Angst. Aber er hat Geduld gelernt.

In einer Hand hält er meinen Aktenkoffer, in der anderen seinen weißen Stock. Er wiederholt seine Frage nicht, obwohl ich immer eine Weile brauche, bis ich etwas sage. Er wartet auf meine Antwort.

Ich nehme ihm den Aktenkoffer ab und ergreife seinen Arm.

»Nein, Asa, keine Sorge! Es geht mir gut.«

Kapitel 2

Es war Juni, wenige Jahre nach dem Zweiten Weltkrieg, da tauchte in unserem kleinen Grenzstädtchen Windsor in Ontario eine Fremde auf. Sie kam während des Wochenabschnitts *Beha'alotkha,* der seinen Namen von den ersten Thorazeilen hat, die an diesem Sabbat in der Synagoge gelesen werden: »Wenn du die Lampe anzündest.«

Sie war aus einer Laune heraus über die Grenze nach Kanada gekommen, wollte nur ein paar Stunden zu Besuch bleiben, und war dann auf Grund eines, wie sie später behauptete, dummen Missverständnisses ihrer Rechtsstellung unversehens hier gestrandet. Obwohl dieses Missverständnis für sie und für uns nur von geringer Bedeutung war, gab sie während der ganzen Zeit, in der sie bei uns wohnte, dennoch nie eine zufriedenstellende Erkärung für ihre scheinbare Nachlässigkeit in dieser Hinsicht ab, und uns kam es in unserer Naivität nicht in den Sinn, sie danach zu fragen. Schließlich war sie gebildet und alles andere als weltfremd dank ihrer erstaunlich vielen Reisen rings um den Globus und dank der Erfahrungen und Kenntnisse, die man durch derartige Unternehmungen zwangsläufig erwirbt.

Vom ersten Augenblick unserer Begegnung an waren wir verzaubert. Wir konnten unser Glück kaum fassen, und Glück wird, im Gegensatz zum Unglück, nur selten in Frage gestellt. Es war, als hätte ein himmlisches Wesen menschliche Gestalt angenommen wie die Engel, die vor Zehntausenden von Jahren zu Abraham geschickt wurden, in ihrer physischen Tarngestalt strahlender denn jeder Sterbliche, die Schwingen kaum von den Gewändern verdeckt und nichts als Segen und Wunder bringend. Solche Wesen können ihre Erscheinung auch nicht vollständig kontrollieren; in dieser Hinsicht sind ihre Kräfte begrenzt. Sie werden auf die ihnen zugewiesene Runde geschickt, um zu tun, was ihnen zu tun befohlen wird, und um uns zu lehren, was wir so verzweifelt dringend lernen müssen. Auch ist nicht jedermann würdig, diese Besucher zu empfangen oder sie auch nur zu sehen. Sie sind der sichtbare Beweis für Gottes Glorie und Majestät.

Später, als die Fremde wieder ging – und sie ging so unvermittelt, wie sie gekommen war –, standen wir um die Sonnenuhr in unserem Garten herum. Mit sanftem Blick, der von meiner Mutter zu meinem Bruder Asa und dann zu mir wanderte, erklärte sie uns, dass sie das Missverständnis, das sie in unser Leben hineingeführt hatte, keinen Moment bedauern werde. Trotz allem habe es ihr viel Freude gemacht, es habe ihr die Augen geöffnet, und sie werde unsere Freundlichkeit niemals vergessen.

Das alles sagte sie nicht nur, um uns aufzurichten oder um uns Kraft zu geben. Mit Sicherheit merkte sie, wie untröstlich wir waren, als sie uns verließ. Wir liebten sie – jeder auf seine Weise. Und jedem bricht das Herz nach seinen eigenen, persönlichen Gesetzen. Oft ist das, was wir glauben, einfach nur das, was wir uns wünschen, aber selbst nach dieser langen Zeit bin ich überzeugt, dass sie sich wiederum zu jedem von uns hingezogen fühlte, und dass alles, was sie sagte, aufrichtig gemeint war. Trotz ihrer kosmopolitischen, rastlosen Vergangenheit und unserer Kleinstadtmentalität glaube ich, dass sie in diesen Sommerwochen, die sie bei uns verbrachte, glücklich war.

Unsere Trennung schmerzte mich sehr. Manche Herzen wissen, dass sie heilen werden, andere jedoch, so wie das meine, fürchten, dass keine Heilung möglich ist. Dennoch aber weinte ich nicht. Ich wagte es nicht. Weil ich mich seltsamerweise schämte. Selbst beim Tod meines Vaters drei Jahre zuvor – und ich hatte meinen Vater innig geliebt – hatte ich keinen tiefen Schmerz empfunden. Damals weinte ich nicht. Ich durchlebte jene schrecklichen Tage, als könnte ich ein Lebewesen sein und doch niemals Gefühle haben. Deswegen hielt ich es nicht für richtig oder angemessen, jetzt zu weinen, da diese Fremde uns verließ. Ich fürchtete, die Tränen würden einmal als Zeugen gegen mich auftreten. Sie würden wie all unsere Taten in einem Reich jenseits menschlicher Erkenntnis gezählt, quantifiziert und in Gottes unendlichem Gedächtnis bewahrt werden, das, wie der *Midrasch* uns erklärt, mit der Substanz der Sterne selbst verwoben ist. Eines Tages würden dann diese unkindlichen Tränen wiederkehren und als glitzernder Vorwurf vor mit stehen, als ein deutliches Maß für meine unverhältnismäßige und unmäßige Liebe.

Meine Mutter und Asa weinten. Meine Mutter schluchzte und putzte sich mit ihrem weißen Leinentaschentuch die Nase.

Schließlich brachte Asa heraus: »Ach Eva, Eva ... warum verlassen Sie uns?«

Sie schwieg einen Moment; dann sagte sie: »Du wirst mir am meisten fehlen, Asa.« Bis zu dem Augenblick hatte auch sie nicht geweint, nun aber wurden ihre Augen feucht.

Sie zog ihm das große quadratische Tuch aus reiner blauer Seide vom Kopf, das sie ihm gegeben hatte, damit er seine Augen damit schütze. Es wehte zwischen ihnen wie ein Geist. Dann schob sie ihr Gesicht dicht vor das seine. »Und jetzt sieh mich genau an, Asa, damit du mich nicht vergisst!«

Asa sah sie sehr lange an, damit er sich immer an sie erinnern konnte.

Sie strich ihm das Haar zurück. Sein Gesicht war nass von Tränen.

»Wirst du mich auch niemals vergessen, Asa?«

Er schüttelte den Kopf. »Nein.«

»Niemals?«

»Niemals, Eva.«

Eine neue Welle der Verzweiflung stieg in mir auf. Mir kam der

Gedanke, dass das Weinen Asas schwachen Augen noch mehr schaden würde.

Eva küsste Asa auf die Stirn, drückte lange ihre Lippen darauf.

Sie segnet ihn, dachte ich. Ja, deswegen ist sie zu uns gekommen. Es ist ihr Abschiedsgeschenk. Hatte sie nicht schon früher spezielle Kräfte bewiesen, die Macht der himmlischen und irdischen Worte? Vielleicht wird Asa wieder perfekt sehen können! Dann wird er am Abend spazieren gehen und die Glühwürmchen sehen.

Das stimmte natürlich nicht. Und doch, wenn ich zurückdenke, bilde ich mir ein, dass sie ihm irgendwie geholfen hat. Schließlich dauerte es viele Jahrzehnte, bis er sein Augenlicht vollständig verlor, und in dieser langen Zeit vermochte er trotz der ständig fortschreitenden Verschlechterung mit der verbliebenen Sehkraft wundervolle Dinge zu tun.

Schließlich umarmte sie Asa, dann meine Mutter und dann mich, einen nach dem anderen, langsam und zärtlich – dann war sie fort.

Kapitel 3

Kapitel 3

Nicht lange, bevor die Fremde zu uns kam und bei uns wohnte, hatte ich mich auf ein für einen Jungen bedeutendes Unterfangen eingelassen und mich auf die Wochenabschnitte aus der Thora vorbereitet, die in jenem Sommer in der Synagoge vorgelesen werden sollten. Ich war vierzehn. Rabbi Kremlach erbot sich, mir zehn Dollar pro Woche zu bezahlen, damals eine enorme Summe. Wegen der unglücklichen Lage meiner Familie und unserer Finanzprobleme wollte mir der gutherzige Rabbi mehr bezahlen, als es normalerweise üblich war.

Mr. Zubrovsky, der reguläre B*a'al koreh*, wollte im Alter von vierzig Jahren zum ersten Mal heiraten. Die Hochzeitsreise mit Iris May, seiner frisch Angetrauten, sollte ins Heilige Land gehen. Alle Mitglieder der Gemeinde redeten über diese aufregenden Reisepläne und meinten, Mr. Zubrovsky müsse es ja sehr gut gehen, wenn er sich einen solchen Trip leisten könne. Den eigentlichen Lebensunterhalt verdiente sich Mr. Zubrovsky als Buchhalter und arbeitete in dieser Eigenschaft für mehrere Klienten im Reichenviertel Walkerville. Nach der Hochzeit, die in der Synagoge gefeiert werden sollte, wollten die Zubrovskys den Abendzug nach New York nehmen. Dort wollten die Jungvermählten mehrere Tage im berühmten »Waldorf-Astoria-Hotel« verbringen. Im Anschluss an die Besichtigung der Sehenswürdigkeiten der großen Stadt wollten sie an Bord eines Ozeandampfers gehen und mit Zwischenstopps in Marseille und Piräus bis Haifa in einer Luxuskabine reisen.

Ich schlug all diese Städte in meinem Weltatlas nach. Asa, der zehn Jahre alt war, saß neben mir. Angestrengt betrachtete er die Seiten. Dann wandte er sich zu mir um.

»Joseph, meinst du, Mom würde auch mal mit uns auf einem Ozeandampfer fahren?«

Das glaubte ich nicht. Mein Vater, ein Anwalt, war vor seinem Tod mehrere Jahre lang krank gewesen. Wir hatten kein Geld für einen Luxus wie Ozeandampfer, aber den flehenden Ausdruck auf dem Gesicht meines Bruders konnte ich nicht übersehen.

»Ja, Asa. Bestimmt wird sie das.«

»Wir fahren nie irgendwo hin, wo's interessant ist, Joseph. Meinst du wirklich, sie wird mit uns auf einem Ozeandampfer fahren? Ehrlich?«

»Ich weiß es nicht. Eines Tages vielleicht. Das ist sehr teuer.«

»Wann wird sie mit uns fahren? Bevor es zu spät ist? Wird sie bald mit uns auf einem Ozeandampfer fahren?«

»Ich weiß es nicht, Asa. Vielleicht wirklich bald.«

Mit der in jener Zeit üblichen höflichen Übertreibung wurde Iris May von allen »das bezaubernde Mädchen aus Toronto« genannt, obwohl sie ein oder zwei Jahre älter war als Mr. Zubrovsky, und es wurde gemunkelt, dass sie früher einmal sehr kurz und unglücklich verheiratet gewesen sei. Iris May erinnerte mich an meinen Vater in den Monaten vor seinem Tod, als er erschreckend abgemagert war, mit fahler, gelblicher Haut, und nach Mandeln zu riechen begann. Iris May war nicht krank, und sie roch auch nicht nach Mandeln, aber meine Mutter erklärte uns, dass sie ein mäkelige Esserin sei und wegen ihres »künstlerischen Temperaments«, nun ja, ein klein wenig zerstreut.

Iris May gab am Royal Conservatory of Music in Toronto Klavierunterricht und war, wie meine Mutter traurig betonte, »eine *Voll*waise ohne Eltern und Geschwister«. Darin unterschied sich Iris Mays Unglück von Asas und meinem und verkörperte für uns Jungen somit die Mahnung, die guten Dinge in unserem Leben nicht zu übersehen. Asa und ich hatten wenigstens noch eine

Mutter, und wir hatten auch einander. Wir standen nicht allein auf der Welt.

Weil Iris May keine unmittelbare Familie hatte, wurde die Hochzeit in Windsor gefeiert statt in Toronto. Mr. Zubrovskys Eltern engagierten meine Mutter als Köchin. Seit Jahren schon hatte meine Mutter für die praktizierenden Mitglieder unserer Gemeinde Kuchen und Torten gebacken. Kürzlich hatte Isabel Kremlach dann vorgeschlagen, es mal mit Catering zu versuchen. »Du kannst doch so gut kochen, Adele. Warum machst du nicht Gebrauch davon?«

Und bevor sie sich's versah, wurde meine Mutter für zwei große Ereignisse engagiert, für die Zubrovsky-Hochzeit Mitte Juni und wenige Wochen später für den Women's Summer Luncheon der *Misrachi*.

»Ich werde fleißiger sein müssen als je zuvor, Kinder«, erklärte sie uns. »Hoffentlich kann ich das alles auch schaffen.«

Fast fünfzig Gäste nahmen an der Hochzeit der Zubrovskys teil. Es wareen nicht nur bestimmte Mitglieder der Synagoge eingeladen, sondern auch mehrere nichtjüdische Klienten von Mr. Zubrovsky. Sowohl wegen ihres neuen Geschäfts als auch wegen des guten Rufs unserer Gemeinde wollte meine Mutter einen guten Eindruck machen. Sie arbeitete in der Küche der Synagoge, wo sie das Hochzeitsmahl, das im Gemeindesaal stattfinden sollte, zunächst genau plante und dann zubereitete. Es gab einen Salat »nach dem Hauptgang«, wie es nach Meinung meiner Mutter die »französische Art« war. Zum Dessert machte sie Kompott mit Löffelbiskuits.

Meine Mutter sorgte sich um alle Details, die schief gehen konnten. Der Hauptgang durfte erst am Morgen der Hochzeit zubereitet werden, damit die Speisen nicht schlecht wurden. Das Hühnerfleisch konnte zu kurz oder zu lang gegart sein. Wenn die Bratkartoffeln nicht zeitgenau fertig wurden, würden sie nicht mehr knusprig sein und weich werden. Und das Kompott konnte ohne die richtige Menge Zitrone grau werden Zu viel Zitrone dagegen würde es zu sauer machen.

Noch mehr Arbeit bekam meine Mutter, weil Iris May schon einige Tage vor der Hochzeit aus Toronto kam und bei uns wohnte. Obwohl das »Bali Hai« nur einen Katzensprung von der Synagoge entfernt lag, fürchtete sich Iris May, allein in einem Hotel abzusteigen, und bei Mr. Zubrovskys Eltern konnte sie nicht bleiben. Charles Zubrovsky bewohnte ein Appartement im ersten Stock seines Elternhauses, und Braut und Bräutigam durften sich in der Woche vor der Hochzeit nicht sehen.

Meine Mutter bat mich, ihr beim Putzen des großen Sonnenzimmers im oberen Stock zu helfen, das wir gewöhntlich an Pensionsgäste vermieteten, das aber, nachdem der alte Mr. Applewine, unser letzter Untermieter, plötzlich verstorben war, seit Monaten leer stand. Obwohl die ganze Zeit über niemand dort geschlafen hatte, bezog meine Mutter jede Woche das Bett frisch, »für den Fall, dass unerwartet jemand kommt«.

Zwei Tage vor der Hochzeit verbrachte meine Mutter stundenlang mit den Anproben von Iris Mays Brautkleid. Dabei handelte es sich nicht um eines dieser reich verzierten weißen Kleider, die jüngere Bräute zu tragen pflegen, sondern um ein langärmeliges Leinenkostüm in einem bräunlichen Violett, das Iris May in Toronto gekauft hatte und von dem sie immer wieder behauptete, es habe »das richtige Braun für meinen Teint«. Iris May war so zerstreut, dass sie vergessen hatte, ihr Kostüm entsprechend ändern zu lassen, bevor sie nach Windsor kam. Sie bemerkte ihren Fehler erst kurz vor der Hochzeit, als meine Mutter schon von der Kocherei überfordert war. Dennoch erklärte sich meine Mutter bereit, ihr mit dem Kostüm zu helfen.

»Aber du musst doch kochen, Adele.«

»Das muss ich, Iris May, aber ich werd's schon schaffen. Ich habe zwei nette junge Damen engagiert, die mir dabei helfen.«

»Schau, hier fühlt es sich ein bisschen zu bauschig an, Adele.« Mit gekrauster Stirn spähte Iris May in den alten Standspiegel, während meine Mutter schwerfällig um sie herum hantierte und Nadeln umsteckte.
»Das haben wir gleich. Nur keine Angst, Iris May!«
»Tut mir Leid, dass ich dich so belästige, aber ich habe Angst, dass ich zu dick aussehe.«
Meine Mutter hielt inne und stemmte die Fäuste in die Hüften. Über Iris May hinweg blickte auch sie in den Spiegel.
»Iris May, zukünftige Mrs. Charles Zubrovsky, du wirst niemals dick werden. Du bist die reinste Bohnenstange, so dünn bist du. Ich bin diejenige, die immer weiter zunimmt, vor allem bei diesem ganzen Kochen und Backen, mit dem ich beschäftigt bin. Aber ob du's glaubst oder nicht, früher war ich auch mal schlank, allerdings niemals so mager wie du. Du wirst wunderschön aussehen.«
»Na ja, hoffentlich. Ich bin so nervös.«
»Das ist normal, Iris May. Ich war auch nervös. Du fängst ein neues Leben an. Aber ich war so glücklich mit meinem verstorbenen Mann. Er fehlt mir immer noch jeden Tag.«
Iris May senkte ihre Stimme. »Ja, Adele. *Du* hattest Glück. Ich hab das Foto von deinem Mann gesehen. Er war sehr groß und sah gut aus. Aber ich habe eine schlechte Erfahrung hinter mir. Eine sehr schlechte.«
Meine Mutter überlegte einen Moment. Schließlich sagte sie liebevoll: »Na ja, der Blitz schlägt niemals zweimal ein, Iris May. Ich bin überzeugt, dass Mr. Zubrovsky weiß, wie er dich glücklich machen kann. Körpergröße ist schließlich nicht alles.«
»Ja, aber was ist, wenn ich auf unserer Hochzeitsreise seekrank werde? Ich war noch nie auf einem Schiff. Es heißt doch immer ...«
»Der Kopf ist stärker als der Körper, Iris May. Du musst dich nur zusammennehmen.«

Iris May senkte die Stimme. »Und wenn ich nun keine Kinder bekommen kann?«
Meine Mutter legte Iris May ganz leicht die Hand auf die Schulter. »Ich habe auch spät geheiratet, Iris May. Und als Asa zur Welt kam, war ich schon fast fünfundvierzig.«
»Das sage ich doch, Adele. Du hattest Glück.«

In jenem Jahr fiel der Sabbat *Beha'alotkha* mit dem Beginn der Schulferien zusammen. Meine Mutter war hocherfreut, dass Rabbi Kremlach mich gebeten hatte, Mr. Zubrovsky den Sommer über zu vertreten, und dass ich gleich zugestimmt hatte. Allerdings wurde die Freude meiner Mutter ein wenig gedämpft durch die Besorgnis, ich könnte mir zu viel zugemutet haben, und auch wegen meines, wie sie es nannte »allzu perfekten Perfektionismus«. Sie gab zwar zu, dass ich diese Eigenschaft eindeutig von ihr geerbt hatte, in meinem Fall, sagte sie, sei sie jedoch »völlig außer Kontrolle geraten«.
»Das ist eine wundervolle Gelegenheit, Neues zu lernen, Joseph«, erklärte sie mir. »Aber ich möchte nicht, dass du dich wieder so hineinsteigerst. Wie mit den Bestecken. Ich verstehe das nicht.«
Sie sprach von meiner jüngsten Angewohnheit, abends mehrmals die Küchenschubladen zu kontrollieren und nachzusehen, ob die Messer, Löffel und Gabeln unserer beiden Garnituren für Fleisch und Milchprodukte sauber und ordentlich eingeräumt waren. Selbst wenn ich sah, dass alles gewissenhaft erledigt war, fürchtete ich noch, dass irgend etwas durcheinander geriet, während ich die Schubladen behutsam schloss. Die einzige Möglichkeit, mich zu vergewissern, bestand darin, jede Schublade abermals zu öffnen und zu kontrollieren. Manchmal hielt ich mich eine halbe Stunde und länger mit den Schubladen auf, die ich immer wieder öffnete und schloss, um absolut sicher zu sein, dass alles in Ordnung war. Vorher konnte ich nicht zu Bett gehen und einschlafen.

»Ich versuche doch nur, im Haushalt zu helfen«, wandte ich ein.
Meine Mutter holte tief Luft.

»Also, ich weiß nicht, Joseph. Aber du brauchst nicht jede Woche die *Parascha* zu lesen. Rabbi Kremlach kann sie auch manchmal lesen. Die Kremlachs waren sehr freundlich zu deinem Vater, das werde ich niemals vergessen, und sie haben ihre eigenen Probleme, aber bei allem Respekt, Rabbi Kremlach hat im Grunde nicht besonders viel zu tun. Egal, was Isabel behauptet.«

»Nein«, sagte ich. »Ich will sie jede Woche lesen. Weil ich dann mehr Geld verdiene. Und wir brauchen dieses Geld.« Das war nur eine Ausrede; damals machte ich mir keine Gedanken über Geld, obwohl ich wusste, dass meine Mutter ständig finanzielle Sorgen hatte. Sie arbeitete sehr hart, um das geringe Einkommen zu ergänzen, das die Pension meines Vaters darstellte.

Irgendwie waren Mr. Zubrovskys Reise und die Sommersabbattage mit ihrer Folge von Thoralesungen in meinen Gedanken zu einer Einheit verschmolzen. Die Folge der Lesungen zu unterbrechen, wurde für mich so unvorstellbar, als hingen zahlreiche Dinge davon ab, dass ich sie ganz allein durchführte. Falls ich versagte, könnte das eine große Gefahr heraufbeschwören, obwohl ich weder wusste, was das für eine Gefahr sein sollte, noch, wer genau betroffen sein würde.

Obwohl die *Ba'al koreh*-Lesung zu jener Zeit als Männersache galt, war es meine Mutter, die mir die richtige Aussprache und Tonlage des ursprünglichen Bibeltextes beibrachte. Während ich mein erstes Laynen – das Lesen des Wochenabschnitts – übte, saß sie bei mir am Esszimmer- oder Küchentisch. Um eine Thorarolle richtig zu lesen, muss auch der beste Gelehrte den Text vorher studieren. Ich besaß ein in Leder gebundenes *Tikkun*, eine speziell gedruckte, fast hundert Jahre alte Bibel, die meinem Großvater mütterlicherseits gehört hatte. Auf jeder Seite gab es eine Spalte mit all den

Vokalen, Satzzeichen und Kantillationsmarkierungen für den Text, die nach den massoretischen Regeln von Generation zu Generation weitergegeben worden waren. In der gegenüberliegenden Spalte stand der Text, wie er in einer echten Thorarolle erscheint, wo der Schreiber nur die Konsonanten mit ihren eleganten Verzierungen von Kronen und Schnörkeln aufzeichnet.

Besonders schwierig war es für mich, mir die Kantillationsmarkierungen zu merken, die ein jedes Wort begleiteten, sowie die Notenfolge, die diese Markierungen bezeichneten. Wenn ich auch nur den geringsten Fehler machte, berichtigte mich meine Mutter sofort.

»Es'nah'toh!«, rief meine Mutter wohl aus, wobei sie sang und gleichzeitig auf dem Tisch die drei Noten klopfte, die diesen Kantillationsterminus oder irgendeinen anderen darstellten, den ich falsch angewandt hatte.

»Sehr gut, Joseph«, sagte sie bei solchen Anlässen. »Versuchen wir's noch einmal! Okay, gut. Also, noch einmal! Gut. Du hast es fast geschafft. Die Worte der Thora werden schon bald ein Teil von dir sein. Und jetzt wird es Zeit, dass du allein arbeitest. Wenn du dir erst die Melodie eingeprägt hast, wird dir die richtige Aussprache leichter fallen. Deswegen sind die Kantillationsmarkierungen über Tausende von Jahren weitergegeben worden, damit jedes Wort der Thora korrekt ausgesprochen wird. Dein Großvater hat immer gesagt: ›Musik ist die Dienerin des Gedächtnisses.‹«

Am Esstisch oder auf dem Sofa im Wohnzimmer summte ich dann übungshalber die Passagen, und wenn ich das Gefühl hatte so weit zu sein, las ich meiner Mutter aus der unmarkierten Spalte vor.

»Jetzt kannst du es perfekt, Joseph«, sagte sie wohl. »Und wenn du in der Schule wirklich einen Fehler machst, können Rabbi Kremlach oder ich dich korrigieren. Deswegen brauchst du dich nicht zu schämen. Die einzige Schande auf der Welt ist es, die eigenen Fehler nicht einzugestehen und zu verbessern.« Aber ich wollte in der Öffentlichkeit nicht von meiner Mutter korrigiert werden, und schon gar nicht von Rabbi Kremlach.

Dass sie die Bibel so gut kannte, war der ganze Stolz meiner Mutter, die sonst eine bescheidene, zurückhaltende Frau war. Mein Großvater war ein *Ba'al koreh* gewesen, und sie war seine einzige Tochter. Mein Großvater, an den ich mich nur undeutlich erinnerte, war als Kind aus Deutschland nach Kanada gekommen und hatte sehr wenig weltliche und formalreligiöse Bildung besessen. Er hatte in Windsor ein kleines Obstgeschäft gehabt, das nach seinem Tod verkauft wurde. Meine Mutter erzählte uns, dass unser Großvater zwar jeden Tag lange und hart gearbeitet, nach Feierabend aber immer noch Zeit gefunden hatte, die Bibel zu studieren, damit er die Pflichten des *Ba'al koreh* in der kleinen Gemeinde ausüben konnte, die damals in Windsor gegründet worden war. Meine Mutter hatte von ihm gelernt, weil sie neben ihm gesessen und ihm zugehört hatte. »Das war die einzige Zeit, die ich mit ihm verbringen konnte!«, sagte sie lachend. Dann wurde sie ernst. »Aber es war eine wunderbare Zeit, und ich muss noch immer an seine Frömmigkeit denken. Dein Großvater hat niemals in seinem Leben die Stimme erhoben; das tat er nur, wenn er in der Synagoge die Thora las.«

Manchmal korrigierte meine Mutter sogar Mr. Zubrovsky, wenn er, was nicht eben selten vorkam, ein Wort falsch gelesen hatte und kein anderer, nicht einmal Rabbi Kremlach, seinen Fehler bemerkte. Ohne aufzublicken rief meine Mutter die korrekte Aussprache von der Frauenabteilung herüber, wobei ihre Stimme auf einmal sehr uncharakteristisch hoch und schrill wurde. Dann lief ein kurzes, belustigtes Gemurmel durch den Raum. Mr. Zubrovsky warf einen Blick zur Frauenabteilung hinüber, nickte meiner Mutter anerkennend zu und wiederholte das Wort feierlich und nachdrücklich mit der korrekten Betonung.

Im Gemeindesaal ging meine Mutter dann nach dem Gottesdienst zu Mr. Zubrovsky; sie war nervös, weil sie ihn in Verlegenheit gebracht hatte, obwohl er das war, was die Leute einen »Witzbold« nannten, und er niemals Anlass zu der Befürchtung gab, er könne sich gekränkt fühlen. Trotzdem war sie beunruhigt.

»Nur weil jemand ständig dumme Witze reißt, heißt das noch lange nicht, dass er nicht innerlich empfindsam ist. Manchmal heißt es sogar, dass solche Menschen besonders sensibel sind.«

Mr. Zubrovsky war klein gewachsen und hatte einen strichdünnen Schnurrbart auf der Oberlippe. Mit ihrer Größe und ihrem Gewicht überragte ihn meine Mutter wie ein Leuchtturm. Sie beugte sich unbewusst ein wenig hinab, wenn sie mit ihm sprach, als wolle sie ihm gegenüber diese zusätzliche Kränkung dadurch gutmachen.

»Vermutlich waren Sie heute nur müde, Mr. Zubrovsky«, sagte sie freundlich. »Jeder von uns macht mal einen Fehler. Kriegen Sie denn genügend Schlaf? Zwei so wichtige Jobs zu haben wie Sie, das bedeutet sehr viel Arbeit.«

»Oh, aber nein, ich mache meine Fehler mit weit offenen Augen!«, gab Mr. Zubrovsky augenzwinkernd zurück und lachte laut auf. »Aber zum Glück vertue ich mich niemals beim Geld.«

Dann sagte meine Mutter, als hätte Mr. Zuvrovsky das nicht schon früher gehört: »Nun ja, ich hoffe, Sie werden mir verzeihen, Mr. Zubrovsky, aber ich konnte einfach nicht anders, ich bin nur eine einfache Frau ...«

»Nicht ganz so einfach!«

»Ja, vielen Dank, aber wie gesagt, ich bin wirklich nur eine einfache Frau, mein Vater war jedoch ein guter *Ba'al koreh*. Er hat fleißig studiert, aber er war auch wie dafür geboren. Es liegt mir im Blut. Sie hätten ihn bestimmt gemocht.«

»Ich weiß, ich weiß, Sie müssen es mir nicht immer wieder erklären, Esther Dvorah«, sagte er und schmeichelte ihr, indem er ihre hebräischen Namen benutzte, statt einfach Adele zu sagen, wie es alle taten. »Ihr Vater hat Ihnen die richtigen Namen gegeben.

Nach einer Königin und einer Prophetin. Und außerdem sind Sie eine großartige Köchin! Gibt es in der Bibel Frauen, die gute Köchinnen waren? Ich kann mich an keine erinnern.«

Dann kam Isabel Kremlach dazu.

»Also, Adele, warum wirst du rot? Du brauchst dich doch nicht zu schämen, weil du so gelehrt bist. Nein, Mr. Zubrovsky sollte rot werden, weil er so dumme Fehler macht!«

Sie wandte sich an Mr. Zubrovsky. »Oder etwa nicht, Zubrovsky? Warum werden Sie nicht rot?«

Mr. Zubrovsky kniff sich in beide Wangen.

»Sehen Sie, Isabel? Jetzt werde ich rot!«

»Das sehe ich. So ist es besser. Nun ja, wie geht's Ihrer lieben Iris May? Ist sie nervös, weil sie Toronto verlassen muss? Einem so künstlerischer Menschen wird die Großstadt doch sicher fehlen! Aber ich bin sicher, dass sie hier jede Menge Schüler findet. Wir werden eine Notiz ins Gemeindeblatt setzen. Wir freuen uns ja so sehr darauf, ein neues Gesicht in der Stadt zu haben! Es kann hier furchtbar langweilig sein, wissen Sie.« Sie griff nach einer der leuchtend bunten Federn an ihrem Hut. »In Havanna, wo ich aufgewachsen bin, gab es so viele aufregende Leute, so viel Leben und Musik. Nun ja, ich habe meinen lieben Kremlach geheiratet, und da bin ich nun.« In gespielter Verzweiflung rang sie die Hände. *»Todo por el amor!«*

Dann wandte sie sich an meine Mutter. »Ich habe mit meiner Jenufa gesprochen, Adele. Sie und ihre Schwester Olga würden dir gern in der Küche helfen und am großen Tag unseres Mr. Zubrovsky die Gäste bedienen. Die beiden sind so liebe Mädchen. Hast du schon das Menü ausgesucht?«

Doch ehe meine Mutter antworten konnte, wandte sich Mrs. Kremlach an mich: »Ach, Joseph, da bist du ja! Kann ich einen Augenblick mit dir sprechen?« Sie nahm mich beiseite und begann honigsüß auf mich einzureden: »Wann kommst du zu uns

und besuchst Nebukadnezar? Du bist wirklich sein rettender Engel. Er ist so einsam, seit Ruchi in die Schule geht.«
Mit »Schule« meinte sie die Nervenklinik, in die sie ihren Sohn Ruchi im Frühjahr urplötzlich geschickt hatten. Ich hatte Ruchi als meinen besten Freund betrachtet. Isabel redete, als wäre dieser plötzlichen Einweisung ihres Sohnes, die ihr und ihrem Ehemann großen Schmerz verursacht hat, nichts Außergewöhnliches vorausgegangen. Sie tat, als werde Ruchi bald wieder so sein wie früher und binnen kurzem wieder nach Hause kommen. Ich glaubte ihr.
Isabel fuhr fort: »Habe ich dir schon erzählt, dass Nebukadnezar diese Woche ein neues Wort gesprochen hat? In seinem Alter! ›Sofa‹ hat er gesagt. Vermutlich haben wir in letzter Zeit so viel von unserem neuen Sofa gesprochen.«
Nebukadnezar war der Amazonenpapagei der Kremlachs. Jetzt, da Ruchi fort war, wurde ich gebeten, an jedem Sabbatnachmittag zu kommen und mit ihm zu spielen. Isabel Kremlach bezahlte mich sogar, als wäre ich ein Babysitter.
Ich fand es schön, dass dieses kleine Federwesen mich eindeutig kannte und mit mir sprach, obwohl meine Mutter behauptete, es kenne die Bedeutung der Wörter nicht. Dennoch wußte ich, dass es mir etwas mitteilen wollte.
Isabel Kremlach sagte immer: »Er will dir etwas erzählen, Joseph. Er hat auch ein Gehirn. Hast du das gewusst?«
Vermutlich habe ich damals wie ein Neuroanatom zu denken begonnen. Immer, wenn ich bei Nebukadnezar war, versuchte ich, mir die Größe seines Gehirns vorzustellen. War es so groß wie eine Erbse oder so groß wie eine Mandel? Dann versuchte ich die Welt mit Nebukadnezars Augen zu sehen. Ich kniff die Augen zusammen, als sähe Nebukadnezar so das Esszimmer der Kremlachs mit dem reich geschnitzten Tisch, den Stühlen und den schweren kastanienbraunen Vorhängen. Ich fragte mich, ob die grüne Tapete mit ihrem Blattmuster ihn an den Dschungel erinnerte, in dem er

ausgeschlüpft war. Dann legte ich den Kopf schief und betrachtete aufmerksam den Glasschrank, den Isabel »Vitrine« nannte, mit den bemalten Kinder- und Tierfiguren, die sich darin tummelten. Von der anderen Seite des Zimmer her versuchte ich auch die kleinsten Details zu erkennen, die winzigen Goldknöpfe an der Kleidung der Kinder oder die kleinen Pfoten und Ohren der Katzenbabys, die mit einem Wollknäuel spielten. Irgendwo hatte ich gelesen, dass Vögel die schärfsten Augen von allen Lebewesen besitzen und dass gewisse Adler ihre Beute, sogar winzige Mäuse oder dünne Schlangen, aus einer Höhe von einer Meile am Himmel ausmachen können. Als ich Jahre später meine Laufbahn als Anatom begann, studierte ich zuerst die optischen Nervenbahnen der Vögel, dabei arbeitete ich mit Wanderfalken, die der Vogelordnung angehören, zu der zwar die Adler gehören, nicht aber die Papageien.

Nebukadnezar war siebzehn Jahre alt, nur ein Jahr älter als Ruchi, der einzige Sohn der Kremlachs. Isabel Kremlach trug ein goldenes Armband mit zwei Anhängern, in die hebräische Lettern eingraviert waren, auf dem einen Ruchis richtiger Name Yeruchem und auf dem anderen der Name Nebukadnezar.

Immer wieder erzählte Isabel Kremlach die Geschichte ihrer schwierigen Schwangerschaften. Nach einer ihrer vielen Fehlgeburten sei sie so deprimiert gewesen, dass ihr Ehemann ihr einen Papagei schenkte, um sie ein wenig aufzuheitern.

»Weil ich im Dschungel aufgewachsen sei, würde mich so ein Vogel glücklich machen, hat er immer gesagt. Nun ja, ich bin natürlich nicht im Dschungel aufgewachsen. Ich bin in Miramar aufgewachsen, dem feinsten Viertel von Havanna. Und was meinen Mann betrifft, so ist er in Brooklyn aufgewachsen. Aber sein Trick hat tatsächlich funktioniert.« Sie tätschelte ihren Bauch. »Im Handumdrehen war unser Ruchi unterwegs. Aber ich betrachte auch Nebukadnezar als mein Kind.«

Auf dem Nachhauseweg von der Synagoge war meine Mutter, nachdem sie Mr. Zubrovsky korrigieren musste, tief in ihre Gedanken versunken. Sie seufzte und wiederholte die dumme Bemerkung, die Mr. Zubrovsky gemacht hatte. »›Oh, aber nein, ich mache meine Fehler mit weit offenen Augen! Aber zum Glück vertue ich mich niemals beim Geld.‹«

Dann wandte sie sich an uns. »Manche Leute sollten es doch besser wissen. Die Worte der Thora darf man nicht auf die leichte Schulter nehmen. Sie sind *ha-Schems* Wahrheit, seine Blaupausen für die Welt, und wir müssen sie bewahren. Das ist unsere Pflicht. Deswegen dürfen wir sie auch nicht falsch aussprechen, denn dadurch werden sie verzerrt und unrichtig.« Sie hielt einen Augenblick inne, um wieder zu Atem zu kommen. »Wenn man einmal anfängt, an der Wahrheit herumzupfuschen, ist alles verloren. Über die Auslegung einzelner Worte sind, Gott helfe uns, Kriege geführt worden. Wir machen alle einmal Fehler, Kinder, das liegt in der Natur des Menschen, aber dann sind wir verpflichtet, sie zu korrigieren. Das ist es, was Gott von uns erwartet.«

Auf einmal füllten sich ihre Augen mit Tränen.

»Manchmal fehlt mir euer Vater so furchtbar … Er war ein Mensch, mit dem ich immer reden konnte, er hat all diese Dinge verstanden.«

Kapitel 4

Die Fremde hatte auf ihren Reisen quer durch die Vereinigten Staaten in Detroit Halt gemacht. Während ihres Aufenthalts im »Statler Hotel« in der Innenstadt beschloss sie, für ein paar Stunden die Grenze zu überqueren, um ein anderes Land zu sehen, das so nahe war.

Bei Morgengrauen erwachte sie und nahm ein Taxi über die Ambassador Bridge.

Es war eine interessante Fahrt hoch oben über dem Detroit River. Zu ihrer Linken sah sie in der klaren Morgenluft die weite Grünfläche der Belle Isle in diesem Band aus silbergrauem Wasser vorübertreiben. Vor ihr machte der Strom einen Bogen um Essex County und floss vom St.-Clair-See in den Erie-See. Das löste glückliche und unverhoffte Erinnerungen an einen anderen, fernen Fluss aus, die Moldau, die sich auf ganz ähnliche Art in Prag, ihrer Heimatstadt, um die Stadtviertel Josefov und Staré Město herumwand.

Das Taxi hielt kurz vor dem Zollhäuschen. Der Beamte, der mit einem Kollegen geplaudert hatte, spähte durchs Beifahrerfenster, lächelte und winkte den Wagen lässig durch. Am Windsor-Ende der Brücke bezahlte die Fremde den Fahrer und verließ das Taxi.

Dann betrat sie kanadischen Boden.

Gemächlich schlenderte sie zwei Meilen den Riverside Drive entlang, bis sie die Dieppe Gardens erreichte. Sie freute sich an der Blumenfülle, vor allem an den Rosen in den Uferparks und den Gärten der Häuser an der Straße. Der Stadtrat hatte die Einwohner stets ermuntert, dem Beispiel der öffentlichen Plätze zu folgen,

damit Windsor sich den Namen verdiente, den es sich selbst gegeben hatte: Stadt der Rosen.
Auch mein Vater war diesem Beispiel gefolgt. Geboren und aufgewachsen in unserem Haus, hatte er die Rosen und viele andere Blumen gepflegt, die seine Mutter vor langer Zeit gepflanzt hatte. Ich erinnere mich, wie mein Vater in den Jahren, als er schon krank war, in Begleitung meiner Mutter an den ersten milden Frühlingstagen im Garten umherspazierte. Den ganzen Winter hatte er das Haus nicht verlassen und sich zumeist oben im Sonnenzimmer aufgehalten, wo er friedlich las oder in seinem Sessel schlummerte. Nach seinem Tod sagten die Leute, er sei früher ein starker, tatkräftiger Mann gewesen, ich aber erinnere mich nur an ihn als Kranken. Wenn er nach dem Winter das Haus verließ, kontrollierte mein Vater die Rosensträucher und befestigte mit Hilfe meiner Mutter wieder die Stämme der Kletterrosen, die eine Laube über der Vortreppe bildeten. Ganz langsam bückte er sich und hob mit bloßen Händen einen Klumpen Erde auf.
Mit heiserer Stimme zitierte er: »›Und Gott der Herr nahm den Menschen und setzte ihn in den Garten Eden.‹«
Und meine Mutter, die ihn mit einer Hand diskret am Ellbogen stützte, ergänzte wie immer den Vers mit den Worten: »›Dass er ihn bebaue und bewahre.‹«
Wenn der Sommer kam und das Wetter wärmer wurde, saß er hinten im Garten neben der kleinen Sonnenuhr, die von einem Halbkreis aus Pfingstrosen und Ringelblumen umgeben war. »Adele«, flüsterte er dann, während sie ihm in einen Sessel half und ihn mit einem leichten Plaid zudeckte, »du hast mich ins Paradies gebracht!«
Als mein Vater noch lebte, hatte ich mich nicht weiter um unseren Garten gekümmert, nach seinem Tod jedoch schien ich sein liebevolles Interesse an Gartendingen geerbt zu haben, obwohl ich mich aus irgendeinem Grund nur für die Rosen begeistern konnte. Die

anderen Blumen schienen mir fehl am Platze zu sein. Ich ging in die öffentliche Bibliothek und las alles, was ich über Rosenzucht finden konnte. Ich verfolgte Monsieur Charcots wöchentliche Kolumne im »Star«. Von Zeit zu Zeit gab es neu gezüchtete Hybriden, die Monsieur Charcot anpries. Monsieur Charcot begann diese speziellen Kolumnen immer mit denselben Worten: »Pssst! Können Sie ein Geheimnis bewahren? Ich werde Ihnen jetzt meine jüngste Liebesaffäre anvertrauen!«

Ich bat meine Mutter, mir verschiedene neue Rosenstöcke zu kaufen, von denen ich gelesen hatte, und wollte mit ihnen unseren Garten erweitern und verschönern. Anfangs zögerte meine Mutter.

»Joseph, dein Vater hat sich an all den verschiedenen Blumen erfreut, die wir haben. Ich möchte die Dinge, die er liebte, nicht gern verändern. Wo willst du denn nun noch mehr Rosen pflanzen?«

Ich ließ nicht locker. Schließlich gab meine Mutter meinen hartnäckigen Bitten nach. Mit einer resignierten Geste rieb sie sich die Stirn.

»Dann musst du sie aber selber pflegen, Joseph. Ich verstehe nicht viel von Rosen. Um die hat sich immer dein Vater gekümmert. Weil er es von seiner Mutter gelernt hatte. Na ja, vermutlich sollte ich froh sein, dass du dich ebenfalls für die Rosen interessierst.«

Dann ging meine Mutter mit mir zur Gärtnerei und folgte mir auf den Wegen zwischen den Beeten, während ich sorgfältig meine Wahl traf. Jede meiner Entscheidungen quittierte sie mit anerkennendem Nicken. Sie plauderte mit Mr. und Mrs. Posner, den Eigentümern, die uns die verschiedenen Sorten, ob sie nun Wurzelware oder eingetopft waren, beshrieben, weil sie noch nicht blühten.

Manchmal nannte meine Mutter die Posners »Mr. und Mrs. Pfingstrose«, denn ihre Gesichter seien, wie sie sagte, rund und rosig und gesund.

»Das meine ich als Kompliment«, versicherte sie. »Die Pfingstrosen

sind nämlich meine Lieblingsblumen, noch mehr sogar als die Rosen.«
»Ja, Mrs. Ivri, das wissen wir«, sagte Mrs. Posner. »Und Sie erinnern uns natürlich an eine Stockrose, weil Sie so groß sind.«
Meine Mutter musste lachen. »Ja, aber ich bin nicht mehr so schlank. Also, Joseph hat nicht viel übrig für die anderen Blumen. Im letzten Jahr hat er die Ringelblumen ausgegraben, um neue Rosen einzusetzen. Jetzt, fürchte ich, sind die Pfingstrosen in Lebensgefahr.«
»Die haben so viele Ameisen«, wandte ich ein.
»Aber, Joseph«, sagte Mrs. Posner, »du solltest all den anderen Blumen gegenüber nicht so kritisch sein. Gott hat sie allesamt gemacht. So steht es in der Bibel. Und Ameisen sind fleißige Tiere. Von ihnen können wir viel lernen. Ich werde dir zu den beiden Stöcken, die du ausgesucht hast, noch einen extra geben. Er ist unter die anderen geraten, und wir wissen nicht einmal, welche Farbe er hat. Du kannst ihn ruhig mitnehmen! Dann steht dir eine Überraschung bevor.«
Mir gefiel die Vorstellung nicht, eine Pflanze mitzunehmen, nicht mal einen Rosenstrauch, die eine Überraschung sein würde. Monsieur Charcot hatte immer wieder darauf hingewiesen, dass für den guten Geschmack ein gewisses Gleichgewicht in der Farbgebung und Blühwilligkeit wesentlich sei. Was, wenn dieser Strauch nun ein schwächlicher oder unreiner Hybride mit unpassenden Eltern war? Was, wenn er nicht zu den anderen passte? Aber ich war zu verlegen, um die Großzügigkeit der Posners zurückzuweisen.
Trotz ihres Widerstands und ihrer ständigen Behauptung, nichts davon zu verstehen, kam meine Mutter jedes Mal aus dem Haus und sah zu, wenn ich pflanzte, wobei sie mir wertvolle Ratschläge erteilte. »Nein, nicht da, Joseph. Da ist zu viel Schatten.« Oder: »Du solltest sie nicht so tief pflanzen, Joseph. Sonst ersticken

die Wurzeln.« Manchmal bekundete sie auch einen besseren Geschmack und ein besseres Gedächtnis. »Ich glaube, diese Farbe wäre da drüben schön, neben der Rose, die dein Vater im Jahr von Asas Geburt gepflanzt hat. Ich habe nie wieder ein so wundervolles Rosa gesehen.«

Kapitel 5

In jenem Juni, als die Fremde kam, blühten die Rosen in der ganzen County besonders üppig und farbenfroh. Die Naughty Margarets leuchteten scharlachrot, die Gracious Majesties waren goldgelb, und sogar die in Windsor gezüchtete Hybride Bonjour, grandes sœurs! strahlte silbrig weiß. Auch die Sträucher entlang der Grenze unseres Gartens und des Fußwegs stimmten in diese nie gesehene, grandiose Farbensinfonie ein. Die Kletterrosen über unserer Vortreppe waren so dicht mit roten Blüten übersät, dass man von der Straße her die Haustür kaum erkennen konnte. In der ganzen Stadt duftete es dermaßen nach Rosen, dass sogar der Maischegeruch, der oft von der Brennerei ausging, überdeckt wurde.

Im »Star« erschienen verschiedene Leserbriefe über dieses wundervolle Phänomen von Farbe und Duft. Manche Absender schrieben es dem starken Regen zu, den uns dieses Frühjahr gebracht hatte, andere wiederum dem milden letzten Winter.

Asa las diese Meinungsäußerungen aufmerksam. Eines Nachmittags verkündete er, dass auch er einen Brief schreiben wolle. Er bat mich, diesen auf der Schreibmaschine meines Vaters zu tippen. »Maschinenschrift sieht besser aus, Joseph. Ich wünschte, ich könnte so tippen wie du. Meine Schrift wird immer schlechter. Das hat Mrs. Faybach auch gesagt.«

Asa war überzeugt, dass das Phänomen der Rosen den Sonnenstürmen zu verdanken sei.

Ich dachte, er wäre wegen dem, was mit seiner Netzhaut geschah, auf diese Idee gekommen, und wegen der großen Angst, die sich in ihm festgesetzt hatte. Während des vergangenen Jahres, als er neun

war, hatte sein Augenlicht ganz langsam, fast unmerklich nachzulassen begonnen. Anfangs stolperte er nachts, wenn es dunkel war. Deshalb hatte er eine Taschenlampe am Bett. »Es ist so schwarz draußen, Joseph«, beklagte er sich bei mir. Meine Mutter und ich dachten beide, er habe nichts weiter als Angst vor der Dunkelheit oder vielleicht auch Albträume. Naiv, wie wir waren, merkten wir noch immer nicht, dass es etwas Ernstes sein könne, bis er dann Probleme bekam, sich vom Tageslicht draußen ans Licht im Haus umzugewöhnen. Wenn er aus der hellen Sonne hereinkam, blieb er mehrere Minuten lang im Flur stehen, bis er wieder sehen konnte.
Meine Mutter ging mit ihm zu Dr. Fairclough, unserem Hausarzt.
»Meinen Sie, Asa braucht eine Brille?«, erkundigte sie sich.
»Ich weiß nicht, was es ist«, antwortete Dr. Fairclough meiner Mutter, als er Asas Augen untersuchte. »Aber er braucht mehr als nur eine Brille. Er muss einen Spezialisten aufsuchen. Ich werde jemanden in Detroit anrufen.«
Meine Mutter ging mit uns zum Augenarzt in Detroit. Dr. Fairclough hatte vorgeschlagen, dass ich gleich mitgehen solle, damit meine Augen auch untersucht werden konnten.
Im Sprechzimmer des Arztes hing ein großes Plakat mit der Darstellung einer Netzhaut. Vom Mittelpunkt der Netzhaut breiteten sich rote Arterien und blaue Venen aus wie die Wurzeln eines enormen Baumes – von unten gesehen, wie von einem Wesen, das tief in der finsteren Erde lebt.
Der Arzt untersuchte Asa und mich. Als er Asas Augen genauer prüfte, fand er bräunliche Ablagerungen am Rand der Netzhaut. Meine Augen waren normal.
Dann stellte der Arzt meiner Mutter mehrere Fragen: »Hatte irgend jemand sonst in der Familie Probleme mit den Augen? Gab es Großeltern, Tanten oder Onkels, die blind geworden waren?«
Seine Fragen glichen Hammerschlägen. Als meine Mutter das Wort »blind« hörte, presste sie ihre Hand auf die Brust und musste

innehalten, um wieder zu Atem zu kommen. Dennoch versuchte sie eifrig, Antworten auf diese nutzlosen Fragen zu finden.

Ihr wollte niemand in ihrer oder in der Familie meines Vaters einfallen, der blind geworden war. Später schrieb sie an eine Cousine meines Vaters, die in Paris lebte, und an eine andere, die in Miami lebte. Beide antworteten. Niemand konnte sich an einen derartigen Fall in der Familie erinnern.

Es spielte keine Rolle. Der Arzt erklärte meiner Mutter, dass Asa ganz langsam erblinden werde, obwohl er bei Tageslicht vermutlich noch viele Jahre und möglicherweise sogar Jahrzehnte lang einigermaßen, ja vielleicht sogar gut sehen werde. Bei hellem Licht könne er immer noch perfekt sehen und lesen und vorerst eine normale Schule besuchen. Niemand vermöge genau vorauszusagen, in welcher Zeit die Krankheit welchen Verlauf nehmen werde. Mit ein wenig Vorsicht und Vorausplanung könne Asa ein produktives und schönes Leben führen. »Es ist sinnlos, sich jetzt schon allzu große Sorgen zu machen«, sagte er.

Der Arzt empfahl, dass Asa draußen bei hellem Sonnenschein eine Sonnenbrille tragen solle, um die Netzhaut beider Augen zu schützen, die Nervenzellen zu schonen und sich leichter an den abrupten Wechsel vom Außen- zum Innenlicht zu gewöhnen.

»Asa muss eine ausgeglichene Lichtstärke für sich finden«, sagte der Augenarzt.

Da meine Mutter daran glaubte, dass man immer die Wahrheit sagen müsse, verschwieg sie Asa, als der sie fragte, die schlimme Nachricht über den Zustand seiner Augen nicht absichtlich. Denn sie versuchte immer noch optimistisch zu sein und war überzeugt, ihren festen Vorsatz, sich an die Wahrheit zu halten, dadurch nicht zu brechen. »Hoffnung ist ein anderes Wort für Glauben«, vertraute sie mir an, »also sage ich Asa immer noch die Wahrheit.«

Asa fragte sie jeden Tag, was der Doktor gesagt habe, und sie wiederholte jeden Tag, dass Asa noch viele Jahre lang bei Tag gut sehen werde. Dennoch müsse er vorsichtig sein und bei hellem Sonnenschein eine Sonnenbrille tragen. Er müsse eine ausgeglichene Lichtstärke für sich finden.

»Ich will aber nicht in die Blindenschule gehen!«

Meine Mutter versuchte ihn zu trösten. »Das musst du jetzt auch nicht.«

»Jetzt nicht, aber wann dann?«

»Vielleicht niemals, mein Liebling.«

»*Vielleicht* niemals?«

»Vermutlich niemals.«

Asa bekam panische Angst. Eine Reihe widersprüchlicher Vorstellungen verfolgten ihn.

Anfangs weigerte er sich, in den Sonnenschein hinauszugehen, auch nicht mit der verschriebenen Sonnenbrille. »Die Sonne macht meine Augen kaputt!«, rief er weinend.

An sonnigen Tagen musste ich ihn zur Schule bringen und an der Hand halten, während er seine Augen fest geschlossen hielt. Erst wenn er im Haus war, machte er sie wieder auf.

Kurz bevor die Fremde kam, um bei uns zu wohnen, Anfang des Sommers mit dem wärmeren Wetter und den längeren Tagen, ging er jeden Morgen durchs ganze Haus und ließ die Jalousien herunter, damit kein Sonnenlicht hereinkam. Weil das Haus dadurch aber für ihn zu dunkel war und er nichts mehr sehen konnte, knipste er sämtliche Lampen an. Das machte das Haus für meine Mutter sehr deprimierend.

»Wirklich, Asa, es ist viel zu düster hier«, beschwerte sie sich. »Der Mensch braucht natürliches Licht.«

Schließlich gelangte meine Mutter zu einem Kompromiss mit Asa. An sonnigen Tagen durfte er die Jalousien in allen Zimmern schließen, nur nicht in der Küche, wo meine Mutter den größten Teil ihrer Arbeit verrichtete, in ihrem Schlafzimmer und oben im Sonnenzimmer.

»Ich brauche auf jeder Etage ein bisschen Sonnenlicht, sonst werde ich traurig«, sagte sie.
Doch dann hatte Asa eine neue Idee, die meine Mutter besonders aus der Fassung brachte. An manchen Tagen – und diese Tage waren nicht vorhersehbar – wollte Asa seine Augen nicht gebrauchen. Diese Tage nannte er »Tageslichtspartage«. An ihnen hielt er die Augen so oft wie möglich geschlossen. »Dadurch werden meine Augen nicht so schnell aufgebraucht«, behauptete er. An seinen »Tageslichtspartagen« trug er ständig eine Augenbinde für den Fall, dass er die Lider zufällig aufschlug. Er machte ganz kleine Schritte und tastete sich im Haus umher oder hielt sich ganz dicht bei mir oder meiner Mutter. Eines Morgens bat er meine Mutter, ihm einen Stock zu kaufen wie den, den der alte Mr. Glantz in der Synagoge benutzte. »Nein, mein Liebling«, flüstert sie, damit er nicht merkte, wie ihre Stimme zitterte. »Du brauchst keinen Stock, mein Liebling.«
»Aber ich muss doch üben!«
»Du brauchst nicht zu üben.«
»Muss ich doch!«
Zu mir sagte meine Mutter: »Joseph, ich weiß nicht weiter. Ich weiß nicht, was ich mit Asa machen soll. Sein Augenlicht ist immer noch sehr gut. Es gibt so vieles, was er sehen und woran er sich erfreuen kann. Das hat mir der Doktor gesagt. Versuch doch ihn dazu zu bringen, dass er sich Dinge ansieht. Zeig ihm Dinge in deinen Büchern. Asa interessiert sich immer für das, was du tust. Hörst du mir zu, Joseph? Es kann noch Jahre dauern, bis Asa völlig …«
Dann entschuldigte sie sich plötzlich. »Ich muss wieder in die Küche.« Dort machte sie ein großes Getöse mit ihren Töpfen, Pfannen und Schüsseln. Als ich dann in die Küche kam, um nachzusehen, blickte sie auf, und ich wusste, dass sie geweint hatte.

In seinem Brief an den »Star«, den ich für ihn tippen musste, erklärte Asa, dass sich das Licht auf Erden in jenem Jahr verändert habe, »weil es in der Sonnenatmosphäre so furchbare Stürme gegeben hat«.
Im Lauf des Vorjahrs hatte es in den Nachrichten mehrere Berichte über die großen Sonnenstürme gegeben, wodurch ganz herrliche Nordlichter entstanden, die auch in viel geringeren Breiten zu sehen waren als gewöhnlich, über der Hudson Bay etwa und über dem Prince Edward Island. Zuweilen störten die immensen Wellen magnetischer Partikel die Funk- und Telegrammübertragungen über den Pazifik und den Nordpol. Obwohl die Zeitungen berichtet hatten, dass diese Phänomene auf einen berechenbaren Elfjahreszyklus der Sonnenaktivität zurückzuführen seien und bereits wieder abnahmen, kam Asa mit seiner eigenen komplizierten Theorie, von der ihn niemand abbringen konnte.
Asa glaubte, dass diese Stürme von einem bösen Kometen ausgelöst wurden, der auf der Sonne eingeschlagen war. Das Licht der Sonne war gefährlich geworden, weil es mit dem Licht eines bösen Kometen durchmischt war. Nur ein anderer Komet könne das wieder rückgängig machen.
»Aber es stimmt, Joseph. Pflanzen und Blumen und die Augen mancher Menschen, wie die meinen, sind sehr empfindlich gegen diese Dinge. Deswegen werde ich blind, und deswegen sind die Rosen so schön. Vielleicht wird das Licht sich eines Tages zurückverändern, das heißt, wenn ein anderer Komet auf der Sonne einschlägt und den Einfluss des bösen Kometen verdrängt. Meinst du, so könnte es kommen, Joseph? Meinst du, ein guter Komet könnte auf der Sonne einschlagen und den bösen Kometen verdrängen?«
Er zeigte mir eine hübsche Zeichnung, die er angefertigt hatte, ein Bild von der Sonne, an der ein großer Komet vorbeisaust. »Was mit den dämlichen Rosen wird, ist mir egal. Ich hasse sie.«
Er wollte unbedingt, dass ich ihm beipflichte. Mich erfüllte so

tiefer Kummer, dass mir die Brust weh tat. Tief innen wusste er, dass er machtlos war, dass es nichts gab, was er tun konnte, um sich aus eigener Kraft zu helfen. Ein Gefühl, das ich oft im Hinblick auf mich selbst hatte.

Ich sah Asa lange an. Ich weiß noch, dass ich dachte: Mein kleiner Bruder ist so schön. Manchmal hielten uns Fremde auf der Straße an, um nach seinem Namen zu fragen. Ich merkte aber, dass sie nur versuchten, ihn aus der Nähe zu sehen. Meine Mutter sprach nie über Asas Aussehen, aber ich wusste, dass auch sie es merkte.

Ich bin stolz auf Asas Schönheit, sagte ich mir. Und versuchte mir einzureden: Nein, nein, ich bin nicht eifersüchtig, weil es mir an solcher Schönheit gebricht.

Im Jahr zuvor war ich sehr schnell gewachsen. Ich war so hochgeschossen, klapperdürr und linkisch geworden wie Iris May, ja wie mein Vater vor seinem Tod, wenn er mich mit seiner heiseren, austrocknenden Stimme bat: »Würdest du dich ein bisschen zu mir setzen, Joseph? Asa sitzt auch hier. Komm doch zu uns, damit wir gemeinsam etwas zeichnen!«

»Nein«, antwortete ich dann, »ich hab keine Zeit. Ich muss Schularbeiten machen.« Ich konnte es nicht mehr ertragen, meinen Vater anzusehen oder ihm auch nur zuzuhören.

»Soll ich dir bei den Schularbeiten helfen?«

»Nein, ist schon okay. Das kann ich allein.« Ich schämte mich über mein Verhalten, aber ich konnte einfach nicht anders.

Nun ja, sagte ich mir immer wieder, ich akzeptiere mein Schicksal. Es muss einen Grund dafür geben, dass ich so hässlich bin. Und so entwickelte ich meine eigene, verquere Theorie über körperliche Schönheit.

Ich gelangte zu dem Schluss, dass Gott Schönheit nicht verschwendete. Er teilte seine Gaben mit Maßen und zielbewusst aus, häufig als Ersatz für etwas Schreckliches. Diese meine komplizierte Theorie wirkte wie eine Art Trost für mich. Ich konnte nicht an eine

Welt glauben, die so unfair war, eine Welt ohne einen Gerechtigkeitsmechanismus für all ihre Kreaturen. Als logische Folge dieser Theorie glaubte ich, dass ich, weil ich nicht so schön war, irgendwie gegen einige der schrecklichen Dinge gefeit sei, die anderen Menschen zustießen. Ich würde nicht blind werden wie mein Bruder Asa oder dahinwelken und gelb werden wie mein Vater. Und selbst wenn ich derzeit nicht glücklich war, würde ich eines Tages doch glücklich werden. Diese Punkte wiederholte ich in Gedanken immer wieder, bis ich völlig erschöpft war. Trotz dieser Bemühungen machte ich mir aber immer noch Sorgen und zweifelte an der eigenen Theorie. Ich konnte nämlich die offensichtlichen Ausnahmen, die mir begegneten, nicht beiseite schieben. Reizlos zu sein schien Menschen wie Iris May nicht glücklich zu machen.

»Glaubst du, dass ein zweiter Komet kommen wird und den bösen Kometen verdrängt, Joseph? Mommy hat gesagt, ich soll dich nach deiner Meinung fragen, weil du dich mit den Naturwissenschaften auskennst. Sie versteht nichts von diesen Dingen, hat sie gesagt, deswegen kann sie nichts darüber sagen.«

»Ja, Asa, das glaube ich. Das glaube ich.«

»Glaubst du, dass es bald passieren wird? Bevor ich ganz blind bin?«

»Ja, ich glaube, dass es schon bald passieren wird. Es gibt jede Menge Kometen draußen im Weltall. Da muss ja bald wieder einer auf der Sonne einschlagen.«

»Würdest du jetzt meinen Brief fertig tippen?«

Kapitel 6

Von den Dieppe Gardens kommend, bummelte die Fremde ein kleines Stück die Ouellette Avenue entlang, die Hauptdurchgangsstraße, wo sie die Schaufenster der feineren Innenstadtgeschäfte betrachtete.

Beim Juwelier Feld sah sie im Fenster ein Rubinarmband.

Greta Feld erzählte meiner Mutter später: »Deine junge Dame ist morgens als Erste in unseren Laden gekommen und hat das Armband aus dem Kalkstein-Nachlass gekauft. Hast du's denn nicht erkannt?«

Meine Mutter hatte es nicht erkannt.

»Du erinnerst dich nicht? Die alte Shooshy hat es nur an *Rosh ha-Schana* getragen. Deine Untermieterin fand es unwiderstehlich. Sie hat es sogar mit ihrer eigenen Lupe geprüft. Kannst du dir das vorstellen, eine eigene Lupe in der Handtasche mit dir rumzutragen? Und was für eine riesige Handtasche! Was die wohl alles da drin hat?«

»Das Armband sieht einfach zauberhaft an ihr aus«, sagte meine Mutter.

»Ich wusste, dass du das sagen würdest, Mrs. Niemals-etwas-Schlechtes-von-jemandem-sagen. Aber was ich dich eigentlich fragen wollte, Adele. Ich hab mich, abgesehen davon, dass ich den Preis zu niedrig angesetzt habe, gewundert, dass sie's gekauft hat, weil sie bei dir zur Untermiete wohnen muss. Sie hat sehr beiläufig getan, aber ich glaube, sie wusste, dass sie ein Schnäppchen gemacht hat. Ich dachte, ich kenne meinen Schmuck, aber diesmal scheine ich einen großen Fehler gemacht zu haben. Mein Ehemann, er ruhe in Frieden, wäre niemals so dumm gewesen. Also, wie ist sie? Kommst du gut mit ihr aus? Was fängt sie mit ihrer Zeit an? Hat sie irgendwelche Pläne?«

Während sie auf die Antwort meiner Mutter wartete, rückte Greta Feld ihre Perücke zurecht, die ihr immer ein bisschen schief auf dem Kopf saß. Die eigenen Haare waren ihr an dem Tag, an dem sie erfuhr, dass ihr Sohn in der Normandie gefallen war, endgültig ausgegangen.

»Eva ist sehr beschäftigt, Greta. Sie beendet das Buch ihres Vaters. Weil sie es ihm versprochen hat. Er war ein großer Gelehrter, und sie ist eindeutig die Tochter ihres Vaters. Ich lerne ständig so vieles von ihr.«

»Ach, wirklich?«

»Ja, und außerdem unterrichtet sie Asa in japanischer Kalligrafie. Seine Schrift war in letzter Zeit so schlecht geworden. Das begreife ich nicht, weil er doch so gut zeichnet. Aber die Kalligrafie macht ihn sicherer, und seine Schrift ist schon viel besser geworden. Jedenfalls spricht Eva sechs …«, meine Mutter begann an ihren dicken Fingern abzuzählen …, »nein, sieben Sprachen. Fast hätte ich Tschechisch vergessen. In dieser Hinsicht ist sie sehr europäisch, weißt du.«

»Ja, ich weiß, Adele. Die sprechen alle zwanzig Sprachen. Deswegen haben sie auch so viele Kriege.«

Meine Mutter lächelte nervös. »Eva ist eine bemerkenswerte junge Frau, und wirklich fabelhaft.«

»So sind die Flüchtlinge heutzutage alle«, behauptete Mrs. Feld. »Selbst wenn sie so arm sind wie die Kirchenmäuse, seh'n sie aus und tun sie, als wären sie alle Gräfinnen. Sie haben ein paar Wertgegenstände, die sie auf wunderbare Weise in Säcke voll Bargeld verwandeln.« Sie senkte die Stimme. »Ich weiß, so etwas sollte ich nicht sagen, aber ich habe gehört, dass manche von ihnen furchtbare Sachen tun mussten, um zu überleben.«

»Also wirklich, Greta! So etwas Schreckliches sagt man nicht. Gott

möge dir vergeben! All diese Menschen haben im Krieg so viel verloren.«
»Ach – ich etwa nicht?«

Auch Geneviève LaFontaine vom »Star« sah die Fremde an jenem ersten Tag, als sie die Ouellette Avenue entlang ging. Wochen später sollte Geneviève LaFontaine in ihrer beliebten Wochenkolumne »N'est-ce pas?« schreiben:

Jeden Tag begegnen wir Menschen, an die wir niemals einen zweiten Gedanken verschwenden. Doch eines Morgens sah ich zufällig eine bemerkenswerte Erscheinung, die verträumt ins Schaufenster des Pelzgeschäftes Lazar blickte, obwohl es sehr warm war. Sie trug einen leuchtend bunten Sonnenschirm.
Es war ein sonniger Tag. Da stand sie, einer Statue gleich und majestätisch, einen Fuß um eine Spur nach außen gekehrt. Ich ging natürlich sofort hinüber, um sie zu fragen, ob sie neu in Windsor sei. Aber sie sagte: »Ich bin nur für ein paar Stunden hier. Was für eine hübsche kleine Stadt Sie hier haben!« Ich hätte nie gedacht, dass sich unsere Wege noch einmal kreuzen würden. Ich hätte mir nie träumen lassen, dass es eine Story mit so viel Romantik und Tragik geben könnte!

Die Fremde hatte ihren Ausflug nach Kanada genossen und wollte nun über die Grenze zurückzukehren.
Die Vereinigten Staaten wollten sie nicht wieder hereinlassen.
Sie hatte ihr Visum, das ihr nur eine einmalige Einreise gestattete, verbraucht.
»Vielleicht kann der Konsul Ihnen helfen«, meinte der Zollbeamte an der Grenze der Vereinigten Staaten ernst. Dann schickte er sie nach Windsor zurück, wo man sie abermals passieren ließ.
In den Jahren nach dem Krieg, vor der Verlegung nach Toronto, gab es in Windsor noch ein amerikanisches Konsulat. Mit dem Lift

fuhr sie zu den Räumen im fünften Stock des Guaranty-Trust-Gebäudes an der Ecke Victoria- und University-Street hinauf.
Mr. Meadowlark, der Konsul, ein kleiner, sehr gepflegter Mann, hörte sich ihr Problem geduldig an. Von Zeit zu Zeit musterte er neugierig ihre Papiere und sah dann wieder auf.
»Es tut mir Leid, junge Lady. Ich kann nichts für Sie tun. So ist nun mal unser Gesetz. Sie haben leider unsere Gastfreundschaft verloren. Sie können natürlich jederzeit einen neuen Antrag stellen, aber der Papierkram dürfte, wie Sie wissen, einige Zeit in Anspruch nehmen, Monate oder sogar Jahre. Alle möglichen Leute versuchen, zu uns zu kommen, und wir müssen sehr vorsichtig sein, vor allem heutzutage angesichts der kommunistischen Gefahr. Möchten Sie einen neuen Antrag stellen?«
»Aber das ist so kompliziert! Gibt es denn sonst nichts, was man tun kann? Vielleicht haben Sie einen Rat für mich.«
Daraufhin lächelte er sie an. »Aber es ist hier doch gar nicht so schlecht für Sie, junge Lady. Nein, ganz und gar nicht. Wie Sie sehen, gehen die Kanadier mit den Ausländern sehr nachsichtig um. An der Grenze sind sie ziemlich nachlässig, sonst wüsste ich nicht, was mit Ihnen geschehen wäre. Meine Frau und ich, wir leben hier seit mehreren Jahren sehr glücklich, auch wenn wir nicht wie Sie hier festsitzen. Wir fahren ständig mit unseren Buicks hin und her. Wir haben zwei.«
»›Buicks‹?«
»Das sind amerikanische Autos. Ich finde, Ehepaare sollen unabhängig sein, meinen Sie nicht auch?«
Sie schwieg.
»Ist dieser Duft ›Frangipani‹?«
»Nein.«
Er musterte sie eingehend. Er räusperte sich. »Manchmal fährt meine Frau für mehrere Tage hinüber, um ihre Familie in Chicago zu besuchen. Sie ist auch jetzt dort und hat mich hier allein zurück-

gelassen. Nächste Woche komme ich nach. Mein Wagen wird an der Grenze natürlich niemals durchsucht. Wenn ich ein Verbrecher wäre und die richtige Motivation hätte, könnte ich die Kronjuwelen hinüberschmuggeln.« Er schaute sie an. »Aber ich brauche natürlich einen Anreiz, um das zu tun.«
Sie schwieg abermals.
»Ich verstehe. Gewiss. Sie waren unterwegs quer durch Amerika. Darf ich fragen, sind Sie finanziell gut versorgt? Werden Sie Ihr Auskommen haben? Ich frage das nur aus persönlicher Besorgnis. Es geht mich natürlich nichts an, und Sie brauchen mir nicht zu antworten.«
»Ich bin unabhängig. Ich würde Ihrer Regierung niemals zur Last fallen.« Sie hielt ihre große Handtasche fest umklammert.
»Oh, das ist gut. Wie kommt das?« Er lächelte strahlend. Seine Zähne waren ein wenig schief. Er wartete darauf, dass sie noch etwas sagte. »Aha, Sie sind eine sehr zurückhaltende junge Lady, wie? Schüchternheit hat ihren Charme, aber manchmal macht sie die Lage auch schwieriger.«
Sie sah ihn an. Ohne ein Wort.
Er ordnete Papiere auf seinem Schreibtisch.
»Nun ja, es ist vielleicht ein bisschen langweilig hier, junge Lady, aber die Straßen sind freundlich. Wenn Sie es hier zu öde finden, könnten Sie jederzeit in die großen Städte gehen, nach Toronto oder Montreal. Da ist viel Trubel. Und wie gesagt, wir haben hier die Anträge, falls Sie sie ausfüllen möchten. Darüber hinaus kann ich anscheinend nichts mehr für Sie tun.« Sein Ton hatte sich verändert. Er war kälter geworden. »Wollen Sie sonst noch etwas sagen?«
Die Fremde erhob weder Einwände noch bat sie um Hilfe.
Wäre es für einen amerikanischen Konsul wirklich so schwierig, ein Auge zuzudrücken? Sie irgendwie unauffällig auf dem Beifahrersitz seines Buicks über den Fluss mitzunehmen, selbst ohne »die rich-

tige Motivation«, ohne »Anreiz«? Sie hatte kein Verbrechen begangen. Sie hatte nur die Bestimmungen ihres Visums falsch verstanden.

Statt dessen dankte sie Mr. Meadowlark dafür, dass er ihr seine Zeit gewidmet hatte. Er folgte ihr zur Tür.

Sie fuhr mit dem Lift hinunter und verließ das Gebäude.

Was sollte sie tun? Wohin sollte sie gehen? Was war mit ihrem Schrankkoffer, der noch im »Statler Hotel« in Detroit war?

Sie blickte auf.

Hoch am Himmel über Windsor war ein großer Kreis aus Wolken zum Stillstand gekommen, der keine sichtbaren Schatten warf und den strahlenden Morgen in keiner Weise beeinträchtigte. Falls es ein himmlisches Gegenstück zu unserem Städtchen gab, hätte dieser Wolkenring seine Grenze sein können.

Sie nahm den Wolkenkreis als gutes Zeichen, denn er erinnerte sie an einen Vers, den sie gut kannte: *Und an dem Ort, an dem die Wolken weilen, schlugen die Kinder Israel ihr Lager auf.*

Und so entschloss sich dort auf dem Bürgersteig in der Wärme des Nachmittags die Fremde, obwohl sie keinerlei Verbindungen zu jemandem in unserer Stadt hatte und sich nicht auskannte, das Beste aus ihrer Lage zu machen. Sie würde nicht nach Toronto oder Montreal gehen. Sie würde keinen neuen Visumsantrag für Amerika stellen. Sie war, wo sie war. Sie war schon so viel und so weit gereist. Vielleicht fand sie an diesem Ort eine neue Heimat. Sobald sie hier ein Quartier hatte, wollte sie ihren Koffer aus Detroit kommen lassen.

Auf den tatsächlich freundlichen Straßen erkundigte sie sich bei ein paar Passanten und wurde schon bald an mehreren Blocks alter Häuser entlang, die teilweise hinter breiten Laubdächern verborgen waren, des Wegs begleitet. Die Blätterpracht erfreute und ermutigte sie, denn in jeder Baumkrone glaubte sie die Hand der Vorsehung zu sehen.

Später erzählte sie uns, dass sie sich ums Leben nicht mehr erinnern könne, wer es gewesen war, der sie diese Blocks entlang begleitet hatte. Darüber ärgerte sie sich sehr.
War es ein Mann oder eine Frau gewesen?
War diese Person jung oder alt gewesen?
Soweit sie wusste, sah sie diese Person nie wieder. Obwohl die Leute ihr zuweilen von der anderen Straßenseite her zulächelten oder ihr einen Gruß zuwinkten – und das taten die Einwohner von Windsor zu jener Zeit noch, ob sie nun jemanden kannten oder nicht –, kam niemand zu ihr herüber und fragte sie: »Erinnern Sie sich an den Tag, an dem Sie hier eintrafen? Es war ein wunderschöner Tag. Wie ist es Ihnen ergangen?« Aber sie hätte die Frage auch nicht beantworten können, denn sie war immer besonders höflich und fürchtete die Sünde der Undankbarkeit: »Ja, Sie waren damals sehr freundlich zu mir. Ich hätte mich so gern noch einmal bei Ihnen bedankt. Vielleicht habe ich damals vergessen, das ausdrücklich zu sagen.«
Häufig ist es das Schicksal jener, die gesandt werden, um uns zu helfen, verborgen und unerkannt zu bleiben. Oder besser gesagt, es ist unser Schicksal und der Anlass zu unermesslicher Traurigkeit auf dieser Welt, dass wir diese liebevollen Boten nicht erkennen oder nicht wiederfinden. Sie sind aus demselben Stoff, aus dem die Träume sind. Sie sind die Finger Gottes.
In diesem Fall deutete der Finger auf unser Haus Ecke Victoria und Montrose Street.
»Da sind wir, Madame. Die Leute hier haben ein Zimmer. Sie werden ihnen willkommen sein.«
In diesem Moment begannen die Rosen der Verandalaube und entlang des Fußwegs in einer leichten Brise zu wogen und die Fremde in ihrer ganz eigenen, duftenden Sprache willkommen zu heißen.
»Oh, vielen Dank!«

Später sollte sie uns lehren, dass sogar Blumen und Bäume Seelen haben, wie es uns im *Midrasch* erklärt wird.
»Wie sonst hätte der weise König Salomon mit ihnen sprechen können?«, fragte sie uns. »Wenn sie keine Seelen hätten, so hätte er sich kaum mit ihnen unterhalten können.«
Ein anderes Mal sagte sie zu mir: »Ist es nicht wunderbar, Joseph, zu wissen, dass deine Rosen dich ebenfalls lieben, dass sie sich freuen, dich zu sehen, und dass sie dich für deine Liebe segnen?«

Kapitel 7

Kurz vor dem Ersten Weltkrieg erschien in dem akademischen Journal »Biblische Monatsschrift« ein längerer Artikel. Dieser Essay war im Gelehrtendeutsch jener Zeit verfasst und trug den schwerfälligen Titel »Ursprung und Wanderschaft der übernatürlichen Wolken durch die Wüste sowie Literatur der Alten«.

Der junge Autor des Essays, Enoch Laquedem, hatte sein Universitätsstudium in Wien, Berlin und Heidelberg absolviert. Laquedem entstammte einer alten, wohlhabenden Prager Familie. Sein Großvater und sein Vater hatten in Böhmen Grundbesitz und Phosphorminen, deswegen war er in der Lage, seine Ausbildung mit großer Hingabe und Gründlichkeit zu betreiben.

Als Student hatte sich Enoch Laquedem für jene bemerkenswerte Tradition interessiert, die im neunzehnten Jahrhundert aufzublühen begann, die so genannte Wissenschaft des Judentums, die aus der jüdischen Emanzipation und der Aufklärung entstanden war.

Neben vielen anderen kulturellen und historischen Bestrebungen machte die Wissenschaft des Judentums große Fortschritte im Erforschen der Ursprünge des Hebräischen und seiner Verwandtschaft mit anderen uralten Sprachen Vorderasiens. Die Bibel wurde ebenso analysiert wie spätere Texte, vor allem der Talmud und die komplizierten biblischen Kommentare des *Midrasch*.

Die Gelehrten der Wissenschaft des Judentums kamen aus verschiedenen religiösen Gruppierungen und Kulturen, sowohl jüdischer als auch christlicher Provenienz, teils gläubig, teils weltlich. Obwohl die Disziplin als Wissenschaft bezeichnet wurde, suchten die Gelehrten in Wirklichkeit nach Beweisen für ihre eigenen modernen Ideen. Sie versuchten ihr eigenes Leben und ihre eigene Kultur besser zu verstehen.

In seinem ersten veröffentlichten Essay, das in der »Biblischen Monatsschrift« erschien, spürte Enoch Laquedem den Ursprüngen der beiden geheimnisvollen, wolkenähnlichen Phänomene nach, die Gott geschickt hatte, um Sein Volk in der Wildnis zu führen und zu unterstützen: jene Wolkensäule, die jeden Tag erschien, um die Kinder Israel durch die Wüste zu geleiten, und die zweite, ganz ähnliche Manifestation göttlicher Vorsehung, die Wolkengloriole, die die heilige Stiftshütte umhüllte.

Mit dem Bemühen, ihre symbolische Bedeutung für das Denken der Alten zu begreifen, suchte und verglich Enoch Laquedem andere Hinweise auf atmosphärische Phänomene in der antiken Literatur Mesopotamiens wie auch in der Bibel selbst. Er bewies, dass die antike Welt ein reiches Arsenal an sprachlichen und bildlichen Darstellungen dieser Phänomene besaß. Er zitierte aus dem kanaanitischen Epos über Rahab, den Fürsten des Meeres, der von dem »Herrn, der auf *arabhoth* – Wolken – ritt«, herausgefordert wurde. Aus der Genesis zitierte er die Verse über den *ayd* – den Nebel –, der in Eden aufstieg, um das Land zu bewässern, und außerdem die *anan* – die Wolke –, in die Gott nach der Sintflut Seinen Regenbogen stellte. Und all diesen Begriffen ging an Alter und Urgewalt der *ruach Elohim* voraus – der Geist Gottes –, der bei der Schöpfung über den Wassern schwebte.

Das Thema Wolken und Naturphänomene, das Enoch Laquedem als Gelehrten so faszinierte, beherrschte auch sein persönliches Leben.

Der junge Enoch sah seine spätere Frau Charlotte Marie zum ersten Mal, als sie, auf einer künstlichen Wolke dahinschwebend, den Part der Seraphina in der neuen Oper »Vom Himmel gefallen« sang, deren Premiere am Prager Nationaltheater stattfand. Als ich

Jahrzehnte später der Stadt einen Besuch abstattete, stieß ich in der Bibliothek der Musikakademie auf eine Originalkopie des Librettos und der Partitur.

In der ersten Szene des heute so gut wie vergessenen Werkes fällt der Graf von Auerbach, von der Jagd heimkehrend, vom Pferd und zieht sich eine Gehirnerschütterung zu. Als er erwacht, besitzt er eine neue und gesteigerte Wahrnehmungsfähigkeit. Der Graf schlägt die Augen auf, blickt empor und sieht zu seinem Erstaunen die schöne Seraphina hoch über der Bühne schweben, in wogenden Dampf gehüllt und von sechs Cherubim aus dem Knabenchor von St. Michael begleitet. Anfangs glaubt der Graf, gestorben und in den Himmel gekommen zu sein, doch als er vorsichtig und ein wenig sinnlich seinen Körper und seine Gliedmaßen abtastet, stellt er fest, dass er tatsächlich noch am Leben ist.

Der Graf ruft aus:

Ich habe mich in einen Engel verliebt!

Die hoch gewachsene, ätherische Seraphina, die auf einer verborgenen Plattform steht, antwortet mit einer lieblichen, koketten Modulation von c-Moll nach G-Dur:

Oh, aber das darfst du nicht.
Ich werde dich nur enttäuschen.
Wir Engel verbringen
So kurze Zeit nur auf Erden.

Der Graf will nicht aufgeben und verfolgt mit seiner neuen Wahrnehmungskraft weiterhin seine Liebe. Zuletzt muss Seraphina feststellen, dass sie sich gegen alle Naturgesetze des Himmels in den ansehnlichen und hartnäckigen Edelmann verliebt hat.

Vor dem Schluss der Oper betet sie zu Gott, er möge ihr erlauben, sterblich zu werden:

Für diese unsterblichen Flügel,
Ein Paar von göttlicher und
Durchscheinender Substanz,
Danke ich Dir.
Doch ebenso demütig bitte ich Dich,
Verwandle mich, verwandle mich!
In jene andersartige Rasse,
Auf so wunderbare Art
Nach Deinem Bildnis erschaffen
Und aus ewiger Liebe geformt.

Genau wie der Graf von Auerbach verfolgte auch der junge Enoch Laquedem seine Liebe, den auf Wolken schwebenden Engel, und heiratete Charlotte Marie.

Seine betagten Eltern waren unglücklich über die Wahl ihres einzigen Sohnes. Eine singende Aktrice war ein frivoles, unbeständiges Wesen, das ihm mit Sicherheit das Herz brechen und das sein Leben ruinieren würde. Doch als sie sahen, dass ihr Sohn fest entschlossen war, gaben sie ihm ihren Segen.

Enoch und Charlotte Marie hatten ein Kind, Eva. Aber die ehemalige Seraphina war nicht dazu geboren, Ehefrau eines erdgebundenen Gelehrten zu sein. Eines Tages verschwand sie einfach und ließ ihre vierjährige Tochter und den unglücklichen Ehemann endgültig allein.

Enoch Laquedem fand ihre hastig gekritzelte Nachricht auf dem Schreibtisch in seinem Studierzimmer.

Mein lieber Enoch,
bitte, versuch mich zu verstehen und mir zu vergeben. Du brauchst

keine Angst davor zu haben, ohne mich weiterzuleben. Du hast unsere kleine Eva. Ich fürchte mich nicht vor der Zukunft. Ich werde bleiben, was ich immer war,
Deine himmlische Lotte.

Ein oder zwei Jahre lang war Laquedem nicht in der Lage, sich ernsthaft seiner Textforschung zu widmen oder etwas zu schreiben. Obwohl seine Familie wohlhabend war und er nicht arbeiten musste, entschied er, dass er eine Ablenkung brauche. Er nahm eine Stellung als Bibliothekar und Manuskriptkurator am Jüdischen Museum von Prag an, das Anfang des Jahrhunderts im Staré-Město-Viertel in zwei Räumen eines Hauses an der Benediktská-Straße eingerichtet worden war. Das Museum wuchs mit der Zeit und umfasste schließlich mehrere Synagogen, den Alten Jüdischen Friedhof und das jüdische Rathaus. Augustin Laquedem, Enochs Vater, hatte das Museum von seiner Gründung an unterstützt.

Enoch Laquedem war für seine Position bestens geeignet. Er war nicht nur in Hebräisch, Aramäisch und anderen relevanten Sprachen versiert, sondern auch mit einem ganz speziellen Verständnis und Gefühl für seltene Bücher und Manuskripte aufgewachsen. Seine Familie, deren einziger Erbe er war, besaß eine kleine, doch erlesene Sammlung seltener Bücher und illuminierter Handschriften, deren kostbarste der großartige »Augsburger Codex« war, der sich seit Generationen im Besitz der Laquedems befand.

Im Laufe der Zeit erholte sich Enoch Laquedem von dem Schock, von Charlotte Marie verlassen worden zu sein, und er begann produktiv zu schreiben. Er veröffentlichte Artikel, Abhandlungen und Monographien über philologische Themen bis hin zur Geschichtsphilosophie. Immer stärker wandte er sich den antiken Kommentaren des *Midrasch* zu, die ihn mit ihrer Verknüpfung der verschiedenen Texte, aus denen die Bibel besteht, faszinierten.

Er übersetzte und veröffentlichte auf eigene Kosten die einzig erhaltene Fassung eines *Midrasch* über Esther, der von einem unbekannten spanischen Gelehrten des zwölften Jahrhunderts gesammelt worden und im »Augsburger Codex« enthalten war. Für das Jüdische Museum stellte er eine aktuelle Bibliographie sämtlicher seltener Bücher und Manuskripte seiner Kollektion zusammen.
Unmittelbar vor dem Zweiten Weltkrieg kam Laquedem auf das Thema seines ersten Artikels »Ursprung und Wanderschaft« zurück, als er die verschiedenen Themen der Sprache und der Naturgewalten in seinem Opus magnum »Wolkengloriolen« einband und erläuterte.
In seiner Einführung zu diesem inzwischen verloren gegangenen Werk schrieb er:

Dass die Bibel eine nachträglich vervollständigte Schrift ist, wird nicht bestritten. Das sollte uns aber nicht daran zweifeln lassen, dass sie von Gott diktiert ist. Insofern die Niederschrift der Bibel Menschenwerk ist, spricht aus ihr die Vollendung einer künstlerischen Tradition, die sich im Verlauf vieler Jahrhunderte entwickelt hat. Wie sich der Embryo jedes modernen Menschen durch Stadien entwickelt, in denen er älteren Lebewesen ähnelt, den Fischen, den Amphibien, und so fort, so trägt die Bibel ältere linguistische und literarische Formen in sich, die für uns zumeist längst verloren sind.

Am Abend, bevor Eva Prag verließ, übergab Enoch Laquedem seiner Tochter das unfertige, handgeschriebene Manuskript der »Wolkengloriolen«.
»Wenn ich mich nicht täusche, werden die ›Wolkengloriolen‹ das wichtigste Werk meines Lebens sein – mit Ausnahme von dir, meine geliebte Tochter. Du musst es für mich vollenden.«
»Aber warum willst du nicht mitkommen, Vater? Es ist immer noch Zeit genug. Chujo wird auch dir helfen.«

»Ich kann nicht. Das habe ich dir schon gesagt. Es gibt noch zu vieles, das ich erledigen muss. Ich habe meine Pflichten. Ich kann jetzt nicht fort.«

»Aber was musst du denn erledigen?«

Wie immer wollte er das nicht sagen. Aber Eva wusste, dass er das Museum liebte und um sein Fortbestehen bangte.

»Aber Vater, du glaubst doch nicht, dass du noch etwas für das Museum tun kannst. Dazu ist es schon zu spät. Es wird zerstört werden. Und wie soll ich dein Buch vollenden können? Du musst mit mir kommen, Vater, und sei es nur, damit du es selbst vollenden kannst! Das ist deine Pflicht, dem Buch und dir selbst gegenüber.«

»Ich werde versuchen nachzukommen. Aber wenn nicht, kennst du meine Denkweise besser als jeder andere. Ich habe ständig alles mit dir besprochen. Du wirst mein Buch vollenden können. Versprichst du mir das?«

»Aber Vater, wie ...«

»Versprichst du mir das?«

»Ich verspreche es, Vater.«

Dann sagte sie: »Lass mich den ›Augsburger Codex‹ mitnehmen! Sonst wird man ihn bestimmt konfiszieren. Und ihn vernichten.«

»Nein. Es ist zu gefährlich. Du weißt genau, dass es verboten ist, Wertgegenstände außer Landes zu bringen. Wenn du ertappt wirst, könnten sie dich umbringen.«

»Ich habe keine Angst, Vater.«

»Ich weiß, dass du keine Angst hast, Eva ...« Er ergriff ihre Hände und küsste sie ... »Aber es ist schecklich genug, dass du mich verlassen musst. Wenn ich dich für immer verlieren müsste, ohne Hoffnung darauf, dich wiederzusehen, könnte ich keinen Augenblick weiterleben. Ich werde nicht dulden, dass du dein Leben für Pergament und Tinte opferst.«

»Aber Vater, es handelt sich nicht nur um Pergament und Tinte.

Die Handschrift war stets eine große Inspiration für dich. Das hast du immer wieder gesagt. Wir müssen alles tun, was in unserer Macht steht, um sie zu retten. Alles andere, was wir haben, wird vernichtet werden.«

»Ich verbiete es dir. Es ist uns nicht erlaubt, unser Leben für materielle Dinge aufs Spiel zu setzen.«

Den Gedanken, dass der Codex beschlagnahmt und verbrannt werden würde, konnte Eva nicht ertragen. Jeder wusste, dass überall kostbare Bücher und große Bibliotheken in Flammen aufgingen. War es nicht ihre Pflicht, die Handschrift jetzt zu retten, da sie in der Lage war, ihr Heimatland zu verlassen? Für den Rest der Bibliothek ihres Vaters konnte sie ohnedies nichts mehr tun.

In der Nacht vor ihrer Abreise, als ihr Vater schon schlief, widersetzte sich Eva seinem Gebot. Sie nahm den »Augsburger Codex« aus dem Schrank in der Bibliothek und versteckte ihn zwischen den paar Habseligkeiten, die sie mitnehmen durfte. Wie durch ein Wunder wurde sie von den Behörden nicht ertappt.

Als Eva uns das erzählte, sagte meine Mutter staunend: »Sie waren so tapfer!«

»Im Grunde nicht, Adele. Tapfer war ich nicht. Ich habe nur festgestellt, dass ich keine Angst hatte. Ich wurde gezwungen, meine Heimat zu verlassen. Mein Vater wollte nicht mitkommen. Ich hatte so oft versucht, ihn dazu zu überreden. Was hatte ich noch zu verlieren? Es war meine Pflicht.«

»Aber was sagte Ihr Ehemann dazu?«

»Chujo hatte vor gar nichts Angst. Er hat mich ermutigt. Er hat mir Kraft verliehen.«

Und so brachte Eva Laquedem diese zwei Schätze aus ihrer Heimat mit, die »Wolkengloriolen« und den »Augsburger Codex«. Sie nahm sie überall mit auf ihren Reisen um die gefährliche Welt. Niemals trennte sie sich von ihnen, weder bei Tag noch bei Nacht, bis sie mit ihnen in unser Haus kam.

Kapitel 8

Es klingelte an der Haustür.

Vom Sofa im Wohnzimmer aus sah ich, wie meine Mutter in die Diele hinaus ging, die Haustür selbst konnte ich freilich nicht sehen.

»Warum hast du nicht aufgemacht, Joseph?«

»Ich übe die *Parascha*. Ich bin fast fertig.«

»Na schön. Wenn du fertig bist, werden wir alles noch einmal durchgehen. Ich möchte wissen, wer das sein kann. Ich bin mit meinen Kuchenbestellungen noch nicht fertig.«

Noch heute erinnere ich mich an den Vers, den ich damals gerade las. Ich habe noch die Kantillationsmarkierung für die einzelnen Worte im Ohr: *»Asei lekhoh sh'tai hatzotzros kesef* … Macht euch zwei Trompeten aus Silber, aus gehämmerter Arbeit sollt ihr sie machen.«

Als meine Mutter die Tür öffnete, blickte ich auf.

Eine kleine Lache aus Sonnenlicht füllte die Diele. Es war ein weiches, zerlaufendes Licht, das in zwei breite Bänder geteilt wurde, als die Person auf der Veranda dichter an die Schwelle herantrat. Einen Augenblick hatte ich die seltsame, mächtige Illusion, dass diese beiden Lichtbänder die silbernen Trompeten waren, die Moses nach Gottes Willen machen lassen musste, um die Versammlungen einzuberufen und um den Stämmen den Weg durch die Wildnis zu weisen. Sie schienen so wirklich zu sein, dass ich mich fürchtete. Ich dachte, ich würde vielleicht verrückt. Ich wusste, dass Verrückte manchmal Dinge sehen, die gar nicht da sind.

Die Silbertrompeten verschwanden.

Asa suchte sich seinen Weg geräuschvoll am Esszimmertisch entlang, platschte mit den Händen laut auf die hölzerne Platte. Es war einer seiner »Tageslichtspartage«, weswegen er die Augen geschlossen und mit einer Binde bedeckt hatte.

Asa tastete sich an der Wand entlang und landete hinter meiner Mutter.

»Wer ist es, Mom?«

Meine Mutter stand da und machte ein erschrockenes Gesicht. Sekundenlang dachte ich, dass etwas passiert sei. Vielleicht stand ein Räuber vor der Tür. In den letzten Wochen hatte es in Windsor zwei Raubüberfälle gegeben. Die Polizei konnte den Täter nicht finden und meinte, die Übeltäter seien womöglich Leute, die von Detroit herübergekommen seien.

Noch einmal fragte Asa: »Wer ist es, Mom? Du hast nicht hallo gesagt.«

»Ja, ja, da ist jemand«, sagte sie mit gedämpfter Stimme und wandte sich zu Asa um. Dann sah sie wieder zur Tür. »Verzeihen Sie. Es tut mir Leid. Ich hatte nur … niemanden erwartet. Meine Kuchen …« Meine Mutter lächelte. »Also, ich glaube, das klingt nicht sehr logisch. Kann ich etwas für Sie tun?«

Ich hörte die Stimme der Fremden, bevor ich sie selbst sehen konnte. Ihre Stimme klang für mich vertraut und zugleich fremd. Die S-Laute waren hoch und zischend, und die Ts und Ds klangen wie schnelles Klicken. Ich dachte, sie kommt vielleicht aus England.

»Hallo. Ich heiße Eva Higashi. Man hat mir gesagt, Sie hätten möglicherweise ein Zimmer zu vermieten?« Sie sagte es wie eine Frage, sehr sanft und liebenswürdig.

Ich kam aus dem Wohnzimmer.

In dem Moment, in dem ich ihr Gesicht und ihre Gestalt sah, war da auf einmal eine wunderschöne Farbe, ein schimmerndes Blaugrün mit einem goldenen Schillern wie auf dem Kopf und den Schwungfedern von Nebukadnezar.

»Higashi?« Meine Mutter hielt inne. »Sie sind nicht von hier, nicht wahr? Ich bin Adele Ivri. Das ist Asa, mein Kleiner. Joseph, mein Großer, sitzt im Wohnzimmer und lernt. Ah, da ist er ja.« Meine Mutter wischte sich die Hände an ihrer Schürze ab. »Es tut mir Leid, ich habe gerade in der Küche Kuchen gebacken.«

»Es duftet köstlich. Dafür brauchen Sie sich nicht zu entschuldigen!«

Meine Mutter errötete und lächelte schüchtern. Ich fand, sie sah aus wie auf den Fotos aus ihrer Kindheit, die in ihrem Schlafzimmer hingen.

Dann sagte meine Mutter: »Man soll Fremde nicht anstarren, Kinder!« Aber sie starrte die Fremde selber an.

»Ich starre gar nicht«, erklärte Asa. »Wie kann ich starren? Meine Augen sind geschlossen!«

»Bitte, Asa! Nicht so laut.« Sie wandte sich wieder an die Fremde. »Möchten Sie nicht bitte hereinkommen?«

»Vielen Dank. Ich danke Ihnen sehr. Es tut mir so Leid, dass ich Sie stören muss.«

»Oh, aber Sie stören nicht«, gab meine Mutter zurück.

Eva Higashi blickte hin und her zwischen uns und lächelte, als seien wir die faszinierendsten und hübschesten Menschen, die sie jemals gesehen hatte. Als sie durch die Tür hereinkam, legte sie den Kopf ganz leicht schief. Sie war überraschend groß, noch größer als meine Mutter, sodass ihr dickes rotes Haar beinah den Türsturz streifte.

Behutsam schloss sie die Tür hinter sich.

Noch niemals hatte ich jemanden gesehen, der so bezaubernd und elegant war. Ihre hochhackigen Schuhe und der geschlossene Sonnenschirm passten zu der wundervollen Farbe ihres Kleides. Sie setzte einen Fuß vor den anderen, vorsichtig, als schreite sie über eine schmale Brücke, die von einer geheimnisvollen, verzauberten Welt, von der wir nichts wussten, in unsere kleine und stille herüberführte.

»Wie sieht sie aus? Ist sie hübsch?«, erkundigte sich Asa.
»Aber Asa!« ermahnte ihn meine Mutter und errötete. »Was soll diese Fragerei? Warum nimmst du nicht deine Augenbinde ab und sieht selber nach?«
»Ich kann nicht. Heute ist mein ›Tageslichtspartag‹.« Und dann erkundigte er sich noch einmal, lauter: »Wie sieht sie aus?«
Mir war Asas Verhalten peinlich. Ich konnte mich nicht erinnern, dass ich mich jemals zuvor für Asa geschämt hatte, nicht einmal wenn ich ihn zur Schule bringen musste, weil er die Augen geschlossen hielt. Wegen meiner sonderbaren Vorstellungen über die Macht der Schönheit kam es mir nie in den Sinn, dass irgendjemand ihn kritisieren könne, egal, wie er sich verhielt. Hier aber stand ein Mensch, der möglicherweise noch schöner war als Asa.
Meine Mutter rieb sich die Stirn; dann musterte sie die Fremde abwägend und sagte zu Asa: »Also, mein Liebling, du weißt, dass ich immer auf der Wahrheit bestehe. Ich habe noch niemanden gesehen, der so ist wie sie. Höchstens vielleicht mal im Kino.«
»Sind Sie Schauspielerin, Mrs. Higashi?«
»Nein doch! Aber meine Mutter war Schauspielerin und Sängerin.«
Abermals errötete meine Mutter und wandte sich an mich. »Findest du nicht auch, dass sie zauberhaft aussieht, Joseph?« Dann sah sie wieder Mrs. Higashi an. »Sie hat dunkelrote Haare, ein echtes Rot, das sehe ich sofort, zu einem lockeren Knoten aufgesteckt. Und sie hat grüne Augen. So grün wie Smaragde. Warum machst du nicht die Augen auf, Asa? So etwas solltest du dir nicht entgehen lassen.« Meine Mutter kicherte.
»Warum lachst du?«, fragte Asa.
»Mein verstorbener Mann pflegte zu sagen: ›Große Frauen sind die schönsten‹«, sagte meine Mutter eher zu der Fremden als zu Asa. »Deswegen hat er sich in mich verliebt.« Sie hob die Hand an ihren Mund und flüsterte: »Damals war ich noch viel schlanker.«
Ich schämte mich für meine Mutter und war zugleich verärgert

über sie, wofür ich mich ebenfalls sofort schämte. Wie konnte meine schwere, unscheinbare Mutter sich auch nur im Entferntesten, und sei es auch nur, was die Größe betraf, mit diesem prachtvollen Wesen vergleichen, das vor uns stand? Und warum benahm sie sich so albern?

»Ich bin nicht oft einer Frau begegnet, die größer war als ich – oder auch einem Mann«, sagte sie zu Mrs. Higashi.

»Nun, Ihr Ehemann hatte durchaus Recht. Mit Sicherheit in Ihrem Fall. Mein Mann war derselben Meinung. Groß zu sein ist wirklich von Vorteil. Ich genieße es sehr.«

»Wie sieht sie sonst noch aus?«, wollte Asa wissen.

Meine Mutter sah Mrs. Higashi an. »Asa ist zuweilen sehr starrköpfig. Ich weiß nicht, was ich mit ihm machen soll.«

»Ich bin nicht starrköpfig!«

Plötzlich kauerte sich Eva Higashi nieder, sodass ihr Gesicht fast in gleicher Höhe wie das Asas war. Wenn sie sich bewegte, spannte sich ihr schimmerndes Kleid über den Hüften, Schenkeln und Brüsten. Es machte ein ganz schwaches, raschelndes Geräusch. Die schlanken Absätze ihrer blaugrünen Schuhe zeigten in die Luft. Nur ihre Zehen balancierten auf dem Boden.

Sie lächelte und nahm behutsam Asas Augenbinde ab. Er wehrte sich nicht. Seine Augen waren jetzt weit offen. Er starrte sie lange an.

Sie hatte, als meine Mutter sie beschrieb, weder verlegen noch schüchtern gewirkt, und das war sie auch jetzt nicht, als Asa sie eingehend betrachtete. Im Gegenteil, sie sah ihm direkt in die Augen.

Nach einem Moment sagte Asa ruhig: »Sie sieht nicht chinesisch aus.«

»Man sagt nicht ›sie‹, wenn die Person direkt vor einem steht«, ermahnte meine Mutter ihn liebevoll. »Das ist unhöflich, Asa. Du musst direkt mit ihr selber sprechen. Du hast doch gehört, wie sie heißt. Mrs. Higashi.«

»Kommen Sie aus China, Mrs. Higashi?«

Sie lachte. »Aber nein. Ich habe viele Jahre in Japan gelebt, obwohl ich auch in China gewesen bin. Mein Mann war Japaner. Ein Doktor. Higashi ist ein japanischer Name.«

»Ihr Ehemann ist ein Doktor?« fragte Asa.

»Ja. Mein Mann war Kinderarzt. Er ist letztes Jahr gestorben. Er war ein wundervoller Mann. Er hat mir das Leben gerettet. Das können nicht allzu viele Frauen von ihrem Ehemann sagen. Ich wünschte, Sie hätten ihn kennen gelernt. Er wusste immer, was mein Herz sagte.« Sie strich Asa übers Haar. Dann sagte sie sehr ernst: »Wenn ich jemals wieder heiraten sollte – obwohl ich das nicht beabsichtige –, werde ich ihm zu Ehren und in liebevoller Erinnerung den Namen Higashi beibehalten.«

Ich fragte mich, was sie tun würde, wenn sie wieder heiratete und ihr neuer Ehemann wollte, dass sie seinen Namen annahm.

Sie wandte den Kopf und blickte zu mir auf, als habe sie meine Gedanken gelesen. »Wenn ich wieder heirate, werde ich mich Eva Laquedem Higashi X nennen müssen, wobei Laquedem mein Mädchenname und X der Name meines neuen Ehemanns ist, wie immer er auch heißen mag. Obwohl ich, wie gesagt, nicht wieder zu heiraten beabsichtige, jedenfalls nicht in absehbarer Zeit, und auch keinerlei Aussicht darauf besteht.«

Als sie das sagte, lächelte sie. Dann erhob sie sich.

Mir fiel auf, dass meine Mutter, als Eva Higashi von ihrem Ehemann erzählte, ›Er wusste immer, was mein Herz sagte‹, von diesen Worten zutiefst berührt war. Es fiel ihr schwer, Haltung zu bewahren. Schließlich sagte meine Mutter, bemüht, einen heiteren Ton anzuschlagen: »Sie müssen uns für sehr unhöflich halten, Mrs. Higashi, weil wir Ihnen so viele Fragen stellen.«

»Ganz und gar nicht. Sie sind sehr freundliche Menschen.« Sie klopfte mit ihrem Sonnenschirm auf den Fußboden. »Ich freue mich sehr, hier sein zu können.«

»Wir freuen uns ebenfalls«, versicherte ihr meine Mutter. »Sie suchen ein Zimmer, sagten Sie? Wir haben oben ein großes, luftiges. Wir nennen es das Sonnenzimmer, weil es so hell und freundlich ist. Es ist ziemlich abgeschlossen. Es hat sogar ein eigenes Bad, Vollpension und Benutzung aller Bequemlichkeiten sind eingeschlossen. Möchten Sie es sich ansehen? Wir leben nicht in einer Villa, es ist ein sehr einfaches Haus, und wir sind einfache Leute, aber ich denke, Sie werden es sehr gemütlich finden.«
Mrs. Higashi machte eine schwungvolle Geste. Sie sprach laut, als stehe sie wie eine Schauspielerin auf einer großen Bühne.
»Es war einmal ein Fürst, der in einem winzigen, klapprigen Haus abstieg, das mit den weißen Blüten der Abendgesichte bewachsen war. Er fragte sich: Wer hat auf dieser Welt mehr als nur eine vorübergehende Bleibe? Eine Hütte oder ein mit Juwelen bestückter Pavillon – letztlich kommt es doch auf das Gleiche heraus.«
Damit verstummte sie und machte eine tiefe Verneigung.
»Ach, war das schön!«, sagte meine Mutter. »Und ›Abendgesichte‹, welch ein wunderschöner Name für eine Blütenpflanze! Das muss Shakespeare sein. Aus welchem Stück, hab ich vergessen. Hat Ihre Mutter auch Shakespeare gespielt?«
»O nein, das ist nicht Shakespeare. Es stammt aus einem alten Roman, vor tausend Jahren von einer Adeligen geschrieben, der Hofdame Murasaki. Er heißt ›Der Roman vom Prinzen Genji‹.«
Keiner von uns hatte je von dem Roman und von seiner Autorin gehört. Ja, es war uns nie in den Sinn gekommen, dass es so etwas wie japanische Romane überhaupt gab.
»Verzeihen Sie bitte. Wir sind so ungebildet«, sagte meine Mutter.
Ich wunderte mich über ihre Worte. Obwohl ich sie niemals als arrogant erlebt hatte, wusste ich doch, dass sie schon immer sehr großen Wert auf ihre Bibelfestigkeit gelegt hatte, das Grundthema der ganzen Welt. Und jetzt behauptete sie, wir seien ungebildet.
Eva Higashi lächelte. »So etwas dürfen Sie niemals sagen! Niemals.

Es gibt so vieles auf der Welt. Wie kann man da alles wissen? Selbst die klügsten Menschen können manchmal nichts von den wichtigsten Dingen wissen. Aber ich hatte Glück, mein Mann hat mir ganz langsam aus dem ›Prinzen Genji‹ vorgelesen, aus einer modernen Version, damit ich Japanisch lerne. Ich habe ihn dafür mit der Bibel vertraut gemacht. Die Sprache des ursprünglichen ›Prinzen Genji‹ ist so alt, dass selbst die heutigen Japaner sie nicht mehr verstehen können. Sie ist angefüllt mit Wörtern, deren Bedeutung in Vergessenheit geraten ist. Mein Vater hat einmal einen Artikel über ein ähnliches Phänomen in der Bibel geschrieben, die *hapax legomena*, Wörter, die nur ein einziges Mal vorkommen.«

»Ha-pax le-go-me-na.« Meine Mutter wiederholte langsam jede einzelne Silbe. »Diesen Ausdruck habe ich noch nie gehört. Er klingt interessant. Würden Sie ihn mir erklären?«

»Aber natürlich. Ich würde gern …«

»Sie sprechen Japanisch?«, fiel Asa ihr ins Wort.

»Hai«, sagte Mrs. Higashi. »Das heißt ›ja‹. Wenn du willst, bringe ich dir bei, was ich kann. Es ist eine wundervolle Sprache. Eine neue Sprache zu lernen, heitert mich immer auf. Mein Vater spricht zwölf. Ich allerdings nur einige wenige.«

»Wie viele?«, wollte Asa wissen.

»Sieben.«

Ich hätte nie gedacht, dass so etwas möglich wäre, ich hatte schon so große Probleme mit dem Hebräischen. Wie können all diese Wörter im Gehirn Platz finden?, fragte ich mich.

Eva Higashi gab noch ein paar Laute von sich, die wir noch nie zuvor gehört hatten.

Sie lachte. »Das heißt ganz einfach: ›Heute scheint die Sonne‹ auf Japanisch.«

»Die Sonne macht meine Augen kaputt«, sagte Asa ernst.

Einen Moment machte Eva ein verständnisloses Gesicht. »Aber das kann nicht wahr sein! In der Bibel steht: ›Die Sonne soll dir nicht

am Tage schaden, und der Mond nicht in der Nacht.‹ Daran müssen wir glauben!«
»Ach, Mrs. Higashi«, sagte meine Mutter bewundernd, »Sie wissen so viel!«
Mrs. Higashi schüttelte nur den Kopf.
Dann sagte sie zu Asa: »Wusstest du, dass ich durch meine Ehe mit der Sonne verwandt bin?«
Wir wussten nicht, was wir darauf antworten sollten. Ich entdeckte einen verwirrten Ausdruck auf dem Gesicht meiner Mutter.
»Keine Sorge, ich bin nicht so verrückt, wie es klingt! Nun ja, es ist eine seltsame Geschichte. Mein verstorbener Mann stammte aus einer Adelsfamilie. Genau wie die Dame Murasaki. Mein Ehemann war entfernt mit dem Kaiser von Japan verwandt, und die Japaner glauben, dass der Kaiser von der Sonne abstammt. Aber trotz dieser Familienbande sind mir der Mond und die Sterne lieber.«
»Der Mond und die Sterne?«, fragte Asa.
»Der Mond ist sehr geheimnisvoll und rätselhaft. Deswegen ziehen die Dichter den Mond vor. Bist du ein Dichter? Ich frage, weil du ganz eindeutig die Eigenschaften des Mondes besitzt?«
»Wirklich?«
»Ja. Du bist ein sehr geheimnisvoller und rätselhafter Junge. Aber du kannst, glaube ich, auch ein treuer Freund sein. Der Mond ist mir ein guter Begleiter gewesen, wie er es für jeden Reisenden ist, und außerdem ein großer Trost. Man kann sich stets darauf verlassen, immer wieder den Mond zu sehen, wohin man auch geht.«
»Ich nicht. Ich werde blind. Ich kann nicht aus dem Haus gehen. Egal, was Sie sagen, ich weiß, dass die Sonne meine Augen kaputt macht, weil ein böser Komet auf ihr eingeschlagen ist.«
»Asa kann im Dunkeln schlecht sehen«, erklärte meine Mutter.
Auf einmal streckte Mrs. Higashi beide Arme aus und fragte ihn: »Kannst du tun, was ich kann?«

Asa gehorchte und streckte seine Arme aus. Er versuchte zu tun, was sie tat.

Sie wackelte zuerst mit diesem und dann mit einem anderen schlanken Finger. Sie testete sein Gesichtsfeld. Manchmal wackelte Asa ebenfalls mit den Fingern. Ein- oder zweimal tat er es nicht. Sie lächelte die ganze Zeit, als hätte er alles richtig gemacht. Und immer wieder sagte sie: »Bravo!«

»Ich hab mal jemanden wie dich kennen gelernt, als ich in Sibirien war«, sagte sie und bewegte ihre rechte Hand.

»Sie haben in Sibirien gelebt?«

»Nein. Ich musste elf Tage lang mit der Transsibirischen Eisenbahn fahren, um nach Wladiwostok zu kommen. Zum Glück war Sommer in Sibirien. Der Sommer ist dort wunderschön, und sogar heiß! Die meisten Menschen machen sich nicht klar, dass es in Sibirien so heiß sein kann. Aber es ist besser, im Sommer dort zu sein als im Winter. Im Winter ist es so kalt, dass einem die Zähne wie Glas zerbrechen können, wenn man ins Haus zurückkommt. Tack, tack.« Um ihren Worten Nachdruck zu verleihen, klopfte Mrs. Higashi mit einem roten Fingernagel an ihre Vorderzähne. Ihre Zähne waren sehr weiß und regelmäßig. »Aber ich schweife von meiner Geschichte ab. Im Zug fuhr ein hübsches kleines Mädchen mit. Sie hatte ein ganz ähnliches Problem wie du. Weil ihre Mutter vor der Reise gestorben war, bat sie mich, sie als meine Tochter auszugeben, bis wir in Wladiwostok seien. Sie hatte auch rote Haare, also war es eine sehr gute Idee. Wir mussten nur ihren Pass ein wenig ändern, damit er zu meinem passte.«

»Wlad… Wladis…«, versuchte Asa zu sagen.

Langsam zählte Eva Higashi die Silben an ihren Fingern ab. »Wla-di-wos-tok. Ganz am Rand von Russland. Dort haben wir das Schiff nach Japan genommen.«

»Sind die Augen des Mädchens von der Sonne kaputtgemacht worden?«

»Aber nein! Das kann nicht geschehen, solange man die richtigen Vorsichtsmaßnahmen einhält. Das kleine Mädchen, Rachel, verbrachte seine Zeit damit, zum Zugfenster hinauszusehen. Sie speicherte die Bilder für die Zukunft, damit sie später auf sie zurückgreifen und wie Joseph in Ägypten Vorräte für die mageren Jahre anlegen konnte. Meinst du nicht auch, dass das eine gute Idee war?«

»Ach«, sagte Asa. »Musste sie auch eine Sonnenbrille tragen?«

Mrs. Higashi überlegte einen Moment. Sie warf meiner Mutter einen kurzen Blick zu, die ebenfalls mit leicht geöffnetem Mund auf die Antwort wartete.

»O ja, aber auf dem Breitengrad von Sibirien brauchte sie noch einen Extraschutz.« Sie hielt einen Augenblick inne. »Ja, jetzt erinnere ich mich. Folgendes haben wir getan: Für draußen haben wir ihr einen Schleier aus durchsichtiger Seide gemacht. Seide filtert das Sonnenlicht und macht es weicher. Wenn du ein wenig darüber nachdenkst, wirst du feststellen, dass das durchaus logisch ist, denn die Seidenraupen sind sehr lichtempfindlich. Das ist eine bekannte Tatsache. Die Familie meines Ehemanns besaß eine große Seidenfabrik, hat im Krieg aber alles verloren. Mal sehen, ob ich noch ein Stück Seidenstoff habe.« Sie öffnete ihre Handtasche. Mit ihrer schlanken Hand griff sie hinein und holte ein blassblaues Stoffstück, so hauchdünn wie Gaze heraus.

»Oh«, sagte meine Mutter, »das ist Seidenchiffon, nicht wahr?«

»Der beste, den es gibt. Ich benutze zuweilen Seide, um meine Haare zu schützen. Warten Sie, ich zeige Ihnen, was man sonst noch damit machen kann!«

Mit einer geschickten Bewegung drapierte Mrs. Higashi das Tuch so locker über Asas Stirn, dass es herabhing wie ein Schleier. Die oberen Zipfel verknotete sie hinter seinem Kopf.

»Kannst du hindurchsehen?«

Asa sah sich langsam um. »Ja.«

»Aber draußen musst du trotzdem noch die Sonnenbrille tragen, wegen dem doppelten Schutz. Wollen wir's ausprobieren und zum Fenster gehen, damit du hinaussehen kannst?«
Unter dem Schleier setzte Asa seine Sonnenbrille auf. Dann folgte er ihr gehorsam zu einem der Fenster. Sie zog an der Jalousie, die flatternd hochging.
Sofort wurde es taghell im Wohnzimmer.
»Siehst du? Stört dich das Tageslicht immer noch?«
Asa spähte in den Vorgarten hinaus. »Ich glaube nicht.«
»Die Seide wird das ganze schädliche Licht fernhalten, selbst das von Kometen, und du wirst keine Probleme mehr haben, weder im Haus noch im Freien.« Sie warf meiner Mutter einen Blick zu. Dann sagte sie langsam: »Obwohl du, wie gesagt, draußen immer noch deine Sonnenbrille tragen musst. Sobald ich eingezogen bin, könnten wir einen Spaziergang machen und es ausprobieren, das heißt, wenn ich hierbleiben und bei euch wohnen darf.«
»Vielen Dank«, sagte Asa. »Ich weiß nicht, warum der Doktor mir nicht dazu geraten hat. Es hätte mir viele Unannehmlichkeiten erspart.«
»Selbst die besten Ärzte können nicht alles wissen. Das kann niemand. Dafür gibt es zu viel Wissenswertes und zu wenig Zeit. Ich selber weiß auch nicht alles. Ich konnte mein Studium nicht beenden, doch eines Tages werde ich es abschließen, wenn ich mich um einige andere wichtige Dinge gekümmert habe. Wir dürfen uns nicht über unsere Unwissenheit ärgern. Das ist einfach so, wie es ist.«
Auf einmal klatschte sie laut in die Hände.
»Wisst ihr, wie die Seidenraupen Seide machen?«
Wir waren alle verblüfft und wussten nicht, was wir darauf antworten sollten.
»Ich werde es euch zeigen. Aufgepasst!«
Eva Higashi zog zwei lange Silbernadeln aus ihrem Haar. Sie hob

sie hoch über ihren Kopf und zeichnete mit ihnen langsam eine Acht in die Luft. Als ich sie sah, musste ich an einen Hypnotiseur denken.

»Die Seidenraupe spinnt die Seide aus Drüsen in ihrem Kopf, mit dem sie diese Bewegungen macht.« Sie begann, sich zu drehen und zu winden.

»Die Seidenraupe benutzt ihren eigenen Körper, um uns die Seide zu schenken. Während sie ihren Kokon spinnt, schrumpft sie ein. Könnt ihr euch etwas vorstellen, das selbstloser wäre?«

Wir standen wie gebannt, während Eva Higashi langsam in die Hocke ging und wie eine Seidenraupe zu schrumpfen schien. Ihre Hände, in denen sie noch immer die langen Silbernadeln hielt, webten hier und dort, tanzten über ihrem Kopf und vor ihrem Körper.

Während Eva sich bewegte, begann sich ihr rotes Haar langsam zu lösen und fiel offen herab. Ein wundervoller Duft stieg auf, als ihre Haare über Gesicht und Schultern sanken und einen bezaubernden Kontrast zum Blaugrün ihres Kleides bildeten. Ihr Gesicht konnten wir nicht mehr sehen.

Als sie fertig war, nahm sie die Nadeln in den Mund, strich sich die Haare aus dem Gesicht und stand wieder auf. Sie raffte die Haare hoch über ihrem Kopf zusammen und steckte beide Nadeln wieder an ihren Platz. Ich fand es erstaunlich, dass nur zwei lange Nadeln eine solche Menge Haare festhalten konnten. Als sie fertig war, entdeckte ich, dass den Kopf jeder Nadel eine zierliche Vogelfigur bildete.

»Das sind Tauben«, erklärte sie, als sie uns wieder ansah. »Sind sie nicht hübsch?«

»Wunderhübsch«, gab meine Mutter zurück.

»Wollen wir hinaufgehen und uns das Zimmer ansehen?«

»Aber natürlich«, sagte meine Mutter. »Ich hoffe, es wird Ihnen gefallen.«

Kapitel 9

Während wir zur Treppe gingen, bemerkte Mrs. Higashi mein *Tikkun*, das ich aufgeschlagen auf dem Beistelltisch liegen gelassen hatte. Obwohl sie noch einen Moment zuvor unbedingt nach oben gehen und sich das Sonnenzimmer ansehen wollte, ließ sie sich ablenken und blieb stehen, um es in die Hand zu nehmen.

Sie betrachtete es eingehend.

»Man hat mich gebeten«, sagte ich, »der neue Vorleser in unserer Synagoge zu werden, und das ist ganz schön schwer. Jede Woche lesen wir in der Synagoge einen Abschnitt aus der Bibel, und …«

»Aber ja, natürlich«, sagte sie und lächelte mich an. »Ich bin sicher, dass du das ganz großartig machen wirst.«

Da sie mich unterbrochen hatte, fand ich, dass ich meine Worte von Anfang an wiederholen müsse, um alles zu beenden, was ich ursprünglich hatte sagen wollen. Ich musste alle Wörter und Sätze zusammen richtig geordnet aussprechen. Dieser Impuls war mir neu und beunruhigte mich. Ich schloss die Augen, um die Worte auszusprechen, bevor ich abermals unterbrochen werden konnte.

»Ich bin der neue Vorleser in der Synagoge, und das ist ganz schön schwer. Jede Woche müssen wir in der Synagoge einen anderen Abschnitt vorlesen. Und den muss man lesen können, ohne die Vokale zu sehen.«

Ich öffnete die Augen. Mrs. Higashi beobachtete mich aufmerksam. Wieder lächelte sie. Ich hatte ein merkwürdiges Gefühl. Ich war tief bewegt, verstand aber nicht, wieso.

»Ja, du musst alles zusammen und in Ordnung halten, Joseph. Das ist sehr wichtig. Mein Vater war genauso. Deswegen ist er ein so guter Gelehrter geworden, und das wirst du eines Tages auch werden, davon bin ich überzeugt. Man muss sehr fleißig sein, um ein wahrer Gelehrter zu sein. Doch wie ich sehe, besitzt du diese Eigenschaft. Es tut mir Leid, dass ich dich unterbrochen habe. Ja, gewiss, die Vokale sind sehr wichtig. Die festen Konsonanten sind wie unser materieller Körper, und die unsichtbaren Vokale sind wie unsere Seele, die dem Körper Leben verleiht.«

»Wie wunderschön Sie das ausdrücken«, sagte meine Mutter.

»Das hat ein großer Rabbi einmal zu meinem Vater gesagt.«

Mrs. Higashi sah wieder in das *Tikkun.* Mit einem roten Fingernagel strich sie über die Spalte mit dem unmarkierten Text.

»Sieh nur, es ist bei meinen Lieblingsversen aufgeschlagen! Ich glaube nicht an Zufälle. Sie etwa?« Sie wartete Mutters Antwort nicht ab, sondern las uns die Worte, die Moses zu Joshua gesprochen hatte, in perfektem Hebräisch vor: *»›U'mi yitain kol am adonai n'vi'im …* Wenn doch alle Menschen Gottes Propheten wären …‹« Sie blickte auf. »Das ist auch der Lieblingsvers meines Vaters.«

Schüchtern berührte meine Mutter ihren Arm. »Es ist so wundervoll, Sie hier bei uns zu haben, Mrs. Higashi. Ihr Vater hat Sie gut unterrichtet. Meiner hat mich auch gelehrt, die Bibel zu lesen. Bitte, erzählen Sie uns von Ihrem Vater! Ist er ein Rabbi?«

»O nein, mein Vater ist kein Rabbi.« Mrs. Higashi lachte leise. »Obwohl er mehr weiß als alle, denen ich je begegnet bin. Viele sind zu uns ins Haus gekommen, um bei ihm Unterricht zu nehmen. Ich habe immer versucht, den Diskussionen zuzuhören. Was ich sagen wollte: Sie müssen mich wirklich Eva nennen!«

»Gern, Eva«, sagte meine Mutter. »Bitte, erzählen Sie uns von Ihrem Vater!«

Sie hielt inne und sah jeden von uns an, als überlege sie, ob sie fortfahren solle, ob wir in der Lage seien, sie zu verstehen.

Dann sagte sie: »Ich hatte großes Glück. Mein Vater hat versucht, mich so viel zu lehren wie er konnte, obwohl ich natürlich nur fähig war, eine Fingerspitze von seinem großen Wissen aufzunehmen.« Mit den Fingern einer Hand hielt sie einen der rot lackierten Nägel der anderen hoch. »Ich bin ein Einzelkind. Mein Vater hat immer gesagt: ›Es genügt nicht, nur die Jungen und Männer zu unterrichten. In diesen finsteren Zeiten muss jeder so viel Wissen mit sich herumtragen wie er kann. Das ist die einzige Möglichkeit, die Vergangenheit zu bewahren.‹«

Auf einmal wirkte sie traurig. »Ich war sehr lange fort und habe sehr vieles vergessen. Nicht aber die Worte meines Vaters. Ich habe seit Jahren nichts mehr von ihm gehört und kann ihn nicht finden. Ich fürchte, dass er … Nein, nein, ich habe die Hoffnung nicht aufgegeben. Man hört immer wieder Geschichten von Menschen, die einander wiederfinden, sogar nach vielen, vielen Jahren.«

Ganz kurz schloss sie die Augen und schüttelte ein wenig den Kopf. Dann öffnete sie die Augen und lächelte uns strahlend an. »Ich weiß, es klingt seltsam und sehr vorschnell. Ich bin erst wenige Minuten hier, und hier ist es ganz anders als an all den Orten, an denen ich je gewesen bin, aber ich habe das Gefühl, hier zu Hause und in Sicherheit zu sein.«

»Ja, Eva«, sagte meine Mutter. »Ja, Eva. Hier ist Ihr neues Zuhause. Und jetzt wollen wir Ihnen endlich Ihr Zimmer zeigen.«

Kapitel 10

Kapitel 10

Obwohl meine Mutter wahrheitsgemäß gesagt hatte: »Wir leben nicht in einer Villa, es ist ein einfaches Haus«, waren die Zimmer in unserem Haus geräumig und hoch. Mehrere Monate nach dem Tod meines Vaters, als unsere Geldprobleme zunahmen, hatte meine Mutter das große Sonnenzimmer oben, in dem mein Vater so gern gesessen hatte, auf eine Weise umgeräumt, dass wir einen Untermieter aufnehmen konnten. Dieses Eckzimmer im ersten Stock des Hauses hatte Fenster, die zwei ganze Wände einnahmen und auf den Garten hinausblickten.

Das Zimmer war einfach, aber bequem möbliert. Es gab ein Himmelbett, einen Schreibtisch, ein kleines, dunkelgrünes Sofa und einen dazu passenden Ohrensessel. Die Fenster hatten Baumwollgardinen und etwas schwerere Vorhänge. An einer Wand stand zwischen zwei mächtigen Schränken ein großer, altmodischer Spiegel. An der anderen fensterlosen Wand hingen mehrere verblasste Aquarelle der Großen Seen.

Asa, der uns ins Sonnenzimmer gefolgt war, trug noch immer das Seidentuch, das Eva ihm über den Kopf drapiert hatte. Er sah sich überall um und beschwerte sich nicht darüber, dass das Licht durch die vielen Fenster hereinströmte.

Eva schlenderte durch das Zimmer, berührte Wände und Fensterrahmen mit den Fingerspitzen, betrachtete sich einen Moment im Spiegel und sah dann zu uns herüber.

»Die Holzverkleidungen sind sehr elegant. In Prag war unsere ganze Wohnung mit Mahagoni getäfelt. Und vom Arbeitszimmer meines Vaters aus hatten wir einen sehr schönen Blick auf die Moldau.«

Sie trat ans Fenster und klatschte in die Hände.
»Ein Blick aus meinem Fenster auf Ihren Garten! Wie reizend. Und eine Sonnenuhr! Also, dies ist wirklich ein kleines Paradies.«
»Wie sind Sie hergekommen?«, fragte Asa unvermittelt. »Warum sind Sie zu uns gekommen? Haben Sie gewusst, dass unser letzter Untermieter ein alter Mann war? Mr. Applewine ist hier in diesem Bett gestorben. Aber keine Sorge, meine Mutter hat die Bettwäsche weggeworfen. Sie wechselt sie seither jede Woche, obwohl kein Mensch darin schläft. Manchmal macht man alles schmutzig, wenn man stirbt.«
»Asa!«, sagte meine Mutter warnend, aber das hinderte ihn nicht daran, weiterzureden.
»Dr. Fairclough ist gekommen und hat gesagt, Mr. Applewine sei im Schlaf an einem Herzanfall gestorben. In diesem Haus sterben alle erwachsenen Männer, aber nicht die Frauen. Iris May ist ein paar Tage geblieben, aber die ist nicht gestorben, das ist der Beweis, also ist es hier nicht gefährlich für Sie.«
»Langsam, Asa«, ermahnte ihn meine Mutter. »Sonst erstickst du noch an deinen Worten.«
Asa wiederholte seine Frage. »Wie sind Sie hergekommen? Wir wollen bald mit einem Ozeandampfer fahren. Mr. Zubrovsky und Iris May sind gerade mit einem Ozeandampfer unterwegs. Deswegen muss Joseph die Thora lesen. Sind Sie mit einem Ozeandampfer aus Japan gekommen oder mit einem Flugzeug?«
»Asa, wirklich! Die Katze ist an ihrer Neugier gestorben«, sagte meine Mutter, doch dann wandte auch sie sich erwartungsvoll an Eva Higashi.
Eva Higashi setzte sich aufs Fußende des Betts. Sie rutschte ein bisschen auf der Matratze herum, als wolle sie testen, ob die auch wirklich bequem sei. Offensichtlich war sie zufrieden.
»Es kommt mir vor, als wäre ich immer auf Reisen gewesen. Wie Ahasver, der Ewige Jude, der niemals zur Ruhe kommt, weil ihn

seine Sünden umhertreiben, obwohl ich selbst, glaube ich, nichts wirklich Schlimmes getan habe. Nein, ich glaube wirklich nicht. Nicht, so weit ich wüsste.« Sie hielt inne und strich die Tagesdecke mit beiden Händen glatt. »Und ich möchte Ihnen gleich sagen, dass ich immer nur sehr schlecht schlafe. Wie dem auch sei, als ich Japan verließ, hätte ich nicht gedacht, dass ich einmal mit so reizenden Menschen in diesem schönen Zimmer sitzen würde.« Auf einmal machte sie eine gequälte Miene. »Könnte ich bitte ein bisschen Wasser haben? Ich habe großen Durst.«

»Ach, wie unhöflich von mir! Hier reden wir, und ich habe Ihnen nichts angeboten«, sagte meine Mutter. »Joseph, würdest du hinunterlaufen und einen Krug Wasser für Eva holen? Und vergiss auch bitte nicht das Eis!«

Ich brachte ein Tablett mit einem großen Glas und einem Krug voll Eiswasser.

»Vielen Dank, Joseph«, sagte Eva. Sie schenkte sich ein Glas ein und hob es an die Lippen. Sie trank es mit langen Zügen leer. Dann schenkte sie sich noch zweimal ein, um das Glas jedes Mal genauso durstig auszutrinken. Einen Augenblick saß sie ganz still, das leere Glas in der Hand, und wartete, bis sich das Wasser überall in ihrem hochgewachsenen Körper verteilt hatte. Schließlich sagte sie: »Das war köstlich. Vielen Dank, Joseph.«

Obwohl sie die Tochter eines Gelehrten war, der zahlreiche Artikel und Bücher geschrieben hatte, und obwohl sie die Bibel sogar auf Hebräisch zitieren konnte, stellte ich fest, dass sie, bevor sie das Wasser trank, nicht gebetet hatte. Vielleicht war sie so durstig gewesen, dass sie es vergessen hatte.

Schließlich fragte Asa sie zum dritten Mal: »Wie sind Sie hergekommen? Mit einem Ozeandampfer?«

Eva wandte sich an Asa. »O ja, ich bin tatsächlich mit einem Ozeandampfer nach Amerika gekommen.«

Kapitel 11

Kapitel 11

Ein paar Wochen, bevor sie nach Windsor kam, hatte sich Eva in Yokohama auf dem Passagierfrachter »Jewel of the Seas« nach San Francisco eingeschifft. Durch die Bullaugen ihrer kleinen Kabine und von der Reling des schmalen Promenadendecks aus blickte sie auf den grandiosen Fudschijama zurück, während das Schiff gemächlich in die Sagami-Bucht hinausglitt.

Es war ein außergewöhnlich klarer Tag. Im Morgenlicht wirkte der Fuß des Vulkans wegen der Bäume, die auf seinen unteren Hängen wuchsen, dunkelgrün. Der Gipfel, der bis in die Wolken emporragte, war dunkelrot. Und als es dann Nachmittag wurde, färbte sich der ganze Berg hellviolett.

»Der Fudschijama ist den Japanern heilig«, erklärte uns Eva.

Sie machte einen Augenblick Pause mit ihrer Geschichte und bat um einen Stift und ein Blatt Papier. Dann zeigte sie uns, wie die Japaner das Schriftzeichen für Vulkan zeichnen. Wir erfuhren, dass das Wort »Vulkan« aus zwei Symbolen besteht.

»Seht ihr? Das hier ist das Symbol für Feuer: 火. Seht ihr die kleinen Flammen? Und das hier ist das Zeichen für Berg: 山. Seht ihr die hoch aufragenden Gipfel? Das Ganze zusammen bedeutet ›Vulkan‹.«

»Darf ich mal zeichnen?«, fragte Asa.

»Aber gewiss doch.«

Sorgfältig malte Asa das Ideogramm nach.

»Das ist perfekt, Asa«, lobte ihn Eva.

Dann setzte sie ihre Geschichte fort.

Am ersten Abend auf See bat der Kapitän der »Jewel of the Seas« Eva an seinen Tisch. Er schrieb die Einladung auf sein persönliches, elegantes Briefpapier und ließ sie nachmittags von einem seiner Stewards überbringen. Adressiert war das Schreiben mit ihrem Namen, wie er auf der Passagierliste stand: Mrs. Chujo Higashi of Fukuoka Prefecture. Außerdem lud der Kapitän noch einen zweiten Fahrgast ein, die einzige andere Frau auf dem Schiff, die zierlich und zerbrechlich wirkende Mrs. Miyashita. Eva hatte Mrs. Miyashita schon am Vormittag gesehen, wie sie in einem Liegestuhl saß und Fotos und Briefe betrachtete, die sie in einer Lackschatulle verwahrte.

Es war ein reizender Abend. Das Wasser des Pazifik war ruhig. Das Essen war ausgezeichnet.

Mrs. Miyashita erzählte, dass sie zu ihrer Tochter nach Kalifornien reise. Sie zeigte jedem Akikos Bild.

»Sie ist sehr schön«, sagte Eva.

Der Kapitän stimmte ihr zu.

Dann erzählte Eva den beiden, dass sie nach Amerika auswandere, nachdem sie sehr lange auf ihr Visum gewartet habe. Aber sie wolle sich erst noch ein wenig umsehen, bevor sie sich entschloss, sich irgendwo endgültig niederzulassen.

Vielleicht werde sie in New York bleiben. Da sie in einer kosmopolitischen Stadt aufgewachsen sei, werde es ihr dort möglicherweise gefallen. Traurig erzählte sie dem Kapitän und Mrs. Miyashita, dass sie wegen der politischen Lage nicht in ihr Heimatland zurückkehren könne. Alle drei waren sich einig, dass die Lage gegenwärtig überall sehr kompliziert sei.

Der Kapitän erkundigte sich bei Eva nach ihren Reiseplänen in Amerika. Nachdem sie ihm ihre Route erklärt hatte, sagte er: »Sie werden also in einem großen Zickzack reisen.«

Eva lachte. »Wirklich? Nun ja, das wird sicher weit interessanter sein als in gerader Linie.«

»Das ist wahr«, betätigte er ihr.

Dann sprachen sie von all den Orten, die sie besucht hatten, all

den Menschen, denen sie begegnet, und all den Ereignissen, deren Zeugen sie geworden waren. Und wie auf Verabredung versuchten sie alle, nur von den glücklichen Zeiten zu sprechen.
Mrs. Miyashita war in ihrer Jugend viel gereist. Ein Jahr hatte sie sogar in Paris verbracht und dort Malerei studiert, obwohl sie, wie sie schnell hinzusetzte, im Grunde gar kein Talent besaß. Während sie in Frankreich war, hatte sie den Maler Claude Monet kennen gelernt. Sie berichtete Eva und dem Kapitän vom Einfluss der japanischen Kunst auf diesen großen Maler, und das führte zu einer Diskussion über Ukiyo-E-Drucke. Eva glaubte nicht an simple Zufälle. Wie sich herausstellte, hatte sie neun solche Farbholzschnitte aus der Serie »Sechsunddreißig Ansichten des Fudschijama« des Künstlers Hokusai aus dem neunzehnten Jahrhundert in ihrem Gepäck. Dem Kapitän und Mrs. Miyashita erkärte sie, dass die Familie ihres verstorbenen Gatten ihr die Blätter geschenkt habe.
»Mein lieber Ehemann ist kürzlich verstorben. Er war sehr lange krank.« Dann setzte sie leise hinzu: »Er war in der Nähe der Strahlung gewesen.«
»Das tut mir sehr Leid«, sagte der Kapitän.
Mit der Kante ihres gefalteten Fächers berührte Mrs. Miyashita ganz leicht Evas Hand. Ihr eigener Ehemann war viele Jahre zuvor gestorben, als Akiko noch ein kleines Mädchen war.
»Ich wollte eigentlich nicht von traurigen Dingen sprechen«, sagte Eva. »Wenigstens waren wir glücklich zusammen, auch noch, als mein Mann schon krank war.«
Dann berichtete Mrs. Miyashita, dass auch sie früher einmal mehrere Ukiyo-E-Drucke besessen habe, sowie mehrere alte und sehr wertvolle Seidenrollen aus der Muromachi-Periode im späteren vierzehnten Jahrhundert. Alles sei aber zerstört worden, als ihr Haus in Tokio niederbrannte. Zum Glück hatte sie sich im Sommerhaus ihrer Schwester im Gebirgskurort Karuizawa aufgehalten, als die Brandbomben fielen. Sonst hätte auch sie den Tod gefun-

den. Bei der Erinnerung daran musste sie weinen, sodass ihr dickes Make-up um die Augen herum zerlief.

»Verzeihen Sie mir, dass ich an einem so fröhlichen Abend traurig bin.« Sie entschuldigte sich und erhob sich.

Eva und der Kapitän standen beide auf, um ihr zu helfen.

»Nein, nein. Es geht schon«, sagte Mrs. Miyashita und verließ den Speisesaal allein.

Am folgenden Morgen wollte Eva Mrs. Miyashita auf dem Promenadendeck einen ihrer Holzschnitte schenken, eine Ansicht des Fudschijama von der Nihonbashi-Brücke in Edo aus.

»O nein, Mrs. Higashi. Ein so kostbares Geschenk kann ich nicht annehmen!«

»Ich bitte Sie! Ich habe so viele. Da kann ich einen leicht entbehren«, widersprach sie.

»Sie sind sehr liebenswürdig«, sagte Mrs. Miyashita, »aber ich könnte Ihnen niemals einen so großen Schatz wegnehmen. Außerdem sind die Holzschnitte ein Geschenk der Familie Ihres Gatten. Deswegen müssen Sie sie alle behalten. Was mir zugestoßen ist, ist längst vorüber. Ich darf nicht auf die Vergangenheit zurückblicken. Es war falsch, mich so aufzuregen. Es ist falsch, materiellen Dingen nachzuweinen.«

Während ihr Schiff den Pazifik durchpflügte, drängte Eva Mrs. Miyashita mehrere Tage lang, den Hokusai-Holzschnitt anzunehmen. Eines Vormittags schließlich gab die Japanerin nach. »Für diese Freundlichkeit werde ich Ihnen ewig dankbar sein.«

»Nein, nein, ich bin es, die dankbar sein muss, weil Sie ein so geringes Geschenk von mir annehmen.«

Am selben Abend klopfte Mrs. Miyashita an Evas Kabinentür. Sie verneigte sich und überreichte Eva ein Päckchen, das in leuchtend buntes Papier gewickelt war. Darin fand Eva die Lackschatulle, etwa drei Handbreit im Quadrat groß, dieselbe Schatulle, in der

Mrs. Miyashita ihre Fotos und Briefe aufbewahrt hatte. Als sie sie jetzt in Händen hielt, sah Eva das elegante Gemälde auf dem Deckel, eine Frau in chinesischer Kleidung, die zum Horizont spähte.

Mrs. Miyashita erklärte ihr: »Das ist eine Szene aus der Geschichte der Dame Wenji. Kennen Sie die, Mrs. Higashi? Sie wurde von den Xiongu-Mongolen entführt und ihrem Häuptling zur Frau gegeben.« Mit ihrem zierlichen Finger tippte Mrs. Miyashita auf den Deckel. »Hier denkt die Dame Wenji an ihre Familie im fernen China.«

»Es ist bezaubernd«, sagte Eva. »Ihre Tochter muss sicher ebenso an Sie denken, mit großer Sehnsucht.«

Mrs. Miyashita brach in Tränen aus.

Eva war beunruhigt. »Es tut mir Leid. Jetzt habe ich Sie mit meinen Worten schon wieder betrübt.«

»Nein, nein, natürlich nicht! Es ist allein meine Schuld. Ich bin emotional überaus verletzlich und unbeherrscht geworden.«

Dann gestand Mrs. Miyashita, dass sie nicht wisse, wo ihre Tochter Akiko lebte. Sie könne im Grunde überall sein. Amerika sei ein so riesiges Land, falls sie überhaupt noch dort sei.

Vor dem Krieg habe die Tochter mehrmals Briefe aus Boston bekommen, die sie ihrer Mutter nicht zeigen wollte. Vielleicht hat sie dort einen Verehrer, hatte Mrs. Miyashita gedacht. Vielleicht ist sie nach Boston gegangen, um sich dort mit ihm zu treffen. Akiko sei immer sehr verschlossen und dickköpfig gewesen, sei des Abends allein ausgegangen, um ausländische Männer zu treffen. Das gehörte sich nicht und habe zu folgender Situation geführt: Eines Morgens, vor Ausbruch des Krieges, hatte Mrs. Miyashita das Zimmer ihrer Tochter leer gefunden. Und nun, nach dieser langen Zeit, hatte sie noch immer nichts von ihr gehört.

Mrs. Miyashita besaß Freunde in mehreren amerikanischen Großstädten, bei denen sie unterkommen konnte, aber was konnten sie tun, um ihre Tochter zu finden? Es war, als suche man eine Nadel im Heuhaufen. Mrs. Miyashitas Reise war, wie sie wusste, absolut sinnlos. Sie war zum Scheitern verurteilt. Aber sie konnte einfach nicht anders. Sie musste fahren. Sie wollte nicht sterben, ohne ihre Tochter noch einmal gesehen zu haben.

»Ich weiß nicht, was mich in Amerika erwartet. Selbst wenn ein Wunder geschehen und ich meine Tochter finden sollte, weiß ich doch nicht, ob sie mit mir sprechen will.«

»Vielleicht wird sie sich freuen, Sie zu sehen, wenn sie erfährt, dass Sie um die halbe Welt gereist sind, nur damit Sie sie wiederfinden. Schließlich wird sie immer Ihre Tochter sein.«

Von San Francisco aus reiste Eva nach Los Angeles und von dort weiter nach Denver. Von Denver fuhr sie nach Houston, von Houston nach Minneapolis, von Minneapolis nach New Orleans und von New Orleans nach Chicago. Es waren wundervolle Städte, groß, ausgedehnt und energiegeladen. Aber die ganze Zeit schlief sie nicht gut, obwohl sie in guten Hotels abstieg.

Obwohl Eva noch niemals zuvor in den Vereinigten Staaten gewesen war und dort niemanden persönlich kannte, gab es in Amerika Menschen, die von ihr wussten.

Als sie in Chiacgo eintraf und in ihrem Hotel abstieg, erhielt sie einen Eilbrief.

Liebe Miss Laquedem,

es ist mir berichtet worden, dass Sie in Japan gelebt haben und kürzlich in die Vereinigten Staaten gekommen sind. Ich hoffe, dass Sie noch immer im Besitz des »Augsburger Codex« sind, der sich seit Generationen in den Händen Ihrer Familie befand.

Diese Handschrift ist für mich von großem Interesse. In meiner Sammlung befinden sich bereits drei weitere Arbeiten desselben Kopisten und Buchmalers, der, wie Sie als Tochter eines großen Gelehrten zweifellos

wissen, mehrere Aufträge für den reichen Juden Salomon De Braga ausführte, den Vertrauten der Bankiersfamilie Fugger. Würden Sie mich, sobald es Ihnen möglich ist, freundlicherweise in Detroit aufsuchen?
Leider hindert mich meine Gebrechlichkeit daran, auch nur die kurze Strecke nach Chicago zu reisen, und ich bedaure, dass mich mein hohes Alter dazu zwingt, so aufdringlich zu sein.
Hochachtungsvoll
Prof. Xavier I. Hirschmann
Antiquar für seltene Bücher und Manuskripte
Pontiac, Michigan

Der »Augsburger Codex« war, wie Eva uns erklärte, tatsächlich seit vielen Generationen im Besitz der Familie Laquedem, selbst als sie im christlichen Europa umherwanderten und ins Ottomanische Reich und wieder zurück zogen.
Wie es bei vielen wichtigen und seltenen Handschriften der Fall ist, war Eva sich dessen bewusst, dass es Menschen auf der Welt gab, denen dies schon seit langem bekannt war. Trotzdem hatte sie den Codex unter strengster Geheimhaltung an sich genommen und außer ihrem Ehemann Chujo niemandem davon erzählt.
Vielleicht kannte Professor Hirschmann ihren Vater, auch wenn sie sich nicht daran erinnern konnte, dass ihr Vater den Namen je erwähnt hatte. Vielleicht wusste der Professor, was aus ihrem Vater geworden war.
»Deswegen musste ich nach Detroit fahren und sehen, wer dieser Mann ist, verstehen Sie?«
Sie dachte, vermutlich in den Genuss zu kommen, in Professor Hirschmanns Sammlung weitere Arbeiten des großen Buchmalers zu sehen, dessen Werk die Familie ihres Vaters so viele Generationen lang in Ehren gehalten und behütet hatte. Ihr Vater hatte ihr oft erzählt, dass eine der Illustrationen in dem Codex sein brennen-

des Interesse an der Welt der Bibel geweckt habe. Als Kind war er von einer Darstellung der Rauchsäule verzaubert gewesen, die den Stamm Israel vom Heer des Pharao trennte. Ganz oben in dem hochragenden Wolkenturm hatte der Künstler in grauen und weißen, gold gefleckten Temperafarben ein gütiges Antlitz aus dem Dunst hervortreten lassen. Wie ihr Vater behauptete, war es diese kindliche Entdeckung, die ihn später zu seinem Aufsatz »Ursprung und Wanderschaft der übernatürlichen Wolken durch die Wüste sowie Literatur der Alten« und noch später zu seinem unvollendeten Buch »Wolkenglorìolen« inspirierte.

Von Chicago aus reiste Eva nach Detroit, wo sie im Zentrum am Washington Boulevard im »Statler Hotel« abstieg.

Die Pagen, die ihren grauen Schrankkoffer trugen, stellten ihn mitten in ihrem Zimmer auf einen orangefarbenen chinesischen Seidenteppich mit einem eingewebten Muster aus ineinander verschlungenen Drachen.

Die Pagen zeigten durch das Fenster auf das Panorama draußen. »Da drüben, Lady, können Sie Kanada sehen!«

Sie sah den Stand der Nachmittagssonne. »Kanada? Aber hier blicken wir doch nach Süden!«

Die beiden warfen sich einen Blick zu und lachten. »Nun ja, Ma'am, Kanada liegt im Süden.« Und sie erklärten ihr, dass die Halbinsel des südwestlichen Ontario bis tief in die Großen Seen hinabreiche.

Später am selben Tag kam Professor Hirschmann, ein gebrechlicher alter Mann mit schütteren grauen Haaren zu ihr in die Suite. Begleitet wurde er von einer Pflegerin, einer stämmigen Frau in Schwesterntracht. Die Schwester sagte nichts, und Professor Hirschmann stellte sie auch nicht vor.

»Diese Schwester hat mich angestarrt«, erzählte uns Eva, »sie wirkte ziemlich einschüchternd.«

Professor Hirschmann nahm auf einem kleinen Sofa Platz.

Anders als seine Pflegerin war Professor Hirschmann äußerst freundlich, jedenfalls anfangs. Er war eindeutig sehr gebildet und kultiviert. Wie er Eva erklärte, sei er zum Geistlichen ordiniert worden und außerdem Mitglied der Theologischen Fakultät der Universität von Berlin. Wie Evas Vater war er Experte für alte Sprachen und Literatur, Hebräisch, Akkadisch, Aramäisch und Hethitisch. Im Krieg habte er viel erdulden müssen. Sein Haus im Berliner Stadtteil Charlottenburg sei zerbombt worden, seine Frau Elise und ihr Hund Bobo seien dabei umgekommen. Diese Tragödien trügen die Schuld an seinem vorzeitigen Altern und seiner Gebrechlichkeit.

Professor Hirschmann hatte sein Sammlung hebräischer Handschriften retten können, die er in seinem Landhaus versteckt und mitgebracht hatte, als er nach dem Krieg in die Vereinigten Staaten auswanderte. Das Sammeln war seine einzige Freude gewesen und geblieben. Die andere Konstante in seinem Leben war – er flüsterte es Eva auf Hebräisch zu – »*hamachashefa shama* – die Hexe da drüben«, wobei er unauffällig zu seiner Pflegerin hinüber nickte, die diese Sprache offenbar nicht verstand.

Eva erbot sich, den Zimmerservice zu rufen. Ob der Herr Professor etwas trinken oder essen wolle?

»Das ist sehr freundlich von Ihnen, gnädige Frau, aber ich habe zu Hause eine Küche und eine Köchin.« Wie sie bemerkte, zeigten seine Mundwinkel, selbst wenn er lächelte, ein wenig nach unten. Eva zog an ihren eigenen Mundwinkeln, um ihrer Schilderung für uns Nachdruck zu verleihenzu. Wir lachten.

»Oh, aber ich wollte euch nicht zum Lachen bringen«, versicherte sie ernst. »Ganz genauso hat er ausgesehen. Es war sehr merkwürdig. Ich dachte, es komme daher, dass er so viel gelitten hatte.« Dann fuhr sie mit ihrer Geschichte fort.

»Wie Sie sehen, meine liebe junge Miss Laquedem«, sagte Professor Hirschmann zu ihr, »bin ich ein Mann am Ende der Welt und der

Zeit. Für mich ist das Sammeln von Handschriften eine Sucht. Habe ich richtig geraten? Sie haben sie? Darf ich sehen, was zu sehen ich mich seit so langer Zeit gesehnt habe?«
Sie ging die Handschrift holen. Sie reichte ihm ein Paar weiße Handschuhe, die er betrachtete, als leide er Schmerzen. »Man kann so vieles mehr erfühlen, wenn man das Pergament berührt«, behauptete er. Dennoch zog er die Handschuhe an.
Dann studierte er den »Augsburger Codex« und blätterte die Seiten behutsam um.
Tränen traten ihm in die Augen. Mit einem Taschentuch tupfte er sie sorgfältig ab, damit sie nicht auf die uralten Seiten tropften.
»Das ist das Schönste, was ich jemals gesehen habe.«
Während er die Handschrift betrachtete, fragte sie ihn aus: War er ihrem Vater jemals begegnet? Vielleicht in Berlin oder in Prag? Ihr Vater hatte in Wien und Berlin studiert, und nach dem Studium war er oft nach Deutschland und Österreich gereist, um dort Vorlesungen zu halten.
»Aber ja. Ich bin Ihrem Vater vor langer Zeit begegnet. Ich habe ihn in Berlin sprechen gehört. Wo oder wann, das weiß ich nicht mehr genau. In Prag bin ich niemals gewesen. Aber wie Sie wissen, war es kein Geheimnis, dass die Familie Ihres Vater einen so wundervollen Schatz besaß.«
Sie stellte keine weiteren Fragen.
»Wie sind Sie in den Besitz der anderen Handschriften aus Augsburg gekommen? Gehörten die Ihrer Familie?« Sie hatte nicht gewusst, dass es andere Handschriften dieser Herkunft gab, bis auf zwei, die sie niemals selbst gesehen hatte und die sich in den Händen reicher Familien befanden. Im Moment war sie sich nicht sicher, wie diese Familien hießen. Waren es die Feldspeisers und die Obermeyers? Die Feldspeisers waren Christen geworden.
»War die Mutter des verehrten Professors vielleicht eine Feldspeiser?«

»Meine Mutter war ganz gewiss keine Feldspeiser«, antwortete Professor Hirschmann. »In Zeiten des Umbruchs, junge Lady, wird alles käuflich. Die Menschen brauchen immer Geld. Es gibt Leute, die sogar ihre Kinder und Eltern verkaufen würden.«

»Grauenhaft! Wie meinen Sie das?«

Er lächelte. »Entschuldigen Sie, ich war zu hart. Wir haben alle schwere Zeiten durchgemacht.«

»Woher wussten Sie, dass ich nach Amerika kommen würde? Und dass ich den ›Augsburger Codex‹ bei mir habe?«

»Bis vor kurzem habe ich noch nicht mal von Ihrer Existenz gewusst. Doch als ich davon erfuhr, vermutete ich sofort, dass Ihr Vater Ihnen seinen kostbarsten Schatz zum Aufbewahren gegeben haben muss. Das lag auf der Hand. Und ich hatte Recht, nicht wahr?«

»Wie haben Sie von mir erfahren?«

»Wie? Ich bin Sammler. Und Sammler verraten ihre Geschäftsgeheimnisse nicht. Aber wenn man will, ist es nicht schwer, Leute zu finden.«

Damit sah er ihr direkt in die Augen.

Seine Zunge, ein kränklich grauer Lappen, zuckte sekundenlang über seine Unterlippe.

»Lassen Sie mich auf den Punkt kommen, Miss Laquedem. Mag sein, dass Ihnen mein Verhalten missfällt und dass Sie es für einen Mann meines Standes für unpassend halten. Die Bibel sagt, du sollst nicht begehren, aber das tue ich. Es ist eine schwere Sünde und kann zu allen möglichen weiteren Sünden führen. Richten Sie über mich, wenn Sie wollen! Ich kann nicht anders. So bin ich nun mal. Aber ich glaube, Sie werden mir zustimmen, dass man mit fünfundsiebzigtausend Dollar in diesem kindlichen Land weit kommen kann.«

Es dauerte einen Moment, bis sie begriff, dass er ihr ein außergewöhnlich hohes Angebot für den »Augsburger Codex« machte.

»Nun, was sagen Sie dazu?«

Sie war verblüfft. Sie wusste, dass die Handschrift ein Meisterwerk von historischem und künstlerischem Wert war, aber nie hätte sie eine derartige Summe erwartet, und niemals hätte sie daran gedacht, diesen Familienschatz gegen Geld zu veräußern. Er war seit so vielen Generationen im Besitz ihrer Familie gewesen. Sie musste zugeben, dass dieses Angebot verlockend war. Den Codex die ganze Zeit unter gefährlichsten Umständen zu hüten, war eine schwere Last für sie gewesen. Und jemand, der bereit war, so viel Geld auszugeben, um ihn zu kaufen, würde doch sicher alles tun, um ihn zu schützen.

Sie wusste nicht, was sie tun sollte.

Sie brachte kein Wort heraus.

»Ich verstehe. Wie ich's mir gedacht habe. Sie machen es mir nicht leicht. Dann werde ich Ihnen einhunderttausend amerikanische Dollar bieten. Bar. Weiter werde ich nicht gehen. Für diese Summe können Sie wie eine Fürstin leben.«

Sie nickte.

»Gut. Dann sind wir uns einig.« Der alte Mann erhob sich und näherte sich in einer Art Krebsgang dem Sekretär. Er lehnte seinen Mahagonistock an das Möbel und winkte der Pflegerin, die, wie Eva erst jetzt entdeckte, einen Aktenkoffer trug.

Eva wirbelte der Kopf.

Plötzlich erschien das Gesicht ihres Vaters vor ihr. Es schwebte unmittelbar vor dem Fenster ihrer Suite im »Statler Hotel«, durch das sie kurz zuvor nach Kanada hinübergesehen hatte.

»Vater!«

»Was haben Sie gesagt?«, fragte der Alte.

»Ach, nichts.«

Es sei genau wie in dem berühmten *Midrasch* von Joseph und Potiphars Weib gewesen, erklärte uns Eva: »Und Joseph betrat das Haus, um seine Arbeit zu verrichten«, hieß es in der Bibel, und der

Midrasch erklärte: Das Bild Jakobs, Josephs Vater, kam zu ihm an ein Fenster, um zu verhindern, dass er mit Potiphars Weib Ehebruch beging.
Als Eva jetzt im »Statler Hotel« von Detroit den alten Professor Hirschmann anzusehen versuchte, der sie mit seinem Geld in Versuchung führen wollte, erschien zunächst das Gesicht ihres Vaters am Fenster. Dann kam seine Gestalt in die Suite und schwebte zwischen Eva und Professor Hirschmann über dem chinesischen Seidenteppich.
Ihr Vater hatte geweint.
Langsam schüttelte er den Kopf. Und verschwand.
Eva begriff. Fast hätte sie einen schrecklichen Fehler gemacht und sich von der Geldgier leiten lassen. Dabei hatte sie alles Materielle, das sie auf dieser Welt benötigte.
»Es tut mir Leid«, sagte sie zitternd. »Ich kann die Handschrift nicht verkaufen. Es tut mir Leid, dass Sie so große Mühen auf sich genommen haben.«
»Aber ich bin bereit, Sie in bar zu bezahlen! Sie können das Geld gut gebrauchen. Sie sind an die schönen Dinge des Lebens gewöhnt.« Aufgebracht funkelte er die Pflegerin an. »Elfriede!« Die Schwester kam zu ihm und legte unwirsch den Aktenkoffer auf die Schreibplatte des Sekretärs. Er öffnete ihn. Er war bis oben hin mit amerikanischen Dollars vollgepackt.
Höhnisch grinste er Eva an. »Gefällt Ihnen dieser Duft nicht?«
»Tut mir Leid. Der ›Augsburger Codex‹ ist nicht zu verkaufen.«
Er stieß heftig mit seinem Stock auf den Fußboden und traf den blauen Kopf eines Drachens. Der Elfenbeingriff des Stocks war, wie sie auf einmal entdeckte, der Kopf eines Mannes mit übertriebenen Zügen, langen Kaninchenohren und einer großen Hakennase.
Professor Hirschmann hob die Stimme: »Was glauben Sie wohl, wer Sie sind? Wie können Sie es wagen, einen Handel rückgängig zu machen, den wir gerade abgeschlossen haben! Ich werde keinen

weiteren Cent zahlen! Sie sind raffgierig, genau wie alle Ihre Leute! Wer sonst wäre bereit, eine so exorbitante Summe zu bezahlen?«

»Raffgierig?«, wiederholte sie kaum hörbar flüsternd. »Exorbitante Summe? Hier steht nichts zum Verkauf, Herr Professor. Hat niemals etwas zum Verkauf gestanden. Es tut mir Leid, wenn Sie mich falsch verstanden haben.«

Sie zeigte zur Tür.

Anfangs rührte er sich nicht.

Dann ging sie zum Telefon, um den Portier zu rufen.

Daraufhin ging er zur Tür und funkelte sie wütend an. »Ich habe Sie einmal gefunden und werde Sie wieder finden. Ich kenne Sie und weiß, was Sie sind. Ich habe keine Geduld mehr mit Ihnen. Sie können mich nicht ewig hinhalten.«

Dann schrie er auf Deutsch seine Pflegerin an, die mit großen Augen auf das Geld im Aktenkoffer starrte. »Elfriede! Komm!« Die Pflegerin zögerte einen Moment. Jetzt starrte sie Eva an.

Wieder brüllte der Alte die Pflegerin auf Deutsch an: »Elfriede! Hör zu! Komm! Komm!« Er schlug den Aktenkoffer zu und nahm ihn von der Schreibplatte. Die Pflegerin folgte ihm, als er mühsam zur Tür hinkte. Sie machte keine Anstalten, ihm zu helfen.

Minuten später spähte Eva aus dem Fenster ihrer Hotelsuite auf die neunzehn Stockwerke tiefer liegende Straße hinab. Sie zitterte. Ihr war klar, dass sie beinahe etwas Schreckliches getan hätte.

»Warum sonst wäre mein Vater zu mir gekommen?«, fragte sie uns.

Als der Professor unter der Eingangsmarkise des »Statler Hotel« auftauchte, glich er einem lästigen Insekt, das einen Spazierstock schwang.

Am Washington Boulevard stand wartend eine Limousine. Ein Mann in Livrée öffnete den Wagenschlag, und der Alte kroch hinein. Dann schoss der große Wagen davon.

Eva blieb sehr lange am Fenster stehen.

Nachdem sie sich beruhigt hatte, blickte sie aufs Wasser hinaus,

und plötzlich sah sie am andren Ufer die Silhouette einer Stadt, die ihr die ruhigste der Welt zu sein schien. Die bezaubernde Szenerie in der Ferne mit ihren sauberen, baumgesäumten Straßen und Reihen von freundlichen Häusern beruhigte sie.
Morgen würde sie dort hinübergehen und ein paar Sehenswürdigkeiten anschauen. Ja, das würde ihr wirklich gut tun. Sie war erschöpft und ging früh zu Bett, nachdem sie nur das ausgepackt hatte, was sie für die Nacht brauchte. Obwohl sie sehr stark unter Schlaflosigkeit litt und seit Wochen nicht mehr gut geschlafen hatte, sank sie in dieser Nacht in einen tiefen, traumlosen Schlummer.

Kapitel 12

Und so bin ich jetzt hier bei Ihnen, durch dieses dumme Missverständnis mit meinem Visum. Es ist kaum zu glauben, wie viel ich in vierundzwanzig Stunden erlebt habe, und wie viel sich für mich verändert hat.«

Meine Mutter sagte: »Sie sind nicht grundlos zu uns geschickt worden, Eva. Gott hat für alles Seine Gründe, auch wenn wir sie nicht verstehen.«

Eva hob ihre Hand ans Kinn, als höre sie einen höchst erstaunlichen Ausspruch von meiner Mutter. Das Rubinarmband, das sie am Vormittag bei Greta Feld gekauft hatte, funkelte.

»Sie sind sehr freundlich, Adele«, sagte Eva. »Und ich bin Ihnen sehr dankbar. Gott wird es Ihnen sicher lohnen.«

»Das hat er schon, Eva. Das hat er schon«, gab meine Mutter zurück. »Sehen Sie mich an, wie ich hier sitze. Dann sehen Sie meine beiden Schätze.«

»Das sehe ich. Das sehe ich.« Sie überlegte einen Moment; dann sagte sie: »Nun, dann wird es Zeit, dass ich Ihnen einen meiner Schätze zeige. Ich habe bisher nur von ihm gesprochen, aber irgendwie ist er verantwortlich dafür, dass ich jetzt hier bei Ihnen bin.«

Eva öffnete ihre große Handtasche. Sie nahm ein Paar weiße Baumwollhandschuhe heraus und zog sie langsam an. Ihre Finger waren lang und schmal. Sie schenkte uns ein Lächeln, als hätten wir uns mit ihr zu einer Art köstlicher Verschwörung zusammengetan. Wieder griff sie in ihre Handtasche und zog dieses Mal eine Lackschatulle heraus, jene, die Mrs. Miyashita ihr an Bord der »Jewel of the Seas« geschenkt hatte. Behutsam stellte sie die Schatulle aufs Bett.

Sie öffnete den Deckel und entnahm ihr ein rechteckiges, goldgeprägtes Lederkästchen. An jeder Ecke saß eine kleine Perle, von denen sie eine kurz berührte, um sie ganz leicht zu streicheln.
Asa und ich saßen rechts und links neben Eva. Meine Mutter saß uns gegenüber auf einem Stuhl. Neugierig beugten wir drei uns über den wundervollen Gegenstand, den Eva in den Händen hielt.
»Was ist das?«, fragte Asa. »Ich will es sehen.«
»Sieh es dir an, ich halte es. Wir müssen vorsichtig sein, es ist fast fünfhundert Jahre alt. Nur ich allein darf es berühren. Das ist meine einzige Bedingung.«
Auf einmal wirkte sie nervös. Sie blickte sich um, obwohl außer uns niemand im Zimmer war.
»Ich muss Sie aber um noch etwas anderes bitten, obwohl ich Ihnen bereits so vieles erzählt habe. Seit vielen Jahren habe ich, bis auf mein törichtes Gespräch gestern, aus Vorsicht nicht mehr davon gesprochen. Es war sehr schwer, nach dem Tod meines Mannes niemanden mehr zu haben, mit dem ich reden konnte. Das hier muss unser Geheimnis bleiben. Es ist eine große Kostbarkeit. Ich habe mein Leben dafür aufs Spiel gesetzt. Wenn irgendjemand davon erfährt, könnte er versuchen, es mir wegzunehmen. Verstehen Sie? Deswegen habe ich dieses Geheimnis immer für mich behalten. Wollen Sie mir das versprechen?«
»Wir versprechen es Ihnen, Eva«, sagte meine Mutter. »Bitte, machen Sie sich keine Sorgen!« Meine Mutter wandte sich an uns. »Habt ihr verstanden, Kinder? Dies ist eine sehr ernste Angelegenheit. Bitte, versprecht es Eva!«
Asa und ich versprachen es.
Eva lächelte erleichtert. »Ich danke euch.«
Nun richtete sie ihre Aufmerksamkeit wieder auf das Kästchen in ihren Händen. Sie knipste eine kleine goldene Spange auf, und das Kästchen öffnete sich zu einem Buch.

Behutsam blätterte Eva die Seiten um, bis sie an die Stelle kam, die sie suchte.
Vorsichtig zeigte sie uns die Worte auf der rechten Seite. Sie waren aus dem einhundervierten Psalm:

Zeh Hayom – Da ist das Meer, so groß und weit;
darin wimmelt es ohne Zahl,
kleine Tiere samt großen!

Sie deutete auf eine Miniatur, die die Seite gegenüber einnahm. Es war eine Meeresszene in leuchtendem Blau. Eva hielt das Buch schräg, damit das Licht darauf fiel.
»Ich will das sehen!«, rief Asa.
»Einen Moment.« Eva legte das Buch auf ihren Schoß. »Die Illustrationen sind sehr klein gehalten. Am besten betrachtet man sie durch das hier.« Aus ihrer Handtasche holte sie ein riesiges Vergrößerungsglas und reichte es als Erstem Asa.
»Sieh ganz genau hin, dann erkennst du, dass es im Wasser von Lebewesen wimmelt, nicht wahr?«
»Die schwimmen ja unter Wasser!«, sagte Asa.
Es stimmte. Unter der Oberfläche eine lapislazuli-blauen Meeres sah man die hellsaphirgrünen Umrisse von Fischen aller Art und Delfinen.
Noch nie hatte ich etwas so Exquisites gesehen. Ich spürte, wie mein Herz schneller zu schlagen begann.
»So etwas habe ich noch niemals gesehen, Eva«, sagte meine Mutter.
»Wer ist das?«, fragte Asa. Er deutete auf die Gestalt eines schlanken Jungen auf der bemalten Seite, der sonderbar vertraut auf mich wirkte. Fürsorglich hielt Eva Asas Finger fest, damit er das Pergament nicht berührte.
»Das ist Alexander von Augsburg, Buchmaler und Schreiber. Er hat

sich in allen seinen Arbeiten verewigt. Siehst du, wie er winkt und zeigt, als begleite er uns durch die Worte, als winke er uns, in seine persönliche Welt einzutreten. Er zeigt auf den großen Wal, den Leviathan. Alexander war sehr hübsch, meinst du nicht auch? Er zeichnete sich als Junge, obwohl er bereits ein älterer Mann war, als er dieses Buch anfertigte. Er hat zehn Jahre gebraucht, all diese Texte abzuschreiben und zu bebildern, länger, als ich in Japan gelebt habe. Aber ich habe, als ich in Japan war, nicht viel fertig gebracht, wie ich beschämt gestehen muss. Mein Vater sagte, der Codex sei Alexanders größtes Werk. Ich selber habe niemals etwas Vergleichbares gesehen.«

Unvermittelt wandte Eva den Kopf. »Nanu, er sieht ja fast so aus wie du, Asa!«

»Wirklich?«

»Ich finde schon. Was meint ihr?«, wandte sich Eva an meine Mutter und mich.

Ich ärgerte mich, weil ich zugeben musste, dass Eva Recht hatte. Alexander von Augsburg sah mit seinen blonden Haaren, den feinen Zügen und schlanken Gliedern wirklich ein bisschen aus wie Asa. Unwillkürlich dachte ich: Vielleicht meint sie sogar, dass Asa ebenso großartig ist wie Alexander von Augsburg. Auch wenn Asa gut zeichnete – wie sollte er so großartig sein wie Alexander von Augsburg? Außerdem hatte Asa eine grässliche Handschrift.

»Siehst du, wie er angezogen ist?« Eva zeigte auf das Bild. »Manchmal malte er sich in der Tracht verschiedener Länder. Er ist um die ganze Welt gereist, sogar bis nach Indien. Hier trägt er die Kleidung eines venezianischen Matrosen. Wartet mal, ich muss euch noch etwas zeigen«, sagte sie. Dann blätterte sie bis zur letzten Seite des Buches. »Hier, dieses seltsame farbige Zeichen ist der Kolophon, das Emblem des Alexander vom Augsburg.«

Das *Aleph,* א, der viergliedrige, kopflose Buchstabe, mit dem sein Name beginnt, und der ihn repräsentierte, war so groß gemalt, dass

er fast ein Viertel der Seite bedeckte. Er war zu einem bizarren Vogel verfremdet, mit zwei Adlerklauen als Füße auf dem Boden, während die oberen Extremitäten vergoldete Flügel darstellten, die nach vorn eingeschlagen waren, um die Figur zu schützen.
Darunter stand geschrieben: »Ich, Alexander von Augsburg, habe dieses Buch zehn Jahre lang im Palast des Salomon De Braga geschrieben und illuminiert und im Jahr der Schöpfung 5233 beendet.«
Das war, wie ich schnell ausrechnete, das säkulare Jahr 1473.
»Das ist korrekt, Joseph«, sagte Eva.
»Was bedeutet dieser Vogel?«, erkundigte sich meine Mutter. »Sein Name hat doch nichts mit Vögeln zu tun, oder?«
»Vielleicht sind es die Schwingen der Göttlichen Gegenwart, der heiligen *Schekhinah*, oder die Schwingen der Adler, die Gottes Kinder nach Jerusalem zurücktragen, wenn der Messias kommt.«
»Ein wunderschöner Gedanke«, sagte meine Mutter.
»Das finde ich auch. Und jetzt werde ich alles wieder einpacken. Ein andermal werden wir uns mehr ansehen.«
Behutsam klappte Eva den Codex zu. Sie packte ihn wieder in die Lackschatulle, die sie auf der Tagesdecke des Betts liegen ließ.
Einen Augenblick waren wir alle still. Dann mussten wir ihr einfach Fragen stellen: Liebte sie diesen wundervollen Schatz denn nicht, den zu besitzen sie das unerhörte Glück hatte? Wäre sie wirklich bereit gewesen, sich von ihm zu trennen, wenn an der Fensterscheibe ihrer Suite im »Statler Hotel« nicht das Gesicht ihres Vaters erschienen wäre?
Hatte das Geld sie wirklich in Versuchung geführt?
Aber sie antwortete uns nur lachend: »Nun ja, einhunderttausend Dollar in bar sind sehr, sehr viel Geld.«
Auch meine Mutter lachte. »Ein Vermögen! Ich wäre schrecklich nervös, wenn ich so etwas Wertvolles mit mir herumtragen müsste.«

»Ich mache mir jede Minute Sorgen, Adele«, sagte Eva. »Manchmal ist es für mich fast zu viel. Ich trage eine schwere Verantwortung.« Dann versuchte sie, unsere anderen Fragen zu beantworten. Sie hatte trotz allem viele Jahre lang große Freude an der Handschrift gehabt. Sie hatte ihr auf ihren langen Reisen, genau wie der Mond, viel Trost und Kraft geschenkt. Aber so kostbar und teuer der Codex auch war, betonte sie, indem sie mit den Händen Bewegungen machte, als modelliere sie das Licht, er war letztlich nur ein Gegenstand. Vielleicht war die Handschrift genau wie alle materiellen Dinge nur eine Illusion.

»Selbst wenn er sich nicht mehr in meinem Besitz befände, würde er immer mir gehören, weil er mir früher einmal gehört hat.«

»Wie meinen Sie das, Eva?«, fragte Asa.

»Alles, was du jemals gesehen oder gehört oder in den Händen gehalten hast, verändert dich. Es wird zu einem Teil von dir. Das ist eine wissenschaftliche Tatsache. Dein Gehirn verändert sich. Ja, während wir uns hier jetzt gegenseitig ansehen, werden wir für immer verändert. Wir werden alle ein Teil voneinander.«

Wir sahen uns an, konnten aber keine Veränderung feststellen.

»Nun, jedenfalls hast du tatsächlich Recht. Es war falsch von mir auch nur daran zu denken, den Codex zu verkaufen, wie mich mein Vater hat wissen lassen. Wäre er in die falschen Hände geraten, so wäre ihm großer Schaden zugefügt worden. Ich habe die Pflicht, ihn zu beschützen. Das ist weit wichtiger, als ihn zu besitzen.«

»Was ist aus Ihrem Vater geworden?«, wollte Asa wissen. »Wird er auch herkommen?«

»Ich weiß nicht, was aus meinem Vater geworden ist, nachdem ich Prag verlassen habe. Einmal habe ich einen Brief von ihm bekommen und dann nichts mehr. Ich fürchte, dass er an einen furchtbaren Ort verschleppt worden ist. Denn niemand hat je wieder von ihm gehört. Wie ich befürchte, ist er inzwischen vielleicht tot.«

»Warum gehen Sie nicht nach Prag und suchen ihn?«, fragte Asa. »Vielleicht ist er noch in Ihrer Wohnung.«
»Das kann ich nicht, Asa. Es könnte zu gefährlich sein. Alles hat sich verändert. Sie könnten mir sogar den Codex wegnehmen. Es würde mir nicht gestattet werden, einen so kostbaren Schatz zu behalten. Nein. Wenn mein Vater am Leben wäre, hätte ich von ihm gehört. Oder irgendjemand hätte es mir mitgeteilt.«
»Aber Ihr Vater muss doch okay sein, wenn er Sie in dem Hotel besucht hat«, wandte Asa ein.
»Es ist sehr lieb von dir, das zu sagen, Asa. Vielleicht hast du ja Recht. Ich werde noch einmal versuchen, mich mit ein paar Leuten in Verbindung zu setzen. Ich habe es so oft versucht, und nie ist es mir gelungen. Vielleicht weiß jemand inzwischen Neues.«
Jetzt erhob sich Eva von dem Bett. Sie ging vor uns genauso auf und ab wie vorher, als sie das Haus betreten hatte, als bewege sie sich zwischen ihrer Welt und unserer hin und her. Ihr Lächeln galt jetzt keinem von uns. Ihr Verhalten, merkte ich, war anders als das unsere. Sie kam aus einer anderen Welt, und mir wurde klar, dass sie trotz ihres Lächelns überaus beunruhigt war. Vielleicht hatten wir sie mit unseren Fragen verwirrt. Ich hatte das eindeutige Gefühl, dass sie und die unbekannte Welt, aus der sie kam, realer waren als wir. In ihrem blaugrünen Seidenkleid, das leise raschelte, wirkte sie lebendiger als jeder von uns.
Sie trat in einen breiten Sonnenstrahl. Das Licht zu ihren Füßen ließ den Boden verschwinden. So schwebte sie dort, hochgewachsen und schwerelos. Und wir, die wir so dumm und unwissend waren, die niemals zuvor von japanischen Romanen gehört hatten oder wie Seidenraupen Seide aus ihrem eigenen Körper spinnen oder dass sich das Gehirn verändert, wenn wir einander ansehen, wir saßen schwerfällig auf unseren Plätzen im Schatten.
Dann begann sie ihrerseits, uns Fragen zu stellen: Gehörte uns irgendetwas für immer? Gehörten wir uns eigentlich selbst, diese

Körper, in denen wir wohnten und uns durch die Welt bewegten, und die uns jederzeit genommen werden konnten? Blieb uns nicht der Augenblick des Todes verborgen, wie der berühmte *Midrasch* gefragt und geantwortet hatte?
Sie zitierte ihn für uns: »›Wo ist der Tag des Todes? Der Tag des Todes ist verborgen, aber der Geheiligte, Er sei gesegnet, und Seine hilfreichen Engel halten die Tage unseres Lebens in ihren Händen.‹«
Weiter fragte sie uns: Wenn wir nicht einmal uns selbst gehörten, wie könnte einem Menschen dann ein anderes Ding gehören?
Sie beantwortete ihre eigene Frage: »Nur Gott allein kann Dinge besitzen. Wie König David sagte: ›Gott gehört die Erde und alles, was auf ihr ist.‹ Diese Welt gehört nicht uns. Wir sind nur da, um bei ihrer Erhaltung zu helfen.«
Keiner von uns wusste, was er sagen sollte. Obwohl er noch ein Kind war, machten ihre Worte Asa sehr traurig.
»Nicht weinen!«, sagte meine Mutter zu Asa, aber auch sie begann leise zu weinen.
Eva ergriff Asas Hand und sagte zu ihm: »Na, na, darüber muss man nicht weinen! Ich wollte dich nicht traurig machen. Es tut mir sehr leid. Ich hätte nicht von solchen Dingen reden sollen.« Sie wandte sich an meine Mutter. »Bitte, verzeihen Sie, Adele. Ich wollte Sie und Asa nicht traurig machen. Ich hätte vor Ihren Kindern nicht von solchen Dingen sprechen sollen. Es ist sehr unhöflich von mir, Ihre Freundlichkeit auf diese Weise zu erwidern. Bitte, können Sie mir verzeihen?«
»Ich bin nicht böse auf Sie, Eva. Was Sie gesagt haben, ist richtig. Meine Kinder sind nicht zu jung, um die Wahrheit zu hören. Ich habe sie nie vor ihnen verheimlicht. Ich hatte nur nie über die Dinge nachgedacht, von denen Sie sprachen.«
Daraufhin redete Eva ganz leise, ja fast im Flüsterton mit Asa. Ich konnte sie fast gar nicht verstehen.

»Wir alle besitzen etwas weit Wichtigeres: unsere Seelen, die wichtiger sind als unsere menschlichen Körper und unsere Sinne. Deine Seele kann dir niemand nehmen. Deine Seele gehört dir auf ewig. Alles andere gehört dir nur für eine kurze Zeit. Das Geheimnis besteht darin, nicht zu viel Wert auf all die anderen Dinge zu legen, die man nicht behalten kann. Ich habe im Leben sehr vieles verloren, viele kostbare Dinge. Wie es scheint, verliere ich ständig etwas, aber ich kann trotzdem glücklich sein, weil ich weiß, dass ich irgendwo ewig existieren werde. Genauso weiß ich, dass mein Vater irgendwo existiert, weil er gestern zu mir ins Hotel gekommen ist. Ich hatte meinen Vater zehn Jahre lang nicht mehr gesehen. Nicht einmal im Traum.«

Als ich Eva beobachtete, wie sie Asa all das zuflüsterte, musste ich unwillkürlich denken: Diese Frau ist so schön, das ist der Grund, warum für sie alles so schwer ist. Das ist der Grund, warum sie immer so vieles verliert. Gleichzeitig war ich überwältigt von ihren Ideen, die für mich ganz neu und fremd waren.

Damals, als ich sie zum ersten Mal hörte, empfand ich vorübergehend tiefe Erleichterung, als würden mein Kummer und all meine verrückten Gedanken einfach dahinschmelzen. Denn die Dinge, die diese Fremde sagte, waren wahr, es gab keinen Grund, sich jemals schlecht zu fühlen oder unglücklich zu sein, trotz all der traurigen Ereignisse auf dieser Welt.

Sogar jetzt, so viele Jahre später, halte ich an diesen Worten fest. Ich habe auf meine eigene Art und Weise versucht, über sie zu schreiben und sie in meinem kleinen Buch festzuhalten, obwohl sie mir immer noch neu und fremd vorkommen.

Vielleicht haben diese Vorstellungen, ob sie nun töricht oder richtig waren, dazu beigetragen, mich vor mir selbst zu retten. Ich kann nicht sagen, dass ich sie vollkommen akzeptiert habe, aber ich habe mein Bestes getan, um meine Seele zu nähren, als existiere sie bereits irgendwie in einem separaten, unsterblichen Reich. Ich denke nie darüber nach, woraus diese Seele besteht. Das würde ich nicht wagen. Das scheint mir seltsamerweise auch nicht der springende Punkt zu sein. Wir können sie weder sehen noch wahrnehmen.

»Manchmal sehe ich meinen Vater auch«, sagte Asa zu Eva. »Obwohl ich mich nicht gut an ihn erinnern kann.« Er hörte auf zu weinen und trocknete sich die Augen.

»Ich wusste, dass du mich verstehen würdest«, sagte Eva.

Dann nahm sie die Lackschatulle von der Tagesdecke.

Ihre Stimme wurde fröhlicher: »Das hier werde ich jetzt wieder einpacken. Bald werden wir wieder hineinsehen. Die Handschrift ist sehr alt und muss mit großer Vorsicht behandelt werden. Dafür kann sie uns viel Freude bereiten. Es tut mir Leid, dass ich Professor Hirschmann getattet habe, sie so lange in Händen zu halten. Ich hätte niemals dulden dürfen, dass er sie berührt. Ich habe das Gefühl, mich bei dem Buch entschuldigen zu müssen.«

Später am selben Nachmittag kamen Eva Higashi und meine Mutter vom Zoll zurück. Zwei Männer des »Statler Hotels« trugen ihren großen Schrankkoffer in unser Haus und zu ihrem Zimmer hoch.

In Evas Brieftasche steckte ein Bündel amerikanischer Geldscheine, mit denen sie ihre Hotelrechnung bezahlte. Dann gab sie jedem der beiden Männer einen extra Schein.

»Oh, vielen Dank, Lady!«, sagten sie.

Als sie gegangen waren, wandte Eva sich an meine Mutter. »Ich würde Ihnen gern die Miete für den ersten Monat geben.« Sie reichte meiner Mutter einen kleinen Packen Geldscheine.

»Warten Sie, Eva!«, sagte meine Mutter. »Warten Sie bis nächste Woche! Ab nächster Woche fangen wir an zu zählen. Diese Woche ist fast schon vorbei, und so lange werden Sie unser Gast sein.«

An jenem ersten Tag wollte Eva nicht mit uns zu Abend essen.
»Aber Sie müssen doch hungrig sein, Eva«, sagte meine Mutter. »Es war ein so langer Tag für Sie.«
»O nein, ich habe noch so viel zu tun, bis ich mich eingerichtet habe. Machen Sie sich keine Gedanken um mich! Wenn ich viel zu tun habe, bin ich niemals hungrig. Vielleicht kann ich ja nur ein Stückchen Käse und Toast haben. Das werde ich dann in meinem Zimmer essen, wenn's Ihnen recht ist.«
»Aber natürlich, Eva.«
»Und gibt es hier vielleicht Mäuse? Ich habe furchtbare Angst vor Mäusen.«
Meine Mutter lachte. »Aber nein! Mäuse werden in Kanada nicht geduldet.«
»Wirklich? In Prag hatten wir keine Mäuse in der Wohnung, aber in Japan habe ich einmal welche gesehen.«
An jenem Abend las ich dreimal die *Parascha* durch. Ich hätte sie noch ein viertes Mal gelesen, aber ich bekam Kopfschmerzen und konnte nicht mehr weiterüben.
Ich ging ganz allein aus dem Haus. Ich stand im Garten und blickte hinauf. Durch die zugezogenen Vorhänge sah ich, wie Evas Schatten sich zielbewusst durch den hell erleuchteten Raum bewegte, während sie ihren Koffer auspackte. Sie ging hin und her und hielt Gegenstände in den Händen, die ich nicht richtig erkennen konnte, geheimnisvolle, wellenförmige Objekte, die mit Evas Schatten auf die Vorhänge geworfen wurden.
Ich blickte mich um und sah mehr Glühwürmchen in unserem Garten, als ich jemals zuvor gesehen hatte. Vielleicht kamen sie aus der gesamten Nachbarschaft geflogen, um sich hier zu versammeln. Vielleicht waren sie genauso neugierig wie ich, auf seltsame Weise von dem laternenähnlichen Leuchten dieses Zimmers angelockt.

Ich war erschöpft und ging zeitig zu Bett. So müde war ich, dass ich vergaß, die Bestecke in den Küchenschubladen zu kontrollieren. Als ich dies bemerkte, lag ich schon im Bett. Es war mir egal. Es war mir eine große Erleichterung, dass es mir egal war. Was machte es denn schon, ob die Messer, Löffel und Gabeln korrekt eingeordnet waren? Das waren nur materielle Dinge und nicht von bleibendem Wert. Was hatten sie mit meinem Leben oder meiner Seele zu tun, die auf ewig existieren würde?

Ich träumte von Evas Vater, der in meiner Phantasie den verblassenden Erinnerungen an meinen eigenen Vater glich. Ausgezehrt saß Enoch Laquedem in der getäfelten Bibliothek der Prager Wohnung. Die Bibliothek war mit den wunderbarsten Schätzen gefüllt. Asa saß neben Evas Vater, sah in eines seiner Bücher und fuhr mit seinem kleinen Zeigefinger über die Seiten.

Sie lasen in einem Buch der *Midraschim*.

»Ja, ja«, sagte Evas Vater. »Hier ist es. Ich hab's gefunden. Der berühmte *Midrasch* über Abendgesichte. Lass ihn uns zusammen lesen!«

Ich las mit ihnen in diesem uralten hebräischen Kommentar über die Abendgesichte. Irgendwie las ich mit Asas Augen. Der Kommentar begann mit den heiligen Versen: »Wer auf dieser Welt hat mehr als ein vorübergehendes Obdach? Eine Hütte, ein juwelengeschmückter Pavillon, sie alle sind ein und dasselbe.«

Von diesem Punkt an begann der Traum-*Midrasch* die Bedeutung der Abendgesichte zu erklären, die Fürst Genji gesehen hatte, die dunklen Mysterien und tiefen Wahrheiten, die in ihren duftenden Antlitzen zu finden waren, und wie wir und alles auf der Welt in sie eingebunden seien. Was der *Midrasch* erklärte, wirkte über alle Maßen faszinierend, denn wie ein anderer Vers in diesem Traum bestätigte, verband Gott in den Abendgesichten zwei heilige Attribute: Weisheit und Schönheit.

Plötzlich, während all dies offenbart wurde, hörte ich die Stimme meines Vaters, die mich rief.
Asa hob verblüfft den Kopf. Das Buch der *Midraschim* mit seinen profunden Erklärungen verschwand vor meinen Augen. Dort, wo Asas Augen gewesen waren, gähnten jetzt zwei Löcher, durch die ich direkt bis in seinen Hinterkopf sehen konnte.
Ich war entsetzt und wachte auf. In diesen wirren und schnell entschwindenden Momenten konnte ich mich an nichts mehr von den dunklen Mysterien und tiefen Wahrheiten erinnern, die mir eben noch so lebendig vor Augen gestanden hatten, aber mein törichter Zorn legte sich schnell. Wie konnte ich meinem armen, toten Vater böse sein? Es war nur ein Traum.
Obwohl ich damals wusste, dass diese verlorene Offenbarung der Abendgesichte wahrscheinlich eine Phantasie gewesen war, erfüllt mich, wenn ich nach all diesen Jahren daran denke, immer ein Gefühl der Trauer und des Verlustes.

Kapitel 13

Während meiner langen Laufbahn als Wissenschaftler habe ich ausgedehnte Reisen unternommen. Ich habe bei zahlreichen internationalen Kongressen Vorträge gehalten, sowohl auf meinem eigenen Gebiet der menschlichen und komparativen Neuroanatomie als auch in den verwandten Disziplinen der Neurochirurgie, der Neurologie und der Neurowissenschaft im Allgemeinen. Diese interdisziplinären Kontakte erfüllen mich mit Genugtuung. Immer wieder stört mich die Aufteilung innerhalb der Wissenschaftszweige und sogar die in Natur- und Humanwissenschaften. Ich halte sie für künstlich und für eine Konstruktion zur Bewältigung der unermesslichen Akkumulation des menschlichen Wissens. Es gibt viel zuviel Wissenswertes, deswegen trennen wir die Dinge, um sie besser aufnehmen zu können.

Immer wieder bin ich im Laufe der Jahre von verschiedenen Universitäten und Institutionen auf der ganzen Welt als Gastprofessor eingeladen worden. Diese Besuche zwischen mehreren Wochen und fast einem Jahr haben mir jedes Mal Gelegenheit gegeben, nicht nur anderen zu vermitteln, was ich Stück für Stück entdeckt habe, sondern auch zu erfahren, was sich anderswo im naturwissenschaftlichen Universum tut.

Wo immer ich war, habe ich die Gelegenheit genutzt, mich auch auf andere Weise weiterzubilden, indem ich Bibliotheken und Museen besuchte, die vielleicht hebräische Handschriften in ihren Sammlungen hatten. Sogar für bestimmte Konferenzen und Lehraufträge habe ich mich ausschließlich wegen der Nähe einer interessanten Sammlung entschieden.

Mein Wissensdrang auf diesem außergewöhnlichen Gebiet hat sich nicht nur auf die seltensten, die berühmtesten oder die kostbarsten Handschriften konzentriert, sondern auch auf bescheidenere. Wann immer möglich habe ich auch Handschriften aus anderen Kulturen studiert, der christlichen, der islamischen, der persischen. In Kyoto, wo ich ein Forschungsjahr verbrachte, hatte ich die Möglichkeit, viele Tempel und Museumsbibliotheken zu besuchen. Dabei entdeckte ich exquisite kalligrafische Arbeiten auf Seiden- und Papierrollen, die eine Zeitspanne von fast einem Jahrtausend umfassten.

Ich habe erfahren, wie ungeheuer wertvoll die parallele Forschung auf dem Gebiet der komparativen Neuroanatomie ist, und habe sie auch bei meinem Studium der Handschriften angewandt. Selbst scheinbar nicht miteinander verwandte Lebewesen sprechen übereinander und über uns Menschen. Die Kenntnisse über unsere visuellen Systeme sind nicht nur durch das Studium anderer Säugetiere und Vögel erweitert worden, die uns im Tierreich verhältnismäßig nahe stehen, sondern auch durch das der Bienen. Die Facettenaugen der *Apis mellifera* können Dinge sehen, die uns ein Rätsel sind, etwa die unsichtbaren Farben des ultravioletten Bandes oder die Grade des polarisierten Lichtes, die diese Tiere in die Lage versetzen, den Stand der Sonne selbst bei bedecktem Himmel zu erkennen. Unser Wissen vom auditorischen System wurde durch das Studium der Wale und Delfine erweitert. Wie Dr. Schpizhof, mein Mentor in der Neuroanatomie, sagen würde: »Je mehr man weiß, desto mehr sieht man.« Diese Philosophie und Praxis hat mein Denken und meine Wahrnehmungsfähigkeit auch in der Welt der Handschriften geschärft.

Wann immer möglich habe ich mich mit einheimischen Privatsammlern getroffen. Viele große Werke der historischen Literatur und von hohem künstlerischen Wert befinden sich immer noch in den Händen Einzelner. Das mag unfair erscheinen, als ein Nachteil für die Öffentlichkeit, doch zum größten Teil werden diese Handschriften heiß geliebt und gut beschützt. Man könnte in die Waagschale werfen, dass es einzelne Privatpersonen waren, die diese Kostbarkeiten überhaupt erst in Auftrag gaben und sie über die Jahrhunderte hinweg hegten und pflegten. Dieses Verdienst muss man ihnen zugestehen. Sie lehren uns, was wir wertschätzen müssen.

Diese Sammler sind eine seltsame Rasse. Oft sind sie wohlhabende Männer und Frauen, zuweilen sind sie aber auch weniger bemittelte Menschen, die nur ein einziges interessantes Objekt – möglicherweise auch zwei oder drei – haben, das schon lange im Besitz ihrer Familie ist oder klugerweise und durch günstige Umstände erworben werden konnte. Viele dieser Menschen sind natürlich Fremden gegenüber misstrauisch, sodass ein Treffen und die Besichtigung ihrer Besitztümer nicht leicht zu arrangieren sind. Entsprechende Empfehlungen sind sehr schwierig zu erlangen. Sobald ich jedoch durchsickern ließ, dass ich in meiner Jugend den legendären »Augsburger Codex« gesehen habe, öffneten sich mir ansonsten sehr private und geheime Türen. Der »Augsburger Codex« war nur wenigen gezeigt worden. Lediglich enge Freunde und geschätzte Kollegen der Familie Laquedem hatten ihn sehen dürfen. Einmal, im Jahre 1912, hatte sich Enochs Vater Augustin Laquedem bereit erklärt, ihn dem Jüdischen Museum in Prag für eine kleine Ausstellung im Zeremoniensaal der Bestattungsbruderschaft auszuleihen. Doch diese Zurschaustellung währte nur zwei Tage. Augustin Laquedem wurde so nervös, dass er den Codex wieder zurückzog.

»Sie haben den ›Augsburger Codex‹ gesehen?«, werde ich verwundert gefragt. »Was ist mit ihm geschehen?«

»Ich weiß es nicht«, antworte ich.

»Aber Sie kannten den Besitzer?«

»Vor langer Zeit.«

»War das nicht ein Rabbi aus der Tschechoslowakei? Wo haben Sie den kennen gelernt?«

»Ja, er stammte aus Prag. Aber er war kein Rabbi, sondern ein großer Gelehrter. Ich bin ihm niemals begegnet. Als Kind habe ich seine Tochter kennen gelernt. Damals war sie die Besitzerin.«

»Seine Tochter? Wo?«

»In Kanada. Sie hat eine Zeit lang bei uns gewohnt. Als Flüchtling. Da hat sie ihn mir gezeigt. Aber ich habe sie nie wiedergesehen. Sie ist ganz plötzlich abgereist. Ich habe keine Ahnung, was aus ihr geworden ist.«

»Nun ja, der Codex scheint vom Erdboden verschwunden zu sein. Ein großer Verlust! Können Sie uns von ihm erzählen? Es gibt ja nicht mal Fotos von ihm.«

Ich gebe mir die größte Mühe, ihnen den Codex zu beschreiben. Im Laufe der Zeit bin ich zu einem kleinen Experten und Connaisseur geworden. Ganz langsam ist es mir gelungen, eine eigene, bescheidene Sammlung zusammenzutragen. Nicht besonders umfangreich vielleicht, aber exquisit. Ich besitze ein illuminiertes Gebetbuch der französisch-jüdischen Riten aus dem Troyes des vierzehnten Jahrhunderts sowie eine illuminierte Esther-Schriftrolle aus der K.-u.-k.-Monarchie des achtzehnten Jahrhunderts. Darüber hinaus besitze ich drei Handschriften späterer *Midraschim* vom zwölften bis zum fünfzehnten Jahrhundert mit verschiedenen textlichen Variationen und Emendationen. In einem davon, einem *Midrasch* über das Buch Josua, habe ich in einem sehr frühen hebräischen Text eine seltene Erwähnung von Labyrinthen gefunden.

Und in den Tagen Isaaks, unseres Vaters, wurde von sieben götzendienerischen Königen die Stadt Jericho erbaut. Und jeder König baute eine Mauer um die Stadt. Und jeder Reisende, der die Stadt Jericho betreten wollte, musste ihre Mauern siebenmal umkreisen. Aber für jene, die in der Stadt wohnten, gab es geheime Türen, und sie konnten mühelos eintreten.

Und auch der Garten Eden hat sieben Mauern. Und die Sündigen können nicht eintreten, weder durch das Blasen der Trompeten noch durch das Umkreisen der Mauern, aber die Gerechten sollen durch die geheimen Türen direkt eintreten.

Vor kurzem erwarb ich ein Schreiben von Bellejeune, der Tochter eines großen Gelehrten aus dem elften Jahrhundert namens RaSCHI, an ihren Verlobten Vasselin. Sie schrieb kurz bevor sie nach den hohen Feiertagen von Troyes nach Mayence fuhr, wo er wohnte:

Mein Geliebter. Ich stelle mir vor, dass Du nahe bei mir bist, mich beobachtest und meiner harrest, so wie ich Deine Gegenwart erwarte.

Dann zitiert Bellejeune einen Vers aus dem Hohen Lied Salomons:

Domeh dodi … Mein Geliebter gleicht der Gazelle
oder dem jungen Hirsch.
Siehe, schon steht er hinter unserer Mauer.
Er schaut durchs Fenster herein.

Ungefähr seit einem Jahrzehnt kann ich ein seltsames Phänomen beobachten. Wichtige Sammler und Museen wenden sich an mich, bevor sie gewisse Objekte erwerben. Häufig haben sie auf Umwegen von mir gehört, von jemandem, der jemanden kennt, der mir einmal begegnet ist. Es ist eines der Geheimnisse dieser Welt und der menschlichen Rasse, dass wir quer über die Meere, die Kontinente und die Zeiten hinweg alle irgendwie miteinander verbunden sind. Es bestehen unmerkliche Drähte und Bande, die sich immer weiter von einem Menschen zum anderen ziehen, sodass am Ende jeder mit einem anderen verbunden ist.
In jüngster Zeit sind mehrere Institutionen und Bibliotheken aus

verschiedenen und irgendwie beunruhigenden Gründen an mich herangetreten.

Fast immer beginnen sie mit: »Haben Sie sich schon mal überlegt, Doktor, wem Sie Ihr kostbares Erbe hinterlassen werden?« Oder noch unverfrorener: »Wie steht es mit Ihrer Gesundheit? Wir haben gehört, dass es Ihnen in letzter Zeit gar nicht so gut geht.«

»Es geht mir sehr gut«, antworte ich ihnen dann. »Es ist mir noch nie besser gegangen.«

Bis jetzt habe ich es vermieden, eine Entscheidung darüber zu treffen, was aus meiner Sammlung werden soll, obwohl es tatsächlich allmählich Zeit wird, das zu tun. Ich habe es nie fertig gebracht, so zu denken wie Eva, dass ich etwas, das ich einmal besessen habe, für immer besitzen werde, und daher erwägen kann, es wegzugeben, wie sie an jenem Nachmittag im »Statler Hotel« beinah den »Augsburger Codex« weggegeben hätte. Diese Ebene habe ich nicht erreicht. Etwas Schönes nicht nur zu bewahren, sondern zu besitzen ist sehr wichtig für mich. Vermutlich ist das eine Art Habsucht oder Gier, eine Sünde, die zu anderen Sünden führen kann. Aber ich sage mir – obwohl das nur zum Teil die Wahrheit ist –, dass ich an Asa denken muss, und frage mich, was aus ihm werden soll, wenn mir etwas zustößt. Nach all den Jahren unsicherer Verschonung ist er blind.

Meine Sammlung ist zwar bescheiden, aber extrem wertvoll, und sie nimmt ständig an Wert zu. Sie ist für mich stets ein Garant gegen nahezu sämtliche Fährnisse gewesen. Erst jetzt, dank des finanziellen Erfolgs, den mir mein Buch gebracht hat, fühle ich mich sicherer. Ich weiß, dass für Asa gut gesorgt ist, und dass Geld keine Ausrede mehr sein kann. Aber ich fühle mich noch immer nicht im Stande, für die Zeit, da ich mich von dieser Welt verabschiede, vorzusorgen oder zu planen.

Während der Wochen, da Eva bei uns wohnte, zeigte sie uns jeweils nur eine oder zwei Seiten des Codex, und immer mit größter Behutsamkeit und als handele es sich jedes Mal um einen feierlichen Anlass. Als sie uns verließ, hatte sie uns noch immer nicht all seine Wunder gezeigt.

Nur wenige Handschriften auf der ganzen Welt können sich mit dem »Augsburger Codex« messen. Es gibt den verschwenderischen »Rothschild-Codex« und die »Farhi-Bibel«, um nur zwei davon zu nennen. Obwohl von relativ bescheidener Größe – so groß wie zwei offene Hände –, hat der »Augsburger Codex« über sechshundert Seiten. Sein Text ist in Schwarz und Gold auf feinstes Kalbspergament geschrieben. Der Codex ist eine so genannte Miszellanhandschrift und wurde, wie dieser Ausdruck sagt, aus verschiedenen Werken und Abhandlungen zusammengestellt. Außer dem Buch der Psalmen, das Eva an jenem ersten Tag aufschlug, an dem sie nach Windsor kam, waren die Sprüche, die Klagelieder und das Buch Esther vertreten, Letzteres mit einem unbekannten Kommentar, den Enoch Laquedem übersetzt und auf seine Kosten veröffentlicht hat. Das Buch enthielt Alltags-, Sabbat- und Feiertagsgebete, eine Passah-Haggada des italienischen Ritus sowie philosophische, astronomische und moralische Abhandlungen. Dazu kamen ein Bestiarium, in dem die Tiere der Welt mit ihren geistigen und medizinischen Attributen dargestellt waren, und sogar ein kurzer Traktat über die Musik, beides seltene Themen in hebräischen Handschriften. Der »Augsburger Codex« war reich mit ganzseitigen Miniaturen wie auch zahlreichen Initialen ausgestattet sowie mit Randmalereien wie der Darstellung jener Rauchsäule, welche die Kinder Israel vierzig Jahre lang durch die Wüste geleitete und die Enoch Laquedem als Kind so fasziniert hatte.

Nachdem die Nazis in die Tschechoslowakei einmarschiert waren und die jüdischen Gemeinden in Böhmen und Mähren zu ver-

nichten begannen, fand eine ganze Reihe langwieriger und gefährlicher Verhandlungen zwischen den Vertretern der bedrohten Prager jüdischen Gemeinde und dem von den Nazis geleiteten Zentralamt für die Regelung der Judenfrage statt.
Um möglichst viel von ihrer bedrohten Kultur zu retten, versuchten die Vertreter der dahinschwindenden Gemeinde die Besatzer zu überreden, das Jüdische Museum von Prag zu erhalten. Den Archivunterlagen zufolge, die ich Jahrzehnte später an Ort und Stelle einsehen durfte, gehörte auch Professor Dr. Enoch Laquedem zu diesen Vertretern. Unter den Nazibeamten, mit denen die Delegation verhandelte, war Adolf Eichmann, der später in Jerusalem vor Gericht gestellt wurde.
Schließlich gaben die Besatzer ihre Zustimmung zu einem Plan, das Jüdische Museum zu retten. Für ihre eigenen Propagandazwecke ordneten sie eine Wiedereröffnung des Museums unter ihrer Kontrolle an. In den wenigen Dokumenten, die erhalten geblieben sind, nannten sie es das Zentralmuseum der ausgelöschten jüdischen Rasse. Vielleicht hofften sie auch, indem sie das Museum weiterführten, leichter an die Schätze der jüdischen Gemeinden in Böhmen und Mähren heranzukommen, als wenn sie es zerstören ließen.
Unwillkürlich kam mir der Gedanke, dass sie auf geradezu bizarre Art und Weise eine zukünftige und überwältigende Sehnsucht nach dem Volk vorausgeahnt hatten, das zu vernichten sie sich vorgenommen hatten. Also brauchten sie Mahnmale.
Für die Aktivitäten des »neu organisierten« Museums engagierten die Nazis Experten von anderen jüdischen Museen, die in der Vorkriegstschechoslowakei bestanden und die sie zwangsweise geschlossen hatten. Zu diesen Gelehrten gehörten Dr. Josef Polák, Direktor des Museums in Košice, Professor Dr. Alfred Engel, Gründer des Museums in Mikulov, und Dr. Salomon Hugo Lieben, einer der ursprünglichen Gründer des Prager Museums zur Zeit der Jahrhundertwende.

Diese todgeweihten Mitarbeiter schufteten endlose Stunden; sie sortierten und katalogisierten Hunderttausende von Objekten – darunter kostbare Bücher, Ritualgegenstände und Synagogenschmuck –, die überall in der Tschechoslowakei bei Gemeinden oder privaten Besitzern beschlagnahmt und nach Prag geschickt worden waren.
Durch den wohl bösartigsten Zufall in der Geschichte des Museums wurden die armen Gelehrten gezwungen, verschiedene Ausstellungen zur Besichtigung durch Nazibeamte höchsten Ranges zusammenzustellen. Als müsse man das eigene Gehirn zur Obduktion vorbereiten.
In den Archiven des Jüdischen Museums fand ich den Katalog für eine große Ausstellung hebräischer Handschriften und Drucke, die der aus dem sechzehnten Jahrhundert stammenden Hochsynagoge in der Cervená-Straße gehörten. Die Beiträge stammten von dem Bibliothekar Professor Dr. Tobiáš Jakobovits und Enoch Laquedem. Dass sie für ihre wissenschaftliche Arbeit wie in normalen Zeiten Anerkennung erhielten, war ein weiteres Zeichen der Naziperversität.
Laquedems Artikel über das *»De Braga Mahzor«*, ein Gebetbuch, das einer jüdischen Familie in Brünn gehört hatte und nach der Beschlagnahme nach Prag gebracht worden war, lautete:

Dieses reich bebilderte Gebetbuch wurde vom Hofjuden Salomon De Braga für den persönlichen Gebrauch in Auftrag gegeben und 1437 in Süddeutschland fertig gestellt.
Der Buchmaler und Schreiber Alexander von Augsburg beherrschte die höchst entwickelten Techniken, wie sie von den großen Künstlern seiner Zeit sowohl in Italien als auch in Frankreich benutzt wurden. Er entwickelte seinen eigenen, unnachahmlichen Stil, bei dem Szenen am Himmel oder im Wasser und atmosphärische Phänomene durchscheinend gemacht werden, um in ihnen die Macht und vielfältigen

Manifestationen des Schöpfers darzustellen. Alexander von Augsburg, der vielfach für den begabtesten Illuminator seiner Zeit gehalten wurde, hat mehrere hebräische Meisterwerke geschaffen, unter anderem den legendären »Augsburger Codex«, der in der Neuzeit verloren ging.

Als ich das las, wunderte ich mich. Es war zweifellos außerordentlich gefährlich für Enoch Laquedem, in dem Katalog den »Augsburger Codex« zu erwähnen. Was, wenn sich jemand nach dessen Schicksal und Verbleib erkundigte? Vielleicht hatte er sich nicht beherrschen können. Vielleicht fand er, dass es wichtig und das Risiko wert war, irgendwo, und sei es in einem Katalog, der für die Schergen erstellt wurde, das Wissen niederzulegen, dass ein solches Werk wie der »Augsburger Codex« existiert hatte, obwohl seine Tochter es ohne sein Wissen und gegen seinen Wunsch außer Landes und in relative Sicherheit gebracht hatte. Vielleicht wollte er auch nur verzweifelt an eine zukünftige Zeit glauben, in der die Schergen besiegt sein und sowohl der Codex als auch seine Tochter zu ihm zurückkehren würden.

Kapitel 14

Kapitel 14

Am Morgen nach ihrer Ankunft in unserem Haus blieb Eva in ihrem Zimmer und kam nicht zum Frühstück herunter.

»Eva ist bestimmt sehr müde«, sagte meine Mutter. »Sie hat gestern so viel erlebt.«

Gegen Mittag wurde meine Mutter besorgt. »Hoffentlich geht es Eva gut«, sagte sie zu mir. »Sie hat gestern so viel erlebt, das muss sehr aufregend für sie gewesen sein.«

Daraufhin machte auch ich mir Sorgen.

Ich folgte meiner Mutter die Treppe hinauf. Sie klopfte leise an Evas Tür. »Eva? Möchten Sie vielleicht etwas essen? Ich könnte Ihnen noch ein Frühstück machen.«

Meine Mutter legte das Ohr an die Tür und klopfte ein wenig lauter. »Alles in Ordnung, Eva?«

Schließlich antwortete Eva gedämpft durch die Tür: »Ja, alles in Ordnung, Adele. Nur einen Moment.«

Asa kam die Treppe heraufgerannt. Er war völlig außer Atem und zitterte. »Was ist passiert? Ist Eva tot?«

»Gott behüte, Asa!«, sagte meine Mutter.

»Na ja, in diesem Zimmer ist jeder unserer Untermieter gestorben, bis auf Iris May. Aber die war nur ein paar Tage hier. Wäre sie länger geblieben, wäre sie sicher auch gestorben. Auf diesem Haus liegt ein Fluch. Wir sollten umziehen.«

Meine Mutter beruhigte ihn. »Wirklich, Asa, du redest Unsinn! Nimm dich zusammen! Wir hatten nur einen Untermieter, der hier gestorben ist, Mr. Applewine, und der war alt und krank. Es ist ganz natürlich, dass alte Menschen sterben. Darüber haben wir doch schon oft gesprochen. Und es ist unhöflich, so über Iris May zu reden. Iris May war immer sehr nett zu dir. Sie hat dir ein schönes Buch geschenkt.«

Asa brach in einen Singsang aus: »Schön, schön, schön, schön, schön, schön.«

Hinter der Tür hörten wir Evas Stimme. »Mir geht es gut.«

»Aber was tun Sie denn da drin?«, wollte Asa wissen.

Daraufhin machte sie die Tür ganz weit auf und trat ein, zwei Schritte ins Zimmer zurück. Sie trug einen bodenlangen violetten Morgenmantel, auf den seitwärts ein silberner, langgestreckter Kranich gestickt war. Ihr volles Haar trug sie genauso elegant und perfekt aufgesteckt wie am Tag zuvor, die beiden silbernen Vogelkopfnadeln hielten es.

»Ach, Eva«, sagte meine Mutter, »es ... es tut mir Leid, dass wir Sie gestört haben. Ich hatte mir Sorgen gemacht ...«

»Bitte, kommen Sie herein!«

Wir zögerten auf der Schwelle. Mit einer Geste winkte sie uns näher.

Über Nacht war das triste Sonnenzimmer verwandelt worden. Das Bett bedeckte eine orange-goldene Brokatdecke, und ein kleineres Stück desselben Materials war über die Lehne des kleinen Sofas drapiert. An den Wänden hingen statt der verblassten Bilder vom Huron-See zwei lange Schriftrollen mit chinesischen Zeichen sowie ein Holzschnitt vom Fudschijama. Die Tür eines Schranks stand ein wenig offen, dahinter leuchtetern verschiedene kräftige Farben hervor. Peinlich und sehnsüchtig wurde mir bewusst, dass ich diese exotischen Dinge gern für mich haben wollte. Auf einmal kam mir der Gedanke, dass ich, obwohl ich nicht schön war, wenigstens schöne Dinge besitzen könnte. Und dass ich, wenn ich so schöne Dinge besitzen würde wie Eva, sehr viel glücklicher wäre.

Eva lächelte. »Jetzt, mit meinen ganzen Verschönerungen, fühle ich mich trotz meiner kleinen Ansprache von gestern richtig wie zu Hause. Dabei habe ich jedes Wort, das ich gesagt habe, ernst gemeint.« Sie wischte mit der Hand durch die Luft. »Im Grunde könnte ich auch ohne all diese Besitztümer leben. In Wirklichkeit bedeuten sie nicht viel. Es sind nur ein paar Dinge, die mich aufmuntern.«

Sie ging wie am Tag zuvor in die Hocke und brachte ihr Gesicht auf eine Höhe mit dem Asas.

»Also, Asa, sehe ich aus, als müsste ich sterben?«

»Nein.«

»Ach Eva«, sagte meine Mutter, »es sieht so hübsch aus, hier drin!«

»Aber im Grunde ist es gar nichts. Nur eine Illusion. Warum bleiben Sie nicht ein wenig zu Besuch bei mir, ehe ich mich wieder an meine Arbeit machen muss? Ich habe meine Pflichten jetzt schon so lange versäumt. Es ist, als hätte ich seit Jahren in Trance gelebt. Wie in einem Märchen, in dem das junge Mädchen sich in eine Statue oder in einen Schwan verwandelt. Bitte, nehmt doch alle Platz!«

Asa und ich setzten uns auf das kleine Sofa. Meine Mutter setzte sich auf einen Stuhl.

»Was ist das?« Asa nahm eine kleine goldene Figur vom Nachttisch.

»Das ist die Zaubergiraffe, die in den Zoo des Kaisers gebracht wurde. Habe ich euch schon vom Zoo des Kaisers erzählt?«

»Wir kennen Sie erst seit gestern«, sagte Asa.

»Ach ja, das stimmt. Nun gut, dann werde ich es euch jetzt erzählen. Vor sehr, sehr langer Zeit eroberten die Mongolen China. Der Große Kaiser der Mongolen verlegte seine Hauptstadt dahin, wo jetzt Beijing liegt. Hört ihr auch gut zu? Es gibt nämlich viele Einzelheiten.«

Wir nickten.

Eva erzählte uns, dass der Große Kaiser der Mongolen einen Zoo mit den erstaunlichsten Lebewesen von der Welt eingerichtet hatte. Da gab es Abulabaz, den Elefanten, der auf dem Himalaja von Nachtigallen großgezogen worden war. Als er in die Hauptstadt gebracht wurde, studierte Abulabaz bei den größten Sängern jener Zeit. Sein Tenor hätte jedes Herz schmelzen lassen können. Er besaß eine so große Bühnenpräsenz, dass er immer die Hauptrollen bekam.

»Natürlich war er sehr eigen, was seine Rollen betraf, und er konnte ziemlich schwierig werden. Trotzdem wollten alle Primadonnen mit ihm zusammen auftreten. Eine verließ sogar ihren Ehemann und ihre Kinder, um ihn zu heiraten.«

Außerdem gab es zwei riesige Süßwasserfische, Eldad und Medad, so groß wie Wale. Sie lebten in einem künstlichen See auf dem Palastgelände. Bei Nacht kamen Eldad und Medad aus ihrem See gekrochen und spielten an Land in der Dunkelheit Verstecken.

»Eldad und Medad sind ganz zweifellos mit dem Leviathan verwandt«, erklärte Eva. »Natürlich waren sie nicht so groß. Wenn der echte Leviathan an Land käme, würde er lauter Erdbeben auslösen.« Sie überlegte einen Moment. »Das könnte tatsächlich die Ursache für einige Erdbeben sein. Und dann waren in dem Tiergarten natürlich Salomons Bienen, die immer und ewig leben. Wie dem auch sei, das seltenste und kostbarste Tier des Kaisers, das Einhorn, das die Chinesen Qilin nennen, kam gar nicht bis in den Zoo, obwohl das der Kaiser niemals merkte. Der Kaiser verkaufte ein Drittel seines Reiches, um das Qilin zu kaufen, weil er seiner Lieblingsfrau eine Freude machen wollte.«

»Wie hieß die Lieblingsfrau des Kaisers?«, fragte Asa.

Eva stieß einen grellen, kreischenden Laut aus, der hoch aus ihren Nasenlöchern kam.

Wir zuckten auf unseren Plätzen zusammen.

»Tut mir Leid, aber so lautet ihre Name. Da du gefragt hast, konnte ich dies nicht vermeiden. Aber ich werde ihn wiederholen, nur diesmal doch ein bisschen leiser.«

Doch selbst beim zweiten Mal konnten wir den Namen nicht richtig verstehen. In meinen Ohren klang er etwas wie *L'ou'a L'ou'a.*

»L'ou'a L'ou'a war sehr verwöhnt und kindisch und meckerte ständig an allem herum.« Eva imitierte ihre quäkende, weinerliche Stimme. »›Ich will ein Zaubereinhorn zum Geburtstag, sonst halte ich den Atem an, bis ich tot bin!‹« Mit den Fingern hielt Eva sich die Nase zu, als wolle sie sich selbst ersticken. »›Ich will ein Qilin, sofort!‹ So verwöhnt war L'ou'a L'ou'a, dass sie nicht mal ›bitte‹ sagte. Der Kaiser war so heftig in L'ou'a L'ou'a verliebt, dass er, um sie zufrieden zu stellen, in aller Eile eine Expedition nach Madagaskar schickte, wo es die wunderschönsten Lebewesen gibt, die Gott am Anfang der Welt geschaffen hat. Aber der Leiter der Expedition beging einen großen Fehler. Er hatte es eilig, die Rückreise nach China anzutreten, bevor die großen Stürme begannen. Sie hätten nämlich warten sollen, bis sie die Gefährtin des Qilins fanden, um beide gemeinsam mitzunehmen. Eine törichte Fehleinschätzung. Noch törichter als mein dummes Missverständnis mit meinem Visum. Jeder weiß doch, dass Einhörner sehr sensibel sind und sehr empfindliche Herzen haben. Das arme Einhorn ist auf dem Meer gestorben.«
Asa beobachtete Eva mit weit aufgerissenen Augen.
»Nun, Admiral Zhen He, der Leiter der Expedition, wusste nicht, was er tun sollte. Der Kaiser wäre sehr böse geworden, wenn er sein Einhorn nicht bekommen hätte. Also machten sie an der Küste von Afrika Halt und nahmen eine Giraffe mit, ein Tier, das der Kaiser und sein Hof noch niemals gesehen hatten. Hast du schon mal eine Giraffe gesehen, Asa?«
»Natürlich. Die sind doch im Zoo von Detroit.«
»Ich verstehe. Ja. Das hätte ich wissen müssen. In Amerika gibt es viele Wundertiere. Und jedes ist willkommen und fühlt sich zu Hause, auch die Giraffen, die nicht einmal ein Visum brauchen. Nun, dies war keine einfache Zoogiraffe, sondern eine Zaubergiraffe, die Gedanken lesen und Zaubersprüche anwenden konnte.«
Eva ging zum Bett hinüber und zog mit einer schnellen Bewegung

das orange-goldene Tuch vom Bett. Im Handumdrehen hatte sie es herumgewirbelt und um sich drapiert, sodass sie wie ein orange-golden schimmerndes Wesen wirkte.
»Voilà! Die Zaubergiraffe!«
Zwei Finger über ihr dichtes rotes Haar streckend, trottete Eva im Zimmer umher. Ihre Füße hatte sie wie kleine Hufe ein wenig auswärts gedreht.
Es war reizend anzusehen. Ich hatte am ganzen Körper eine Gänsehaut. Noch nie hatte ich ein so seltsames und wundervolles Gefühl gehabt.
Meine Mutter und Asa kicherten und klatschten in die Hände.
»Zum Glück hatte der Kaiser noch niemals zuvor eine Giraffe gesehen und ließ sich täuschen. Er dachte, das Tier sei tatsächlich das heilige Einhorn. Ein großes Fest wurde gefeiert, mit tage- und tagelangen Banketten für sämtliche großen Persönlichkeiten des Reiches sowie die Botschafter aus fernen Ländern, aus Portugal und dem Reich der Ottomanen, aus Timbuktu und aus Holland. Der Hofdichter verfasste einen Lobgesang.«
Noch immer in die Tagesdecke gewickelt, deklamierte Eva das lange Gedicht in einer Art Singsang:

O geneigter Besucher,
O edle Kreatur, unser himmlisches Qilin,
Wir sehen deine sanfte Glorie,
Unsere Freude hat kein Ende.
Du isst kein Fleisch,
Deine Hufe treten nicht auf lebende Wesen,
Und wenn du wanderst,
Begleitet dich das Glück!
Du sendest deine Weisheit voraus!
Die Mutter des Konfuzius
Wurde von dir gesegnet!

»Es war ein Augenblick höchster poetischer Kunstentfaltung, aber eine der anderen Ehefrauen des Kaisers war neidisch auf L'ou'a L'ou'a und wollte sie ärgern. Also rief sie: ›*Das* ist nicht das heilige Qilin! Das ist nur ein missgestaltetes Pferd!‹ Die Musik in der großen Halle verstummte. Alle Köpfe wandten sich um. Die Giraffe betrachtete die Ehefrau mit einem Auge.«
Eva drehte uns die eine Seite ihres Kopfes zu und musterte uns aus dem Winkel eines großen grünen Auges. Sie blinzelte ein paar Mal. Einen Moment erinnerte sie mich an Nebukadnezar, wenn er den Kopf drehte, um sich etwas anzusehen.
»Die Giraffe sprach auf Hebräisch und auf Chinesisch! ›*Lev rah! Lashon ra'ah!* – Welch böses Herz! Welche böse Zunge!‹ Ein Schauer lief durch den Bankettsaal. Das edle Tier hatte gesprochen! Nun glaubten die Anwesenden mehr als zuvor, dass dies das heilige Qilin sein musste.«
»Was ist dann passiert?«
»Die Frau konnte nicht mehr sprechen. Ihre Stimme verschwand. Für immer! Sie wurde umgehend aus dem Kaiserreich verbannt, weil sie das heilige Qinlin beleidigt hatte. Sie wanderte bis an ihr Lebensende ruhelos auf der Welt umher.«
»Aber sie hat doch die Wahrheit gesagt, Eva!«, wandte Asa ein. »Man darf doch nicht lügen! Es war kein Qilin. Das hast du doch gesagt!«
Eva blieb einen Augenblick stehen und erwog Asas Frage sorgfältig. Dann ließ sie die Tagesdecke auf den Boden fallen. Sie trat vor. Sie war jetzt keine Zaubergiraffe mehr, sondern eine hoch gewachsene, elegante Dame in einem violetten Morgenmantel mit einem Kranich auf einer Seite.
Sie sprach sehr leise, beinah flüsternd.
»Ja, Asa, man sollte immer die Wahrheit sagen, es gibt nichts Wichtigeres als die Wahrheit. Deine Mutter wäre sehr verärgert, wenn ich dir etwas anderes sagen würde.« Sie nickte meiner Mutter

zu. »Aber es gibt Zeiten, extreme Situationen, da sollten wir lieber gar nichts sagen. Diese Ehefrau hätte den Mund halten sollen. Sie hatte versucht, einem anderen Lebewesen zu schaden. Weißt du, wie viel Schreckliches der Giraffe hätte zustoßen können? Es war nicht ihre Schuld, dass man sie für etwas hielt, das sie nicht war – oder? Alle waren glücklich über sie. Sie war eine gutmütige Kreatur. Und was wäre wirklich damit gewonnen gewesen?« Eva hielt einen Augenblick inne, dann sagte sie mit ganz leicht bebender Stimme: »Glaubst du, dass die Lüge ein Unrecht war, diese Lüge über das kleine Mädchen, das mit mir in der Eisenbahn durch Sibirien gefahre ist? Hältst du mich für eine Lügnerin, weil ich gesagt hate, das kleine Mädchen sei meine Tochter, und weil ich ihr geholfen habe, vor dem schrecklichen Krieg und den Menschen zu fliehen, die sie umgebracht hätten?«

»Nein«, sagte Asa.

»Was ist aus dem kleinen Mädchen geworden, Eva?«, erkundigte sich meine Mutter.

»Sie ging nach Schanghai und wurde von Verwandten aufgenommen, die bereits dort waren. Ich habe versucht, Genaueres in Erfahrung zu bringen, aber ich habe nie mehr etwas von ihr gehört. Ihr Großvater war ein Freund meines Vaters.«

»Oh, mein Gott«, sagte meine Mutter.

Eva lächelte wieder. »Nun, das ist das Ende der Geschichte. Und nun hoffe ich, dass ihr mich entschuldigt.« Sie deutete mit dem Kinn zum Schreibtisch hinüber, auf den sie handschriftliche Notizen und einen Stoß Papier gelegt hatte. »Ich habe noch so vieles zu tun. Ich weiß gar nicht, wo ich anfangen soll! Ich muss das Buch meines Vaters vollenden. Das habe ich ihm versprochen. Es ist in seiner schwer lesbaren Handschrift geschrieben, und einige Kapitel sind unvollständig. Ich habe so vieles aufgeschoben. Ich musste mich um meinen lieben Ehemann kümmern. Er war mehrere Jahre lang krank.«

»Kann ich Ihnen irgendwie helfen, Eva?«, fragte meine Mutter.
»Darf ich die Schreibmaschine Ihres Mannes benutzen?«
»Aber selbstverständlich«, antwortete meine Mutter. »Ich werde sie Ihnen bringen. Möchten Sie jetzt noch ein Frühstück, Eva?«
»Nein, vielen Dank. Es ist eine große Verantwortung, das Buch meines Vaters zu vollenden. Im Moment verschwende ich keinen Gedanken an Essen oder Trinken. Das ist so unwichtig.«
»Aber Sie müssen etwas essen.«
»Vielleicht eine Tasse Kaffee, die könnte ich jetzt gebrauchen. Und etwas Leichtes, das nicht zu viel Arbeit macht, etwa zwei verlorene Eier. Wären Sie vielleicht so lieb?«
»Aber sehr gern. Möchten Sie auch etwas Toast?«
»Nein, nein, vielen Dank. Ich habe erst gestern Abend Toast gegessen. Haben Sie noch ein bisschen Käse?«
»Natürlich, Eva.«
»Haben Sie auch eine andere Sorte?«
»Gestern Abend habe ich Ihnen Cheddar serviert, aber ich habe auch amerikanischen.«
Eva überlegte einen Moment. »Ja, den würde ich gern versuchen.«
Meine Mutter schob uns aus Evas Zimmer hinaus. »Wir müssen alles tun, damit Eva mit ihrer Arbeit vorankommt. Das ist nämlich furchtbar wichtig. Die Ärmste. Es fällt ihr bestimmt sehr schwer, das Buch ihres Vaters zu vollenden. Aber sie ist so gebildet. Wenn jemand dieser Aufgabe gewachsen ist, dann sie.«

Kapitel 15

Kapitel 15

Etwas später klopfte ich an die Tür, um Eva den Kaffee, den amerikanischen Käse und die verlorenen Eier zu bringen, die meine Mutter für sie zubereitet hatte.

Eva öffnete die Tür gerade nur so weit, dass ich ihr Gesicht sehen konnte. »Vielen Dank, Joseph. Das sieht köstlich aus. Ist das Milch? Tut mir Leid, wenn ich euch noch einmal um etwas bitten muss. Aber hat deine Mutter vielleicht etwas Sahne?«

Ich ging hinunter und holte ein kleines Kännchen Sahne.

»Ich danke dir, Joseph. Ihr seid alle so lieb zu mir. Das Tablett werde ich später selbst hinunterbringen. Übst du heute Morgen auch schön dein Sabbatlesung?«

»Ja. Aber es ist sehr schwierig.«

»Das ist es. Ich freue mich schon darauf, dich vorlesen zu hören. Und ich weiß, dass du es großartig machen wirst. Du bist sehr fleißig und intelligent, Joseph, genauso wie mein Vater, als er in deinem Alter war. Ich muss gestehen, dass es mir sehr schwer fällt mich zu konzentrieren und etwas zu lernen. Ich muss mich immer dazu zwingen.«

Dann winkte sie mir mit der Hand zu, lächelte und schloss die Tür.

Dass sich Eva an jenem ersten Morgen ganz auf ihr Zimmer zurückzog, wirkte sich auf uns alle aus. Es fiel mir schwer, mich auf das Üben der *Parascha* zu konzentrieren. Immer wieder musste ich daran denken, wie Eva als Zaubergiraffe im Sonnenzimmer umherstolziert war. Ich versuchte mir jede Bewegung vorzustellen, die sie gemacht hatte, und ließ sie immer wieder vor meinem inneren Auge ablaufen, damit ich sie nie wieder vergessen konnte. »Du bist

sehr fleißig und intelligent, Joseph«, hörte ich sie immer wieder sagen, »genauso wie mein Vater, als er in deinem Alter war.«
Inzwischen lief Asa im Haus umher, um die Jalousien und Vorhänge zu öffnen und zu schließen. Und zum ersten Mal, seit ich denken konnte, ließ meine Mutter einen Kuchen zu braun werden.
»Ich weiß nicht, was heute Vormittag in Asa gefahren ist«, sagte sie. »Er macht mich verrückt!«
Ein paar Stunden später kam Eva aus ihrem Zimmer. Vom oberen Ende der Treppe rief sie herunter: »Hallo! Hallo! Wo sind denn alle?«
Sofort versammelten wir uns am Fuß der Treppe.
»Oh, ich dachte schon, ihr wärt alle ausgegangen. Ich bin so froh, dass ihr noch hier seid.«
Lächelnd sah sie zu uns herunter. Sie trug jetzt ein lila Seidenkleid und schwarze hochhackige Schuhe.
Meine Mutter hob die Hände an ihre Brust. »O Eva! Sie sehen wie ein Filmstar aus!«
»Danke schön, Adele. Ach, du liebe Zeit, ich habe das Frühstückstablett vergessen!« Eva blickte in die Runde, als wisse sie nicht, was sie tun solle, wie sie sich aus dem Dilemma mit dem vergessenen Frühstückstablett retten solle. Es kam keinem von uns in den Sinn, dass diese offensichtliche Verunsicherung ziemlich seltsam war angesichts ihrer zweifellos viel schwierigeren und komplizierteren Reisen durch die ganze Welt, und das noch in Kriegszeiten.
»Lassen Sie das Tablett! Ich werde es später holen«, sagte meine Mutter.
Eva schien erleichtert zu sein. »Vielen Dank, Adele. Sobald ich endgültig eingerichtet bin, werde ich Ihnen weniger zur Last fallen. Manchmal fühle ich micht total verloren.«
»Das ist nur zu verständlich, Eva. Sie haben so vieles durchgemacht. Ich hoffe bloß, dass Sie heute Vormittag in der Lage waren, ein wenig am Buch Ihres Vaters zu arbeiten.«

»Nein. Ich hatte keine Zeit. Ich musste mehrere wichtige Nachrichten abfassen. Ich hoffe, dass es hier in der Nähe ein Telegrafenamt gibt, damit ich sie absenden kann. Ich muss ein paar alte Freunde und Bekannte meines Vaters finden. Aber ich weiß nicht, wer von ihnen überlebt hat und wohin sie gegangen sind. Mein Vater ist im Traum zu mir gekommen und hat mir erklärt, ich hätte mich zu sehr von der Welt gelöst, aus der ich komme. Ich weiß, dass es nur ein Traum gewesen ist, aber ich habe das Gefühl, ich sollte etwas dagegen tun.«

»Ja, Eva, das sollten Sie«, sagte meine Mutter. »Aber Sie können die Telegramme auch telefonisch aufgeben.«

»Ich würde lieber hingehen und sie persönlich aufgeben. Es ist ein so wunderschöner Tag. Ich lerne immer gern den Ort kennen, an dem ich gerade lebe.« Dann zitierte sie Moses, der den zwölf Kundschaftern, die er nach Kanaan hineinschickte, befahl: »›*U're'isem* … Und ihr sollt sehen das Land, wie es ist, und die Menschen, die darin wohnen!‹«

»Also ich muss immer wieder darüber staunen, Eva, wie gut sie den *Chumesch* kennen«, sagte meine Mutter. Dann zögerte sie einen Moment. »Ich weiß, dass Sie viel zu tun haben, Eva, aber würden Sie mir etwas über die *hapax legomena* erzählen? Ich habe die ganze Nacht über sie nachdenken müssen.«

»Aber natürlich!« Eva lächelte. »Das werden wir gleich heute Abend machen. Und ihr werdet mir alle zusammen etwas von diesem wundervollen Land erzählen. Außerdem möchte ich auf der Bank ein Konto eröffnen. Welche Bank benutzen Sie?«

»Die Imperial Bank of Commerce.«

»Imperial? Klingt ziemlich sicher. Ist sie das?«

»Ja, natürlich, Eva. Wir sind hier in Kanada.«

»Ich nehme an, dass sie dort internationale Verbindungen haben. Die werde ich brauchen, um mit meiner Bank in der Schweiz Kontakt aufzunehmen. Ist das die beste Bank?«

»Es ist eine ausgezeichnete Bank, aber es gibt noch mehrere andere. Mein Mann hatte ein Konto bei der Bank of Montreal. Aber für heute ist es zu spät, um noch zur Bank zu gehen. Es ist inzwischen schon kurz vor drei.«
»Dann werde ich nur zum Telegrafenamt gehen.«
»Darf ich mitkommen, Eva?«, bettelte Asa.
»Ja, natürlich. Ich wollte gerade deine Mutter fragen, ob du mich begleiten darfst. Wir können die Seide ausprobieren.« Dann sah sie meine Mutter an. »Darf Asa mich begleiten, Adele?«
»Es wäre wundervoll, wenn Sie Asa mitnehmen würden. Er sollte öfter aus dem Haus gehen. Er geht sonst nur, wenn's draußen regnet.«
»Weißt du den Weg zum Telegrafenamt, Asa?«
»Natürlich!«
»Ja, das habe ich mir gedacht.«
Eva stand auf dem Treppenabsatz. Sie kramte in ihrer Handtasche und schien etwas zu suchen. Ich beneidete Asa, weil er sie begleiten durfte. Warum hatte sie Asa gebeten, sie zu begleiten, und nicht mich? Hatte sie nicht gesagt, dass ich sie an ihren Vater erinnere? Warum wollte sie nicht, dass ich mitkomme? Aber dann sagte Eva: »Willst du mit uns kommen, Joseph?«
Ein Teil von mir wollte sagen, nein, ich kann nicht, ich habe keine Zeit, Sie hätten mich zuerst fragen sollen. Aber der andere Teil von mir wünschte sich sehnlichst, die beiden zu begleiten. Mir wurde klar, dass ich manchmal einfach schlecht gelaunt war und sagte, dass ich etwas nicht tun würde, während ich es in Wirklichkeit doch tun wollte.
»Ja, gern«, sagte ich, obwohl ich, von meinem reizbaren Wesen abgesehen, genau wusste, dass ich die *Parascha* üben sollte. Ich hatte in dieser Woche schon sehr fleißig an der Lesung gearbeitet, aber ich fühlte mich noch unsicher, vor allem, weil ich an diesem Morgen so viel Zeit mit Tagträumereien vertrödelt hatte. Ich nahm mir vor, am Abend umso fleißiger zu sein.

Wir folgten Eva zur Haustür hinaus. Asa setzte seine Sonnenbrille auf und band sich den Chiffonschleier um. Eva schlang ein Tuch aus glänzender türkisfarbener Seide um die Haare.
»Es ist heute ein bisschen windig«, erklärte sie.
Asa lief die Verandatreppe hinab und spähte zum Himmel hinauf.
»Bitte, Asa, sei vorsichtig!«, sagte Eva. »Du darfst trotz allem nicht direkt in die Sonne sehen. Aber sonst kannst du den Himmel betrachten, und der ist wirklich ziemlich groß, findest du nicht?«
Auf der Veranda blieb Eva vor dem Spalier stehen und hob behutsam eine der Rosen an ihre Nase. Dann atmete sie tief ein.
Ich hatte das beunruhigende Gefühl, dass sämtliche Rosen schreckliche Angst hatten. Ich glaubte, spüren zu können, wie sie ihre Angst auf mich übertrugen. Niemals zuvor war ich auf den Gedanken gekommen, dass Blumen Gefühle haben könnten, und diese Erkenntnis verwirrte mich. Fast wurde mir sogar übel davon.
»Oh, aber nein, nein, nein, ich wollte dich nicht erschrecken.«
Anfangs dachte ich, dass sie mich meine, dann jedoch merkte ich, dass sie mit der Rose sprach.
»Ich will dich nicht pflücken«, sagte sie und ließ ihre zarte Gefangene frei, die sich zwischen die anderen Rosen zurückzog.
Eva wandte sich an mich. »Man darf Freundlichkeit nicht mit Grausamkeit erwidern. Diese Rosen waren gestern sehr freundlich zu mir. Ich glaube, sie haben diese Freundlichkeit von dir gelernt. Ich spüre, dass du schöne Dinge liebst, Joseph. Deswegen pflegst du die Rosen auch so gut.« Sanft berührte sie mich an der Schulter. »Mein Vater hat mir immer erklärt, dass Pflanzen und Blumen Seelen haben. Wie sonst hätte der weise König Salomon mit ihnen sprechen können? Wenn sie keine Seelen hätten, hätte er sich nicht mit ihnen unterhalten können! Wir müssen vor allen Wesen, die wachsen, Respekt haben, auch wenn wir ihre Art nicht immer verstehen.«

Dann schritt sie die Treppe hinab, indem sie hierhin und dorthin blickte.
Ihre Worte waren eine Offenbarung. Jetzt begriff ich, warum ich mich so zu den Rosen hingezogen fühlte. Nicht nur, weil sie die schönsten von allen Blumen waren und am köstlichsten dufteten, sondern weil jede von ihnen eine kleine Seele besaß.
»Wohin willst du, Asa?«, fragte Eva. »Komm her und gib mir deine Hand! Wisst ihr, Kinder, es gibt so viele schöne Bäume hier! Das ist mir als Erstes aufgefallen, als ich hierher kam. Dort, wo ich in Japan gelebt habe, gab es fast ausschließlich Nadelbäume statt Eichen und Ulmen. Dabei hatten wir in Prag die hübschesten Bäume. Wollen wir in ihrem Schatten gehen?«

Wir gingen die Victoria Avenue entlang in Richtung Stadtmitte und Flussufer. Wir müssen eine recht auffallende Prozession gewesen sein, Asa mit der blauen Seide, die seinen Kopf umflatterte, Hand in Hand mit Eva in ihrem lilafarbenen Seidenkleid und dem türkisfarbenen Tuch um ihre herrlichen Haare.
Obwohl ich mich freute, in Evas Nähe zu sein, fühlte ich mich von den beiden ausgeschlossen. Sie schienen so perfekt zusammenzupassen, während ich irgendwie nicht so recht in das Bild passte, das sie abgaben. Asa lachte und zeigte auf alle möglichen Dinge. Eva, die ihn weit überragte, neigte liebevoll den Kopf und stellte ihm Fragen. Obwohl Asa mit seinem Seidentuch um den Kopf einen seltsamen Anblick bot, hatte ich das Gefühl, dass die Leute das, was sie sahen, verstanden und kritiklos akzeptierten. Sie verstanden es nicht etwa, weil man ihnen erklärte, dass Asas Netzhaut sich auflöste und er glaubte, dass die Sonne sie zerstöre, weshalb die Seide sie schützen solle, sondern weil Eva und Asa so wunderschön aussahen und alles andere unwichtig war.

Auf der Ouellette Avenue waren es noch mehrere Häuserblocks bis zum Telegrafenamt. Unterwegs blieben die Leute stehen, um Eva anzustarren, sie erregte sogar noch mehr Aufmerksamkeit als Asa. Eva schien keine Notiz davon zu nehmen. Sie blickte einfach geradeaus oder schaute sich die Bäume und Gebäude an.

Im Telegrafenamt war es dunkel und verräuchert. Eva stellte sich in die Schlange vor dem Schalter.

Isabel Kremlach kam herein. Sie trug eine Geschenkschachtel, die mit einem Band verschnürt war.

»Ja, Joseph und Asa! Ich dachte, ich hätte euch durchs Fenster gesehen. Was trägst du denn da um den Kopf, Asa?«

»Das ist Seide, die meine Augen vor der Sonne schützen soll.«

»Seide? Woher hast du denn einen so kostbaren Stoff? Weißt du überhaupt, wie teuer der ist? Bei deiner Mutter habe ich diese Farbe noch nie gesehen, obwohl ich ihr immer wieder sage, dass sie mehr Farben tragen soll. Sie muss ja nicht gleich wie Nebukadnezar aussehen, aber ein bisschen Rot oder Purpur wäre vielleicht etwas fröhlicher, findest du nicht?«

»Unsere neue Untermieterin hat mir den Stoff gegeben. Sie ist aus Japan.«

»Japan? Hast du Japan gesagt? Ihr habt eine neue Untermieterin?«

Asa wandte sich um und zeigte auf Eva in der Warteschlange.

»Dios mio! Was für eine Frau! Aber japanisch wirkt sie nicht auf mich, Asa. Bist du sicher, dass sie aus Japan kommt?« Sie dämpfte ihre Stimme. »Sie ist sehr groß. Größer als deine Mutter und Joseph.«

»Sie ist Wissenschaftlerin. Ihr Ehemann war Arzt. Sie hat zehn Jahre in Japan gelebt.«

»Ach so, ich verstehe«, sagte Isabel. »Wollt ihr beide mich nicht vorstellen? Ich lerne immer gern neue Menschen kennen.«

Asa brachte Isabel zu Eva in der Warteschlange.

Eva lächelte. »Ich bin Eva Higashi.«

»Freut mich sehr, Sie kennen zu lernen«, sagte Isabel. »Wie ich höre, sind Sie Wissenschaftlerin. Welches Fach?«
»Ich bin Biologin. Aber meine Studien wurden durch den Krieg unterbrochen.«
»Oh, das ist aber schade!«, sagte Isabel. »Gut, dass wenigstens Sie davongekommen sind. *El que no tiene cabeza ha de tener pies* – wer keinen Kopf hat, sollte Füße haben!« Isabel deutete auf ihr Päckchen. »Meine Nichte in Havanna ist Krankenschwester und hat gerade ein kleines Mädchen bekommen. Ich habe ihr bei Smith's eine ganz bezaubernde zweiteilige Garnitur gekauft. Das ist ein sehr gutes Geschäft, falls es Sie interessiert. Meine Nichte ist erst ein Jahr verheiratet. Ich bin froh, dass sie nicht die gleichen Probleme beim Kinderkriegen hatte wie ich. Manchmal liegt so etwas in der Familie, und dann stirbt die Familie natürlich aus. Ich kam gerade vorbei, da sah ich Adeles Kinder.«
»Ich gratuliere zu dem Baby«, sagte Eva.
»Vielen Dank. Es ist schön, ein neues Gesicht in der Stadt zu haben. Es freut mich, dass Adele eine Untermieterin hat. Der arme, alte Mr. Applewine war so deprimierend. Mein Ehemann hat die Grabrede gehalten, aber es gab wirklich nicht sehr viel zu sagen, Gott vergebe mir meine vorlaute Zunge. Ich erinnere mich daran, weil mein Mann eine furchtbare Erkältung hatte und das Wetter grässlich war, aber er musste schließlich seine Pflicht tun. Ein Rabbi ist genau wie ein Doktor, nur wird er nicht so gut bezahlt. Für Adele ist es besser, eine junge Frau um sich zu haben. Da werden mir die Kinder sicher zustimmen!«
»Iris May war drei Tage bei uns, und die war unheimlicher als Mr. Applewine«, sagte Asa. »Die sieht einen nie an, wenn sie mit einem redet.«
Mrs. Kremlach lächelte und tätschelte Asa den Kopf. »Das kommt von Iris Mays künstlerischem Temperament, Asa. Künstler sind scheue Kreaturen. Aber wir brauchen sie, genau wie wir Rabbis und

Wissenschaftler brauchen. Sonst wäre die Welt sehr langweilig, und nichts würde sich verändern.« Auf einmal sagte sie zuckersüß zu mir: »Bist du bereit, für diesen *Schabess*? Du weißt, dass du der rettende Engel bist, Joseph *muñeco*. Nachdem Zubrovsky nicht da ist, müsste mein armer Mann alles vorbereiten, und du weißt ja, wie überarbeitet er ohnehin schon ist. Weißt du, wie viele Personen diese Woche im Hôtel Dieu sind? Sechs! Und er muss sie alle vor dem *Schabess* noch einmal besuchen. Du kannst von Glück sagen, dass du eine so gebildete Mutter hast, die dir bei der Vorbereitung helfen kann.« Sie flüsterte: »Ich glaube, du wirst deine Sache sogar noch besser machen als mein Mann.« Sie wandte sich an Eva. »Wussten Sie, dass Joseph und unsere Adele so gebildet sind?«

»Ja.«

»Der Nächste!«, rief der Telegrafenamtsangestellte.

»Bitte, entschuldigen Sie mich!« Eva trat an den Schalter.

Am Schalter hörte ich Eva sagen: »Ich werde Ihnen natürlich alles buchstabieren müssen. Der Text ist nicht auf Englisch.«

Isabel wandte sich an mich. »Bring doch deine Freundin das nächste Mal mit, wenn du Nebukadnezar besuchen kommst, Joseph! Nebukadnezar lernt gern neue Menschen kannen, vor allem charmante Wissenschaftlerinnen.«

Kapitel 16

Kapitel 16

Ende der fünfziger Jahre, als ich noch Medizin studierte, beschloss ich, mich der Forschung zu widmen. Ich hatte erkannt, das mir die klinische Medizin und das Leben eines praktischen Arztes doch nicht sehr liegen würden. Vielleicht wirft das ein schlechtes Licht auf meinen Charakter, von dem ich immer gewusst habe, dass er mit Makeln behaftet ist und seine Grenzen hat. Obwohl mir die Fächer, die ich studierte, Anatomie, Physiologie und Pharmakologie, gut gefielen, wusste ich doch, dass mir das fehlte, was man als das gewisse Etwas des Mediziners bezeichnen könnte, den intuitiven Scharfblick, die mitfühlende Distanz und das offene Engagement für lebende Wesen.

Während des Medizinstudiums begann ich in meiner knappen Freizeit im Laboratorium von Dr. Zachary Schpizhof zu arbeiten, der für seine Arbeit auf dem Gebiet der Human- und komparativen Neuroanatomie bekannt war.

Dr. Schpizhofs Ruf gründete sich auf seine Erforschung jener Strukturen, mit denen wir Menschen und viele andere Lebewesen das Sehen erleben, die optischen Lappen und die Sehrinde. Schpizhof hatte geschliffene und gefeierte Arbeiten über Vögel und Säugetiere, so auch Menschen, veröffentlicht. Außerdem hatte er Vorlesungen in Human-Neuroanatomie gehalten. Bei den Studenten war er für die nachdenkenswerten Dinge bekannt, die er sagte.

»Wenn wir Neuroanatomie studieren, dürfen wir uns nicht zu dem Gedanken verführen lassen, dass wir ›das Leben‹ oder ›die Seele‹ studieren. Das zu untersuchende Präparat ist nur ein Schatten, da gibt es kein ›Leben‹ und keine ›Seele‹ mehr.« Oder: »Die Anatomie ist letztlich eine visuelle Disziplin und daher begrenzt durch unsere visuellen Möglichkeiten. Es gibt Dimensionen in unserem Dasein, die wir niemals begreifen oder nachvollziehen können, weil sie Sinne erfordern, die wir nicht besitzen.«

Als ich im Labor zu arbeiten begann, sah Schpizhof schon ein wenig müde dem Ende seiner Karriere entgegen. Er erwog eine Zukunft an der Costa Blanca, wo er sich ein Häuschen gekauft hatte. In seinen Gesprächen ließ er hier und da gern spanische Wörter fallen, die er gerade zur Vorbereitung auf sein neues Leben lernte. An einer Wand seines Labors hing über dem Aktenschrank, in dem er Kopien seiner zahlreichen Artikel aufbewahrte, das Foto einer kleinen weißen Villa mit orangerotem Dach, die von Bougainvilleen umrankt war. In der Ferne sah man das Meer.

»In meiner neuen Laufbahn werde ich mich auf das Reich der Pflanzen konzentrieren, *el reino vegetal,* Joseph. Ich werde Trauben und Orangen züchten. Aber nichts mehr mit Wirbeltieren zu tun haben! Meine liebe Frau natürlich ausgenommen.«

Eines Abends, kurz nachdem ich in seinem Labor angefangen hatte, lud er mich zum Essen zu sich nach Hause ein. Shinobu, seine Frau, lächelte, als er mich in seine Bibliothek führte. Dort entnahm er einem Bücherschrank mit Glastüren eine seltene Erstausgabe der klassischen Abhandlung des spanischen Neuroanatomen Santiago Ramón y Cajal: »Textura del sistema nervioso del hombre y de los vertebrados – Über das Nervensystem des Menschen sowie der Wirbeltiere.«

Bedächtig schlug Schpizhof die von Cajal eigenhändig so wunderschön bebilderte »Textura« auf. Obwohl in dem alten Buch viele Illustrationen verblasst waren, war ich genauso tief bewegt wie damals an jenem Nachmittag vor Jahren, als Eva kam, um bei uns zu wohnen, und uns zum ersten Mal den »Augsburger Codex« zeigte. Ich war fasziniert von Cajals exquisiter Zeichnung einer Purkinje-Zelle, der kompliziertesten Nervenzelle des Gehirns. Mit

seinen zahllosen Verästelungen ähnelt dieses Neuron einem alten, ehrwürdigen und windzerzausten Baum.
Als ich in Schpizhofs Bibliothek saß und die »Textura« betrachtete, hatte ich das Gefühl, die verschiedenen mikroskopischen Strukturen des Nervensystems zu sehen, wie Cajal sie gesehen hatte: als Offenbarung, als sähe ich nicht nur sie, sondern mich selbst zum ersten Mal.
Ich sah das Bild vor mir, wie der große Cajal in ein Mikroskop blickte, ein grandioser Kopf, der im Kopf so vieler anderer Kreaturen auf der Suche nach sich selbst oder möglicherweise nach der Liebe war. Mir kam der Gedanke – wie seither so oft, wenn ich eine seltene Handschrift entdecke –, dass die Ausdruckskraft der Abbildungen direkt aus dem Leben des Künstlers kommt. Im Fall der »Textura« hatte ich das Gefühl, dass diese Kraft von dem längst verstorbenen Dr. Cajal zu mir sprach.
Als ich in Schpizhofs Laboratorium anfing, hatte ich keine Ahnung, welche Art von Forschung ich betreiben solle. Eine Weile half ich ihm bei einem Projekt über die Sehlappen der Sperlinge, das vor dem Abschluss stand. Ein paar einfache Zeichnungen aus einer früheren Phase dieses Projekts waren im Korridor vor seinem Labor in einer vom Boden bis zur Decke reichenden Vitrine mit der Bezeichnung »Galerie der Anatomie« ausgestellt.
Nach etwa einem Monat schlug Schpizhof mir vor, an einem bestimmten Aspekt des Limbischen Systems beim Menschen zu arbeiten. Vielleicht könne ich ihm helfen, eine anatomische Frage zu beantworten, die in der Welt der Naturwissenschaften ein Thema intensiver Spekulationen sei, und deren Beantwortung möglicherweise erhellen könne, ob eine bestimmte Struktur im inneren Bereich des Schläfenlappens Sitz der Erinnerung oder der Emotionen sei.
Ungefähr zu dieser Zeit starb meine Mutter an einem chronischen, entkräftenden Leiden. Ich war nach Windsor gefahren, so oft ich

konnte – während ihrer Krankheit und später dann zu ihrer Beerdigung. Obwohl Asas Sehfähigkeit während der letzten Jahre schon abgenommen hatte, hatte er noch seinen Nichtgraduiertenabschluss am Assumption College gemacht und sich rührend und liebevoll um unsere Mutter gekümmert. Nie hatte er sich über diese Last beklagt. Ich glaube, er hat es nicht als solche empfunden. Kein einziges Mal hat er mich um Hilfe gebeten. Er schien mit dem ruhigen, doch arbeitsreichen Leben, das er zu Hause führte, zufrieden zu sein. Nun aber, da meine Mutter nicht mehr da war, wollte er nicht allein bleiben.

Asa war in jener Zeit noch schöner als in seinen Kinderjahren. Er war zu einem bezaubernden jungen Mann herangewachsen, mit perfekten Proportionen und feinen Zügen. Und er war sich dessen genauso wenig bewusst wie während seiner Kindheit. Nur ein leichtes Hängen der Schultern beeinträchtigte seine Erscheinung.

In der *Schiwa*-Woche kamen viele Leute zu uns ins Haus, aus Hochachtung und Sympathie für meine Mutter. Auch Rabbi und Isabel Kremlach kamen. Rabbi Kremlach wiederholte, was er bei der Grabrede gesagt hatte, dass meine Mutter eine ungewöhnlich weise und gebildete Frau gewesen sei. »Ich staune immer noch darüber, dass sie noch einmal zur Schule ging und ihren Mastergrad erwarb. Das hat mich überaus inspiriert.«

Isabel entschuldigte sich für Ruchis Fehlen, er sei noch fort, aber es gehe ihm »in letzter Zeit viel besser«. Als sie mir erzählte, dass ihr geliebter Nebukadnezar vor kurzem gestorben sei, konnte sie kaum die Tränen zurückhalten. »Er war wirklich ein Genie«, sagte Isabel. *»Un gran genio.«* Dann wechselte sie das Thema und zwang sich zu einem Lächeln. »Wir sind alle so stolz auf dich, Joseph *muñeco.«*

Besonders gerührt war ich, als Mr. Zubrovsky und Iris May mit ihrer Tochter kamen, um uns zu kondolieren. Miriam war schon fast zehn. Obwohl ich in den vorangegangenen Jahren häufig in Windsor gewesen war, hatte ich Iris May kein einziges Mal getroffen.

Iris May hatte sich seit ihrer Heirat verändert. Anfangs erkannte ich sie kaum wieder.
»Weißt du, Joseph«, sagte sie lachend, »deine Mutter war der ehrlichste Mensch, den ich kenne, aber einmal hat sie doch gelogen. Sie hat behauptet, ich würde nie dick werden.«
Eines Nachmittags während dieser *Schiwa*-Woche waren Asa und ich allein. Es war Herbst, aber der Tag war für diese Jahreszeit sehr warm. Wir gingen in den Garten. Überall waren die Blumenbeete überwuchert und mit Laub bedeckt. Auf einmal wurde ich sehr traurig. Nicht nur, weil meine Mutter gegangen war, auch weil das Haus und der Garten plötzlich tot und leer wirkten.
Ich sagte Asa, wie dankbar ich ihm dafür sei, dass er sich so gut um unsere Mutter gekümmert habe.
»Ich hätte dir mehr helfen sollen, Asa. Ich hätte öfter nach Hause kommen sollen. Ich wusste doch, dass Mutter im Sterben lag.«
Ich brach in Tränen aus.
Asa berührte sanft meinen Arm. »Ich bin sehr stolz auf das, was du machst, Joseph. Und das war Mutter auch.« Dann zitierte er leise: »›Der Tag des Todes ist verborgen, aber der Geheiligte, gesegnet sei Er, und Seine helfenden Engel halten die Tage unseres Lebens in der Hand.‹«
Ein Zeit lang blieb Asa sehr still. Dann fragte er mich, woran ich im Laboratorium arbeitete.
Ich erklärte Asa das Projekt, an dem ich mit Schpizhof arbeitete. Ich erwähnte die Schwierigkeiten bei dem Versuch, die komplizierten neuralen Bahnen zu zeichnen, welche die verschiedenen Teile des Gehirns verbinden.
Eigentlich dachte ich bei dem Ganzen nur laut. Wenn ich über diese Probleme sprechen konnte, fühlte ich mich besser. Vielleicht hielt ich mich ein bisschen zu lange bei dem Thema auf.
Unvermittelt sagte Asa: »Vielleicht könnte ich dir bei deiner Arbeit helfen, Joseph.«

Obwohl ich wusste, dass er schon immer gut zeichnen konnte, bezweifelte ich, dass er mir von Nutzen sein würde, vor allem wegen seiner visuellen Beeinträchtigung. Ich wusste nicht, was ich sagen sollte. Ich wollte ihn nicht verletzen, vor allem zu diesem Zeitpunkt. Irgendwie spürte ich, dass der Verlust unserer Mutter für ihn ein noch größerer Schlag war als für mich.
Ich sah den flehenden Ausdruck auf seinem Gesicht.
»Ich weiß genau, dass ich dir helfen kann, Joseph. Du brauchst mich, das merke ich. Und außerdem achtest du nicht ausreichend auf dich selbst.« Wieder berührte er meinen Arm. »Du siehst müde und abgemagert aus, Joseph. Lass es mich wenigstens versuchen!«
Ich konnte ihn einfach nicht abweisen. Wie sich herausstellen sollte, wurde daraus eine Zusammenarbeit, die den größten Teil meines akademischen Lebens währte und für meine erfolgreiche Karriere von unschätzbarem Wert war.
Als Teenager begann Asa, die peripheren Teile seines Gesichtsfeldes zu verlieren. Zum Glück stabilisierte sich sein Sehvermögen, als er erwachsen wurde, und er behielt ein brauchbares zentrales Blickfeld, obwohl er die Welt wie durch einen Tunnel sah. Mit Vorsicht und Konzentration war es ihm möglich, durch diesen Tunnel zu sehen und mehr als die meisten zu verstehen. Zusammen mit Dr. Schpizhof konnte ich einen Vergrößerungs- und Beleuchtungsapparat konstruieren, eine Camera lucida, die es Asa erleichterte, die Präparate zu studieren, die ich anfertigte, und zu zeichnen, was er dabei sah. Schpizhof bemühte sich sogar um ein kleines Stipendium für meinen Bruder.
Fast ein ganzes Jahr intensiver Arbeit, die ich neben meinem Medizinstudium erledigte, führte zu meiner ersten großen Abhandlung über den Hippokampus, ein uralter Bestandteil des Gehirns, der in allen Lebewesen mit Knochenskeletten in verschiedenen Entwicklungsstufen zu finden ist. »Projektionen des menschlichen Hippokampus auf die Thalamuskerne« erschien im »Journal of

Brain Research«. Schpizhof war so großzügig, mir den Platz als Verfasser zu überlassen, während er als Koautor genannt wurde. Wegen der hervorragenden Zeichnungen, die Asa beisteuerte, war Schpizhof einverstanden, ihn als dritten Autor zu nennen. Die gewissenhaften Darstellungen der Ergebnisse in den Zeichnungen gehen Hand in Hand mit der mühsamen Laborarbeit und übermitteln mehr Informationen, als es mit deskriptiven Worten allein möglich wäre.

Ich freute mich sehr, meinen Namen, und sei es in Gesellschaft anderer, in einem so hervorragenden Blatt veröffentlicht zu sehen. Und war überwältigt von dem Gedanken, dass meine Entdeckungen und Ideen, niedergeschrieben und gedruckt, zu einem Teil der kollektiven Erinnerung der Menschheit werden würden, wie sie in allen großen naturwissenschaftlichen und medizinischen Bibliotheken der Welt bewahrt wird. Ich stellte mir gern vor, dass irgendjemand lange nach meinem Tod, und sei es nur eine einzige Person, auf etwas stößt, das ich einst geschrieben habe, und sich einen kleinen Augenblick lang fragt: Wer war dieser Mann? Wie war er? Wie kam es, dass er das tat, was er tat?

»Projektionen des menschlichen Hippokampus auf die Thalamuskerne« war eine kleine Sensation in der naturwissenschaftlichen Welt. Obwohl ich noch ein Jahr Medizinstudium vor mir hatte, wurden mir umgehend von verschiedenen Institutionen Forschungsstellen angeboten. Ich könne jede neuroanatomische Arbeit in Angriff nehem, die ich wolle, teilte man mir mit. Statt dessen entschloss ich mich, in Dr. Schpizhofs Labor zu bleiben. Und als er in den Ruhestand ging, sorgte er dafür, dass es zu meinem wurde.

Die Neuroanatomie ist ein akribisches Gebiet, das Gewissenhaftigkeit und penibelste Arbeit erfordert. Zuweilen ist sie ein recht primitives und dennoch geschicktes Unterfangen. Man konzentriert

sich ganz darauf, etwas, was vor unseren Augen schon da ist, zu entdecken und zu beschreiben, weil es durch seine unendliche Kompliziertheit unserem Verständnis noch entzogen ist.
Die gesamte Anatomie ist uralt, sie reicht bis in ein unvorstellbares Zeitalter zurück, das in Hunderttausenden und Millionen Jahren gemessen werden muss.
Das Vergnügen des forschenden Anatomen liegt im Entdecken der Lebensstrukturen und des Geistesdesigns, die durch die Äonen auf uns gekommen sind, immer von neuem wiedergeboren in unserer Welt in Gestalt einer Myriade neugeborener Lebewesen. Ein weiteres unerklärliches Vergnügen besteht in der Darstellung und Illustration dessen, was gefunden wird. Das Paradoxon bleibt, wie Schpizhof oft verkündet hat, dass eben das erforschte Objekt nur durch ein gleichgeartetes Medium erforscht werden kann: durch ein anderes menschliches Gehirn und mit dem Sehvermögen dieses Gehirns.
In der Anatomie gibt es keine Gleichung, kein Theorem, das einem im Traum oder in einer Wachoffenbarung einfällt. Wenigstens ist das mir niemals widerfahren. Aber zuweilen, wenn man im Labor arbeitet, werden einem ganz plötzlich die Augen geöffnet wie jene der himmlischen Heerscharen. In diesen gloriosen Momenten sieht man weit über alles hinaus, was jemals von Menschen gesehen wurde, bis weit in die Tiefen der Zeit zurück.
Im Grunde bin ich von Natur aus für die mühevolle und obsessive Neugier prädestiniert, die für die anatomische Forschung erforderlich ist. Es hat sein Gutes, wenn ein lebenslanger Charakterfehler in eine beachtliche Stärke umgewandelt werden kann. Dass meine Arbeit zum Mittelpunkt meines Lebens wurde, mag einigen borniert erscheinen, ich aber sehe es nicht so. Ich habe das Gefühl, zu den glücklichsten Menschen zu gehören, das Gefühl, durch meine Arbeit so viel über die Welt zu erfahren und, wichtiger noch, auch dazu beizutragen, sie zu verstehen.

Es gibt so viele Möglichkeiten ein Gehirn zu untersuchen, auf groben und mikroskopischen Ebenen, und jedes Jahr werden mit Hilfe der neuesten Fortschritte der Biochemie weitere Möglichkeiten entwickelt.
Inzwischen gelte ich mit meinen Forschungen als ein wenig altmodisch. Während meiner ganzen Laufbahn habe ich nie aufgehört, das anzuwenden – wenn auch nicht ausschließlich –, was manche für eine antiquierte und überholte Technik halten: die verlässliche, wenn auch extrem zeitraubende Methode des Nervenfasersezierens. Diese Technik erfordert einen umständlichen Prozess des Einfrierens und Auftauens, den ich von Schpizhof übernommen habe und den er selbst in der Schweiz erlernt hatte.
Frisch eingetroffene Gehirne welcher Spezies auch immer werden gereinigt, in Formaldehyd gelegt und anschließend acht bis zehn Tage eingefroren. Dann lässt man sie auftauen. Dieser Prozess des Einfrierens und Auftausens bewirkt, dass sich die normalerweise fest verwobene Struktur des Gehirns lockert. Dann wird mit feinsten Uhrmacherpinzetten, deren Spitzen aus erstklassigem Stahl sind, seziert. Für die noch feineren Sektionen können selbst diese Uhrmacherpinzetten zu grob sein, und man muss die zarteren Nervenfasern mit den Spitzen von Schnepfenfedern zerlegen, ein eleganter Trick, den Schpizhof bevorzugt hat.
Als ich damals begann, endlose Stunden in seinem Labor zu verbringen, sagte Schpizhof zu mir: »Ach Joseph, Sie sind genau wie Ihr biblischer Namensvetter, der siebzig Jahre gearbeitet hat, um die Hand seiner Ehefrau zu gewinnen!«
Ich korrigierte ihn. »Sie meinen Jakob, Isaaks Sohn, der sieben Jahre für Lea gearbeitet hat, weitere sieben Jahre für Rachel und noch einmal sieben Jahre für einen Anteil an den Herden seines Schwiegervaters Laban.«
»Ja, ja. Jakob, den Sohn des Isaak, den meine ich! In diesen Dingen bin ich nicht sehr bewandert. Ich wurde als Atheist erzogen! Sie

sind immer so genau, Joseph. Ihnen unterläuft kein Lapsus. Deswegen werden Sie ein großer Anatom werden. Aber es ist auch gut, Phantasie zu haben – wie Asa. Deswegen sind seine Zeichnungen so außergewöhnlich gut.«

Ich muss gestehen, dass ich mich über diese Bemerkung ärgerte. Sie schmerzte. Besaß Asa mehr Phantasie als ich? Er zeichnete doch nur, was er vor Augen hatte, was ich ihm zeigte. Aber ich sagte nichts. Ich war auch froh, dass Schpizhof so viel von Asa hielt. Das würde mir das Leben erleichtern. Ich würde auf Asa aufpassen können. Das hielt ich für meine Pflicht. Ich wusste, meine Mutter hätte sich gefreut, sicher sein zu können, dass Asa und ich zusammen waren, dass ich all die wundervollen Dinge, die ich lernte, mit ihm teilte, und dass ich ihn in meine Arbeit einbezog.

Immer wieder frage ich Asa, ob er nicht lieber weiterstudieren und einen höheren akademischen Grad erwerben wolle. Heute ist mir klar, dass es keinen Grund gab, weshalb er das nicht hätte tun können.

»Nein, das interessiert mich nicht. Ich bin einfach nicht ehrgeizig genug, Joseph, aber das tut mir nicht mal Leid. Ich bin mit meinem Leben, so wie es ist, zufrieden. Ich habe alles, was ich brauche. Ich habe unsere gemeinsame Arbeit und meine Freunde. Ich bin niemals so beunruhigt oder enttäuscht wie du.«

Kapitel 17

Am Abend jenes Tages, an dem Eva zum ersten Mal zum Telegrafenamt gegangen war, hielt sie das Versprechen, das sie meiner Mutter gegeben hatte.

Die beiden Frauen saßen auf den Gartenstühlen neben der Sonnenuhr. Es war noch hell. Da ich sehr viel zu tun hatte, wollte ich eigentlich nur kurz bleiben. Ich hatte am Nachmittag schon zu viel Zeit damit vertan, Eva und Asa in die Stadt zu begleiten.

»Ein richtiges Paradies ist es hier draußen!« sagte Eva und streckte die Beine aus. Sie drehte sie ein wenig hin und her, um sie flüchtig zu betrachten. Dann strich sie sich sanft über einen Unterschenkel.

Anschließend begann sie, als plaudere sie beiläufig mit einer Nachbarin, meiner Mutter alles über die *hapax legomena* und die Arbeit ihres Vaters über dieses Thema zu erklären. Meine Mutter beugte sich mit strahlender Miene und unvermittelt sehr jugendlich-neugierig vor.

Wieder erzählte Eva ihr von diesen Wörtern, die man nur einmal in der Bibel findet. Sie erklärte ihr, dass ihre Bedeutung häufig unsicher oder vage ist. Die einzige Möglichkeit war, sie über den Textzusammenhang herauszufinden, aber auch diese Methode sei oft irreführend. Eine bessere Möglichkeit, die genaue Bedeutung eines Worts herauszufinden, sei wohl, es mit ähnlichen Wörtern in den anderen alten Sprachen des Vorderen Orients zu vergleichen, dem Aramäischen, dem Akkadischen, dem Hethitischen oder der erst kürzlich entdeckten Sprache Ugaritisch, die Archäologen im Jahre 1929 im nördlichen Syrien entdeckt hatten. Wie Eva erklärte, gab es in all diesen alten Sprachen viele Wörter, welche dieselben Wurzeln hatten.

»Hat Ihr Vater all diese Sprachen gekonnt?«, erkundigte sich meine Mutter erstaunt.
»Ja, Adele. Bis auf Ugaritisch, das erst in jüngster Zeit entziffert wurde. Und das ist mein Problem, worauf ich später zu sprechen kommen werde. Zunächst möchte ich Ihnen ein paar Beispiele nennen.«
An jenem Abend neben der Sonnenuhr zählte Eva mehrere *hapax legomena* auf, die im »Buch Genesis« zu finden waren. Sie begann mit dem Wort *copher* – Bitumen oder Pech, das Noah benutzte, um die Arche vor der Flut abzudichten und wasserfest zu machen.
»Bitumen wird im Toten Meer gefunden«, erzählte Eva meiner Mutter. »In der Sprache der Akkader wurde es *kupru* genannt. Das Wort besitzt die gleichen Konsonanten, wenn man den Unterschied in der Aussprache berücksichtigt.«
»Ich wusste nicht mal, was Bitumen in unserer Sprache bedeutet«, warf meine Mutter ein.
Eva lächelte und fuhr fort. Zum Beispiel gebe es da das Wort *sulom* in dem Text über Jakob: *»Va'yachalom* … Und er träumte, und siehe, ein *sulom* stand auf der Erde, und sein Kopf reichte bis in den Himmel.«
»Das Wort *sulom* wird gewöhnlich mit ›Leiter‹ übersetzt. Vielleicht aber bedeutet es etwas ganz anderes.«
»Aber was könnte es sonst bedeuten?«, fragte meine Mutter.
»Eine Treppe, also etwas anderes als eine Leiter. In den alten Zeiten gab es große Freitreppen in Tempeln und Palästen.«
»Ja, natürlich, eine Freitreppe. Ein wunderschübsches Bild. Daran hätte ich nie gedacht«, sagte meine Mutter. »Und woher wissen wir das?«
Eva erzählte ihr die Sage von Sergal und Ereschkigal, die auf Akkadisch geschrieben und auf einer Reihe von Tafeln gefunden worden war und die ein Freund ihres Vaters übersetzt hatte. In dieser Geschichte heißt es, der Götterbote Namtar sei die lange

s'l'm emporgestiegen, die »Freitreppe« zum Himmel. Also könnte *sulom* richtiger als »Freitreppe« übersetzt werden denn als »Leiter«.

Meine Mutter war glücklich, so seltsame und ungewöhnliche Dinge zu erfahren.

»Sie sind eine wundervolle Lehrerin und haben die erstaunlichsten Dinge zu lehren«, sagte sie zu Eva. »Es ist so lange her, dass ich richtig studiert habe. Das College habe ich nie beendet.«

»Ich werde Ihnen alles beibringen, was ich kann«, versicherte Eva. »Und zwar mit Freuden.«

»Aber was kann dann ich für Sie tun?«, wollte meine Mutter wissen.

»Sie brauchen gar nichts zu tun, Adele. Mein einziges Problem ist, dass es ständig neue Entdeckungen gibt, sogar jetzt. In all den Jahren habe ich nicht mehr Schritt halten können. Ich will nicht, dass das Buch meines Vaters überholt ist. Vielleicht brauche ich einige Bücher und Journale, und Sie können mir sagen, wo ich sie finde. Gibt es hier Bibliotheken?«

»Nun ja, es gibt die Stadtbibliothek.«

Eva lächelte. »Gibt es Universitätsbibliotheken?«

»Das Assumption College hat eine Bibliothek. Und wenn die nicht haben, was Sie brauchen, könnten wir nach Detroit oder Ann Arbor fahren.«

»Aber ich darf nicht über die Grenze.«

»Wenn Sie mir sagen, was Sie brauchen, kann ich Ihnen die Bücher besorgen.«

»Das geht leicht. Ich könnte Ihnen eine Liste geben. Im Manuskript meines Vaters findet sich eine Stelle über die ugaritische Sprache, die ich nicht verstehe. Aber ich erinnere mich, einmal einen Artikel in der Zeitschrift ›Orientalia‹ gelesen zu haben. Oder war es ›Assyriology‹? Ich glaube, das war 1937 oder 1938. Vielleicht finden wir die Nummer im Assumption College.«

Kapitel 18

Kapitel 18

Am Morgen des Sabbat *Beha'alotkha* stand ich früh auf und übte die *Parascha*, bevor wir zur Synagoge gingen. Um die anderen nicht zu wecken, setzte ich mich in die Küche. Mit leiser Stimme las ich den Text zweimal durch.

Als ich fertig war, kamen meine Mutter und Asa. Meine Mutter trug ein schwarzes Kleid mit einer weißen Schleife am Hals und einen kleinen, mit schwarzen Perlen besetzten Hut.

»Eva macht sich noch fertig«, sagte Asa.

Als ich nach oben ging, um Schlips und Jackett anzuziehen, kam ich an Evas Zimmer vorbei. Die Tür stand weit offen.

Eva stand vor dem großen Spiegel, der Tür den Rücken zugekehrt, die Füße, ganz leicht nach außen gekehrt, in schwarzen hochhackigen Schuhen mit goldenen Spitzen. Sie trug ein lavendelblau und schwarz gemustertes Kleid mit ellbogenlangen Ärmeln. Sie schaute mir im Spiegel entgegen. Sie befestigte gerade einen passenden Hut auf ihrem roten Haar. Sorgfältig zog sie sich den kleinen schwarzen Schleier über Stirn und Augen herunter.

Sie lächelte. »Müssen wir schon gehen?«

»Ja.«

»Hoffentlich habt ihr nicht auf mich warten müssen. Ich freue mich so sehr darauf, dich vorlesen zu hören, Joseph. Es ist so lange her, dass ich eine Synagoge besucht habe. Es wird mir sehr gefallen, das weiß ich.«

Sie wandte den Kopf zur Seite, um einen letzten Blick auf ihr Spiegelbild zu werfen. »Jetzt bin ich fertig«, sagte sie.

Auf der Veranda streckte Asa die Hand aus. Eva ergriff sie. Einen Moment blieben die beiden, vom Spalier der Gracious Majesties umrahmt, still stehen. Hier und da summten Bienen um die Blüten.

Eva atmete tief ein.

Dann sagte sie zu den Blumen: »Keine Sorge! Heute werde ich euch nicht berühren, heute ist Sabbat.«

Dieses Mal hatte ich das Gefühl, dass die Rosen überglücklich waren, weil sie keine Ängste und keine Sorgen hatten. Ihre Freude übertrug sich auf mich. Sie wussten, dass sie üppig und reichlich blühten, dass jeder sich an ihrem Anblick erfreute und dass sie das vor Schaden bewahrte.

Einen Fuß langsam und vorsichtig vor den anderen gesetzt, schritt Eva die Verandatreppe hinab. Die goldenen Spitzen ihrer schwarzen Schuhe glänzten und glitzerten.

»Habe ich euch schon von Salomons Bienen erzählt?«

Auf dem Weg zur Synagoge erzählte uns Eva, wie die Königin von Saba König Salomon mit Rätselfragen herausforderte: Um seine Weisheit auf die Probe zu stellen, kleidete sie tausend Jungfrauen aus ihrem Land in die kostbarsten Gewänder und gab einer jeden von ihnen einen Strauß perfekt gestalteter künstlicher Rosen. Diese Blumen waren mit einer solchen Kunstfertigkeit hergestellt, dass niemand, der sie sah, sie von echten Blumen unterscheiden konnte. Nur ein Strauß unter den tausend war aus echten Rosen gebunden.

Die Königin von Saba sagte: »Ich bitte dich, o weiser König Salomon, sag mir, welche die echten Blumen sind. All deine Armeen und Berater werden dir dabei nicht helfen können!«

König Salomon summte leise vor sich hin, als müsse er nachdenken, in Wirklichkeit aber rief er die Bienen, deren Sprache er sprach und verstand. Alle Bienen von Jerusalem gehorchten und kamen aus ihren Stöcken in den umliegenden Hügeln und Tälern.

Sie bildeten eine riesige Säule über der Jungfrau, welche die echten Rosen hielt.
König Salomon zeigte hinüber. »Das sind meine Armeen und das sind meine Berater. Und da sind auch deine Rosen.«
Die Königin von Saba verneigte sich bis zum Boden. »Alle Lebewesen beugen sich deiner Herrschaft und befolgen deine Befehle. Wirst du deine bescheidene Dienerin die Sprache der Bienen lehren?«
König Salomon war einverstanden und lehrte die Königin von Saba die Sprache der Bienen. Und die Königin von Saba zeigte sich sehr dankbar.
»›*Va'teetayn l'melekh* … Und sie gab dem König einhundertundzwanzig Talente Gold und einen sehr großen Vorrat an Gewürzen und kostbare Edelsteine: So ein Reichtum wie den, den die Königin von Saba König Salomon gab, ward nie wieder gesehen. Und so kehrte sie in ihre Heimat zurück, sie und all ihre Dienerinnen.‹ Und diese Geschichte ist wahr«, versicherte Eva. »Bevor ich Prag verließ, habe ich die Bienen studiert. Sie haben ihre eigene Sprache.«
Als Eva ihre Geschichte beendet hatte, standen wir vor der Synagoge.

Meine Thoralesung an jenem Sabbatvormittag, meine erste in jenem Sommer, verlief ohne »ernste Fehler«. Einmal ertappte ich mich bei einem Aussprachefehler in dem stark syntaktischen Wort »*v'ho'safsuf* – und die vielfältige Menge«, den ich jedoch sofort berichtigte. Ich hatte das Gefühl, dass dieser Fehler nicht zählte. Man konnte ihn mir nicht vorhalten, weil ich ihn rechtzeitig korrigiert hatte. Ich war zutiefst erleichtert.
In seiner Predigt sprach Rabbi Kremlach von der *Parascha* dieser Woche. Er sprach über die Episode, da Moses seinen Schwiegervater Hovav, der auch als Jethro bekannt war, darum bat, die Kinder Israel auf ihrem Zug durch die Wüste zu begleiten.

Moses sagte zu seinem Schwiegervater: »Bitte, verlass uns nicht, denn du weißt, wo wir in der Wüste lagern können, und du sollst für uns wie Augen sein.«
Rabbi Kremlach fragte: »Warum hat Moses Hovav gebeten, ›für uns wie Augen‹ zu sein, obwohl die Kinder Israel doch die himmlische Wolkensäule hatten, die sie führte?«
Rabbi Kremlach erklärte, Moses wolle uns lehren, dass wir uns, ganz gleich, wie viel wir wissen, ganz gleich, für wie klug wir uns halten, stets an jene wenden sollen, die uns noch etwas mehr lehren können, um so viel Wissen und Erfahrung wie möglich zu sammeln. Wir dürfen nie glauben, wir hätten genug Wissen und ausreichende Belehrung.
Am Ende seiner Predigt sagte Rabbi Kremlach: »Wir danken Joseph für seine ausgezeichnete Lesung der *Parascha*. ›*Ashrei yoladitoh* – Glücklich jene, die ihn geboren hat!‹ Wir wussten, dass Adele Ivris Sohn nicht allzu viele Fehler machen würde. Aber Joseph hat überhaupt keinen Fehler gemacht!« Dann sagte der Rabbi: »Wir möchten alle *ponim khadoshos* willkommen heißen – alle neuen Gesichter in unserer Stadt. Wir hoffen, unsere sämtlichen Gäste nach dem Gottesdienst im Gemeindesaal begrüßen zu dürfen.«
Obwohl Rabbi Kremlach im Plural gesprochen hatte, gab es nur ein einziges neues Gesicht in der Synagoge, Eva Higashi, die neben meiner Mutter in der Frauenabteilung saß und die er von der Kanzel aus sehen konnte. Sie nickte ihm zu.
Nach dem Gottesdienst versammelten sich alle im Gemeindesaal um meine Mutter und Eva. Die beiden Frauen überragten alle.
Sofort begannen die Leute, Eva alle möglichen Fragen zu stellen. Es gelang ihr, sie mit Charme und Taktgefühl zu beantworten. Obwohl ihre Antworten kurz waren, erweckte sie den Eindruck, als widme sie jedem einzelnen Fragesteller alle Zeit und Aufmerksamkeit der Welt.

Alle waren eindeutig von ihr fasziniert, und das machte mich stolz, erfüllte mich aber auch mit Unbehagen.
»Woher kommen Sie?«
»Sie wohnen bei den Ivris?«
»Wie sind Sie hergekommen?«
»Wirklich?«
»Sie können nicht zurück?«
»Die kanadische Einwanderung lässt Sie einfach so bleiben? Gott segne Kanada!«
»Ach so, dieser Mr. Meadowlark. Er lächelt, ist aber ein sehr grausamer Mensch. Der hilft keinem. Der nutzt die Leute immer nur aus. Er hasst uns.«
»Solche Dinge wenden sich immer zum Besten. Kanada wird Ihnen gefallen.«
Die ganze Zeit sprach mich keiner wegen meiner Lesung an. So fasziniert waren sie von Eva.
Auch Rabbi und Isabel Kremlach kamen zu uns.
»Ihre Predigt hat mir sehr gut gefallen, Rabbi«, sagte Eva. »Vielleicht wusste Moses auch, dass die Wolkensäule eines Tages verschwinden würde und wir uns auf unseren Menschenverstand verlassen müssen. Mein Vater glaubte, die Wolkensäule sei auch ein Symbol für die lebendige Prophezeiung, die uns später genommen wurde.«
Einen Moment war Rabbi Kremlach sprachlos. Schließlich fragte er sie ehrfurchtsvoll: »Wer war Ihr Vater?«
»Enoch Laquedem.«
»O ja, ich habe einige seiner Arbeiten gelesen, vor Jahren im Seminar.«
»Lesen Sie Deutsch?«
»Nicht mehr sehr gut. Früher schon. Nun, für gewöhnlich haben wir nicht so interessante Gäste in unserer Synagoge. Wie geht es Ihrem Vater?«

»Ich weiß es nicht genau. Leider bin ich noch immer auf der Suche nach ihm. Ich habe versucht, mit vielen Leuten Kontakt aufzunehmen, habe aber noch keine Nachricht erhalten.«
»Tut mir Leid, das zu hören. Ich hoffe, es geht ihm gut. Meine Frau sagte, Sie kommen gerade aus Japan. Bitte verzeihen Sie uns, dass wir so neugierig sind!«
»Keine Ursache. So ist es immer. Aber ich nehme an, meine neuen Freunde sind müde. Joseph ist besonders früh aufgestanden, um sich auf die Lesung vorzubereiten. Und ich muss Ihnen beistimmen, dass er fehlerlos gelesen hat.«
Isabel Kremlach flüsterte mir zu: »Warum bringst du eure neue Untermieterin nicht mit, wenn du Nebukadnezar besuchen kommst?«
Die Art, wie Isabel Kremlach »eure neue Untermieterin« sagte, ärgerte mich. Eva stand direkt vor ihr, und sie hätte sie selbst einladen können. Außerdem sagte sie nichts über meine Lesung, an deren Vorbereitung ich doch so fleißig gearbeitet hatte.
Dann wandte sich Eva an die kleine Ansammlung, die um sie und die Kremlachs herum stand.
»Es hat mich gefreut, Sie alle kennen zu lernen und vor allem zu hören, dass Joseph so wunderschön gelesen hat. Aber leider müssen wir jetzt gehen.«
Trotz Evas angenehmer Stimme lag eine Distanziertheit und Förmlichkeit in ihrem Ton, als sie das sagte, die ich noch nicht bei ihr gehört hatte.
Als wir die Synagoge verließen, versuchte niemand, sich uns zu nähern oder uns zu begleiten.
Unterwegs blieb meine Mutter ein wenig stehen, um zu Atem zu kommen. Dann sagte sie zu Eva: »Was Sie da vorhin gesagt haben, dass die Wolkensäule Symbol einer Prophezeiung war, ist interessant. Ich finde es traurig, dass wir heute in einer Welt ohne Prophezeiungen leben.«

»Ja, Adele«, sagte Eva, »aber die alten Prophezeiungen gelten immer noch. Und wenn uns etwas genommen wird, bekommen wir dafür stets etwas anderes.«

»Und was?«

»Neues Wissen.«

»Ich wünschte, ich wüsste so viel wie Sie, Eva.«

»Ich weiß nicht viel, aber ich werde Sie alles lehren, was ich kann.«

Etwas später auf unserem Heimweg schlugen wir eine andere Route ein als die, auf der wir gekommen waren. Wir kamen an einer sehr alten Ulme vorbei, die Eva noch nicht gesehen hatte.

Sie blieb einen Moment still stehen, um sie zu bewundern.

»Ich nehme mir immer die Zeit, Schönheit zu bewundern, wann und in welcher Form sie auch plötzlich auftaucht. Mein Vater hat stets gesagt, das gehöre zu ihrer Natur, und es sei Gottes Wille, dass die Schönheit unerwartet erscheint, um uns überraschend zu belehren.«

»Was lehrt sie uns denn?«, fragte meine Mutter.

Eva lächelte. »Nun, jedes Mal etwas anderes. Sie öffnet uns die Augen. Aber was sie uns lehrt, hat nichts mit Gut und Böse zu tun. Deswegen müssen wir sehr vorsichtig sein. Versteht ihr, was ich meine? Da muss man ganz fein unterscheiden.«

»Ich weiß nicht, ob ich das verstehe«, sagte meine Mutter. »Tut mir Leid. Sie müssen mich für sehr beschränkt halten.«

Eva sah meine Mutter offen an. »Nein. Bestimmt nicht, Adele. Bitte, sagen Sie so etwas nicht! Ganz im Gegenteil.« Sanft ergriff sie den Arm meiner Mutter. »Aber um Ihre Frage zu beantworten: Letzten Endes machen weder Wissen noch Schönheit den Menschen gut.«

»O ja, das stimmt, Eva. So habe ich das noch nie gesehen«, sagte meine Mutter, und so legten die beiden Frauen den letzten Teil des Heimwegs Arm in Arm zurück.

An jenem Nachmittag ging ich nicht Nebukadnezar besuchen. Ich war noch böse auf Isabel wegen der Art, wie sie »eure neue Untermieterin« gesagt und weil sie kein Wort über meine Lesung verloren hatte.

Als der Sabbat vorüber war, rief sie an. »Geht es dir gut, Joseph *muñeco?* Nebukadnezar war sehr besorgt. Er fürchtete, du könntest krank sein. Ich weiß, du hattest viel zu tun mit der Vorbereitung der *Parascha* und weil du deiner Mutter und der neuen Untermieterin helfen musstest. Aber ich hoffe, dass du deine alten Freunde nicht vergisst. Ruchi verlässt sich darauf, dass du ihn bei Nebukadnezar vertrittst, während er nicht da ist.«

Kapitel 19

Kapitel 19

Ich kannte Ruchi Kremlach, seit ich mich erinnern konnte, hatte ihn aber nicht als meinen »besten Freund« betrachtet, bis ich dreizehn wurde und er fünfzehn war, ungefähr ein Jahr, bevor ihn seine Eltern wegschicken mussten.

Da ich nicht viele Freunde hatte, begann ich Ruchi nun, da er mir auf eine sehr vage Art Aufmerksamkeit schenkte und bereit zu sein schien, mir ein wenig von seiner Zeit zu widmen, als meinen besten Freund zu betrachten.

Ruchi war ein gut aussehender Junge mit pechschwarzen Haaren. Er war sehr still und zu Erwachsenen, auch zu meiner Mutter, übertrieben höflich. Immer wieder sagte meine Mutter: »Ruchi ist wirklich sehr wohlerzogen. Er ist genauso kultiviert wie sein Vater.«

Unsere plötzliche und kurze Freundschaft bestand darin, dass wir die Sabbat- oder Sonntagnachmittage gemeinsam bei ihm zu Hause verbrachten und ruhig Schach spielten, wovon Ruchi nicht genug kriegen konnte. Wenn er vor dem Schachbrett saß und nachdachte, spitzte er seine vollen Lippen und pfiff leise vor sich hin. Ruchi beschäftigte sich auch gern mit seiner Briefmarkensammlung, die er ständig vergrößerte. Sorgfältig weichte er die von den Kuverts geschnittenen Briefmarken ein, die von seinen Verwandten in Cuba stammten, und löste sie vom Papier.

Manchmal, wenn es ein sonniger Sabbatnachmittag war, gingen wir am Detroit River spazieren. Dann schwieg Ruchi sehr lange, bis er unvermittelt so etwas sagte wie: »Mein Onkel hat zwei Fabriken bei Havanna«, oder: »Mein Großvater sitzt jeden Tag beim Miramar am Strand, wie es die alten Leute in Florida tun.«

Ich stellte ihm Fragen: »Wirst du sie besuchen?« Oder: »Wie sind deine Onkels da drüben?«
»Irgendwann werde ich nach Havanna gehen. Hoffentlich ohne meine Eltern. Dann werde ich meine Onkels kennen lernen. Wenn meine Mutter mitkäme, würde sie nur nonstop *charlar*, und ich könnte nicht mit ihnen reden.«
»Vielleicht kommen sie eines Tages her und besuchen euch«, sagte ich.
»Warum sollten sie?«, gab Ruchi barsch zurück.
Sowohl Isabel als auch meine Mutter waren erfreut über unsere neue Freundschaft, denn wir hatten beide nicht viele Freunde und neigten dazu, Einzelgänger zu sein.
»Es freut mich sehr, dass ihr, du und Ruchi, so gute *amigos* geworden seid«, sagte Isabel. *›Un amigo vale más que un amante!* – Ein Freund ist mehr wert als ein große Liebe!‹«
In der kurzen Zeit unserer Freundschaft, bevor Ruchi fortgeschickt wurde, fiel mir auf, dass sich sein Verhältnis zu Nebukadnezar verschlechterte. Eines Sabbatnachmittags, als wir am Fluss spazieren gingen, sagte Ruchi ärgerlich: »Meine Mutter findet, dass Nebukadnezar ein Genie ist, *un gran genio* nennt sie ihn, dabei ist er bloß ein dämlicher Vogel wie ein Huhn oder eine Ente.«
Ich ärgerte mich sehr darüber, dass Ruchi so von Nebukadnezar sprach. Ich liebte Nebukadnezar und hielt ihn genau wie Isabel für ein tierisches Genie. Ich schämte mich, weil ich den Papagei nicht sofort in Schutz nahm, aber ich fürchtete, Ruchi dadurch zu provozieren. Ängstlich dachte ich, wenn Ruchi wütend auf Nebukadnezar ist, der wie ein Bruder für ihn ist und es erst ermöglicht hat, dass er zur Welt kam, dann wird sich Ruchi eines Tages auch gegen mich wenden und aufhören, mein Freund zu sein. Wie konnte ich mich seiner versichern? Ich versuchte, unauffällig ein besonderes Interesse an Nebukadnezar zu zeigen, weil ich hoffte, dass Ruchi ihn dann auch wieder lieber mögen würde. Wenn er seinen Irrtum

einsah, würde er diese Verhalten auch kaum mir gegenüber wiederholen. Doch dieser Strategieschuss ging nach hinten los. Als Ruchi mich eines Tages mit Nebukadnezar sprechen sah, fragte er mich: »Was redest du so viel mit ihm? Ich hab dir doch gesagt, dass er nur ein dämlicher Vogel ist. Nur dämliche Leute reden mit dämlichen Vögeln.«

Schon bald machten sich noch andere Veränderungen bei Ruchi bemerkbar. Er wurde schlechter in der Schule. Dabei war er immer ein erstklassiger Schüler gewesen. Eines Tages hörte ich, wie Isabel zu ihm sagte: »Vergiss nicht, das Buch für deinen Bericht fertig zu lesen.«

Und er fuhr sie an: »Halt die Schnauze, du *bruja!*«

Anfangs lachte Isabel Kremlach nur nervös über Ruchis verändertes Verhalten und sagte später zu mir: »Weißt du, Ruchi sucht seinen eigenen Weg. Er macht gerade seine rebellische Phase durch. Das geht vielen Jungen so. Das hat nichts zu bedeuten. Mein Bruder war genauso und, *mira* Joseph, jetzt leitet er zwei Fabriken, eine für Textilien und eine für elegante Schuhe.«

Das letzte Mal sah ich Ruchi am Sabbatnachmittag nach dem Passahfest. Es war ein warmer Frühlingstag, und ich hoffte, wir könnten zum Fluss hinuntergehen.

Ich ging zu den Kremlachs hinüber. Obwohl es in der letzten Zeit in Windsor einige Einbrüche gegeben hatte, war die Haustür nicht verschlossen. Dabei hatte Isabel gesagt, wir müssten jetzt alle vorsichtiger sein und unsere Türen verschließen.

Ich klopfte und trat ein.

Drinnen hörte ich laute Stimmen, und es dauerte einen Moment, bis ich verstehen konnte, was gesagt wurde.

»Wer hat so etwas Schreckliches getan? Wer hat so etwas Schreckliches getan? Warst du das, Ruchi?« Isabel stand im Esszimmer. »Wie konntest du nur! Bist du eifersüchtig auf den Vogel? *Te volviste loco?*«

Auch Rabbi Kremlach stand dabei. Sein Gesicht war ganz weiß. Er flüsterte so leise, dass man ihn kaum verstehen konnte. »Yeruchem Kremlach, was hast du getan?«
Niemand schien zu bemerken, dass ich ins Esszimmer gekommen war. Ich konnte mir nicht vorstellen, was dieses »Schreckliche« sein mochte, das geschehen war. Dennoch hatte ich große Angst. Es roch sehr schlimm im Zimmer.
Dann sah ich Nebukadnezar hechelnd auf dem Kronleuchter hocken. Aufgeregt flog er auf und flatterte im Zimmer umher. Mit dem Kopf stieß er an eine Fensterscheibe. Er landete auf dem Esszimmertisch und blieb dort benommen einen Moment sitzen. Irgendetwas war verändert an seinen sonst so leuchtend bunten Federn.
Sie waren mit etwas Braunem verschmiert.
Dann entdeckte ich Nebukadnezars Käfig auf dem Teppich. Irgendetwas war auf dem Boden des Käfigs. Es dauerte einen Moment, bis ich merkte, was das war.
In Nebukadnezars Käfig lag ein zerdrückter Kothaufen. Es handelte sich eindeutig um menschliche oder Hundeexkremente, nicht etwa um Vogelmist. Ruchi stand einfach da und lächelte seltsam. Er bemerkte mich nicht.
»Antworte mir, Ruchi! Wer hat so etwas Schreckliches getan?«, wiederholte Isabel, aus deren Stimme jegliche Kraft gewichen war.
Da hob Ruchi den Käfig vom Teppich auf und schüttelte ihn über dem Sofa aus. Er lachte laut auf, warf den Käfig auf den Boden und ging langsam aus dem Zimmer.
Die Kremlachs blieben stehen. Isabel ließ die Schultern hängen. Schließlich bemerkte sie mich. Ohne mich anzusehen, sagte sie leise: »Ich glaube, du solltest jetzt lieber nach Hause gehen, Joseph.«
Am Tag darauf wurde Ruchi ins Krankenhaus St. Thomas geschickt.
Später in derselben Woche kam Isabel zu uns herüber. Sie unter-

hielt sich mit meiner Mutter unter vier Augen in der Küche. Dann kam sie heraus und bat mich, ein paar Schritte mit ihr zu gehen. Ich konnte sehen, dass sie geweint hatte, obwohl sie es zu verbergen trachtete.

»Du bist ein lieber, netter Junge, Joseph *muñeco«*, sagte Isabel zu mir. »Ruchi macht im Moment eine sehr schwierige Zeit durch. Aber du wirst sehen, bald wird er ganz wieder der Alte sein und zu uns zurückkehren. Darauf kannst du dich verlassen. Was bei uns passiert ist, geht die anderen Leute nichts an. Die Menschen sind nicht immer sehr nett. Sie denken gern das Schlimmste von anderen. Hast du außer deiner Mutter irgendjemandem davon erzählt?«

Ich schüttelte den Kopf. Wie hätte ich das jemandem erzählen können? Es war viel zu schlimm, um davon zu sprechen. Ruchi war verrückt geworden, und ich war sein bester Freund gewesen.

Isabels Augen füllten sich mit Tränen. »Aber natürlich, ich wusste, dass du das nicht tun würdest, Joseph. Du bist ein so guter Junge. Du bist Ruchis bester Freund und wirst seinen guten Namen immer schützen.«

Kapitel 20

Am Tag nach dem *Beha'alotkha*-Sabbat sagte meine Mutter: »Wie wär's, Joseph, wenn wir Eva ein bisschen von der Umgebung zeigten? Die County ist so hübsch, um diese Jahreszeit. Wir könnten sie ihr zeigen. Ich brauche heute nichts zu backen.«

Das hielt ich für eine gute Idee. Schließlich hatte Eva gesagt: »Ich lerne immer gern die Orte kennen, an denen ich mich aufhalte«, und dann aus dem dem Buch »Numeri« zitiert: *»U're'isem ...* Und du sollst sehen das Land, wie es ist, und die Menschen, die darin wohnen!«

Meine Mutter schlug eine richtige Reiseroute vor.

Wir könnten nach Leamington fahren und danach zum Point Pelee, einer dreieckigen Landzunge, die in den Erie-See ragte. Wir könnten am Strand picknicken. Auf dem Rückweg könnten wir bei der Landwirtschaftsausstellung Halt machen, die bei Kingston stattfand.

Normalerweise fuhr meine Mutter nicht gern Auto, es sei denn kurze und ihr vertraute Strecken. Andere Autos auf der Straße machten sie nervös. Wenn wir schlechtes Wetter hatten, ja wenn der Himmel auch nur bedeckt war, wollte sie überhaupt nicht Auto fahren. Obwohl mein Vater seit drei Jahren tot war, nannte sie den kleinen Austin Martin noch immer »das Auto deines Vaters«.

Einmal, kurz nach seinem Tod, sagte ich zu meiner Mutter: »Es ist aber nicht mehr sein Auto.«

Sie musterte mich einen Moment. »Nein, Joseph, es ist immer noch das Auto deines Vaters.«

Anfangs, als sie mit ihrer Kuchenbackerei anfing, musste ich sie zum Markt fahren oder kleinere Lieferungen mit dem Fahrrad erledigen, zumeist für alte Leute wie Shooshy Kalkstein und ihren Bruder Maurice, die unten am Fluss wohnten. Andere Kunden kamen einfach zu uns und holten sich ihre Bestellungen ab. Jetzt, nachdem der Catering Service meiner Mutter so angewachsen war, musste sie immer häufiger selbst fahren. Die Sachen, die sie jetzt auf dem Markt besorgen oder in die Synagoge bringen musste, waren zu schwer für meinen Fahrradkorb. »Ich kann nicht warten, bis du alt genug zum Fahren bist, Joseph!«, sagte sie.

Nachdem meine Mutter den Vorschlag gemacht hatte, Eva die Umgebung zu zeigen, setzte sie noch hinzu: »Ich lerne ständig so viel von Eva, dabei ist sie erst ein paar Tage hier. Ich hatte keine Ahnung von all den Dingen, die sie weiß. Und ich werde noch viel mehr von ihr lernen. Denk zum Beispiel nur daran, dass Asa jeden Tag draußen gewesen ist, dabei hatten wir an keinem einzigen Tag schlechtes Wetter. Vielleicht sollten wir Eva auch dafür dankbar sein.«

Nun begann sich meine Mutter zu wiederholen, etwas, das an ihr ungewohnt und mir peinlich war. Abermals betonte sie: »Die Umgebung ist so hübsch zu dieser Jahreszeit. Wir sollten sie ihr unbedingt zeigen.« Dann zögerte sie. »Was meinst du, Joseph … meinst du, dass Eva wirklich … wirklich lange bei uns bleiben wird?«

Ich erklärte, dass ich davon überzeugt sei.

Aber die Frage beunruhigte mich. Normalerweise sprach meine Mutter immer sehr selbstsicher. Jetzt konnte ich nicht aufhören, über dieses ganz neue Zögern in ihrer Stimme nachzudenken.

Woher sollte ich wissen, ob Eva bei uns bleiben würde? Warum stellte mir meine Mutter diese Frage? Ich dachte an den Text, den ich in der Synagoge gelesen und den Eva zitiert hatte, als sie mein *Tikkun* zur Hand nahm: »Wenn doch alle Menschen Gottes Propheten wären …«

Ich verspürte einen neuen, fast unerträglichen Druck, als hinge die Frage, ob Eva blieb oder ging, allein von mir ab. Außerdem kam

mir der Gedanke, dass der Grund, warum ich mich gezwungen fühlte, jede Woche die *Parascha* zu lesen, der war, dass ich glaubte, wenn ich das nicht getan hätte, wäre Eva nicht zu uns gekommen. Ich versuchte zu dem Tag zurückzurechnen, an dem Rabbi Kremlach mich gebeten hatte, die Aufgabe des *Ba'al koreh* zu übernehmen, und kam zu dem Ergebnis, dass Evas Schicksal sich in dem Moment, in dem Rabbi Kremlach mich gebeten hatte, für Mr. Zubrovsky einzuspringen, und ich zusagte, gewendet hatte. Dieser Zufall war verblüffend. Im selben Moment, als ich zu Rabbi Kremlach ja sagte, hatte sich Eva auf der »Jewel of the Seas« eingeschifft. Dies wiederum hatte alle folgenden Ereignisse ausgelöst, die sie zu uns geführt hatten. Vielleicht waren meine fortgesetzten Lesungen erforderlich, nicht um Böses abzuwenden, sondern um sicherzustellen, dass das Gute andauerte und sich noch mehr Gutes ereignete.
Außerdem hatte ich plötzlich das Gefühl, dass Eva, falls ich jemals einen Fehler bei meinen Lesungen machte, sich gezwungen sehen würde, uns zu verlassen. Das war eine beunruhigende Erkenntnis für mich und zog das Bedürfnis nach einer gründlichen Analyse der Möglichkeiten nach sich. Ich kam zu dem vorübergehend beruhigenden Schluss, dass der entscheidende Fehler kein beliebiger Fehler sein würde, sondern ein bestimmter Fehler, den ich nicht voraussehen konnte, der auf mich lauerte wie der Schlund der Erde, der bei der Schöpfung dazu bestimmt war, den bösen Korach bei seinem Aufstand gegen die Autorität Mose zu verschlingen. Ich versuchte, mir zur Beruhigung einzureden, dass diese schreckliche Strafe nicht fällig sei, wenn der Fehler sofort berichtigt würde, sondern nur, wenn ich den Fehler beging und niemand, nicht einmal meine Mutter, ihn rechtzeitig bemerkte.
Doch diese konstruierte Beruhigung hielt nicht lange vor. Ich sagte mir: Wie kann ich es vermeiden, nicht von Zeit zu Zeit einen schweren Fehler zu machen? Einen Fehler, den nicht einmal mei-

ner Mutter auffiel? Wahrhaft perfekt zu sein würde eine unmögliche Aufgabe sein. Letzten Endes war ich also doch dem Untergang geweiht. Aber wie konnte das mein Fehler sein? Und warum sollte uns Eva nur deswegen verlassen?
Als diese Gedanken mich zu überwältigen begannen, fing ich an, damit sie verschwanden, umso fleißiger zu üben. Das bedeutete, dass ich noch weniger Zeit für mich selbst hatte, aber ich versuchte trotzdem, Eva auf ihren verschiedenen Ausgängen zu begleiten. In der Folgezeit begann ich auf einmal schlecht zu schlafen und wachte mitten in der Nacht auf, um noch mehr zu üben. Tagsüber war ich unendlich müde. Mir kam der Gedanke, dass ich vielleicht genauso verrückt werden würde wie Ruchi.

Eva war hocherfreut über den Vorschlag meiner Mutter. »Ich würde mir sehr gern die Umgebung ansehen, Adele.«
»Hoffentlich halte ich Sie nicht von Ihrer Arbeit ab.«
»Einen Vormittag kann ich mir schon frei nehmen. Ich habe schon so vieles vor mir hergeschoben. Außerdem kann ich mich heute nicht so gut konzentrieren. Da könnte ich einen Tapetenwechsel gebrauchen.«
Asa machte Eva ebenfalls einen Vorschlag. »Sie sollten sich zuerst die ganze Gegend ansehen, damit Sie einen ersten Eindruck bekommen. Können wir ihr vorher im ›Atlas of Canada‹ zeigen, wo wir leben, Joseph?«
Ich brachte das schwere Buch ins Sonnenzimmer hinauf, wo wir alle um Eva herum saßen. Ich schlug den Atlas bei der Seite auf, auf der die Halbinsel von Südontario gezeigt wird, die sich zwischen dem Huron-See auf der einen und dem Erie- sowie dem Ontario-See auf der anderen Seite erstreckt.
»Sie sieht aus wie ein wunderschöner Vogel, der ins Wasser hinabtaucht«, sagte Eva.
Dann holte sie ihr Vergrößerungsglas heraus.

Ihr langer, schlanker Hals bog sich ein wenig, als sie den Kopf neigte. Auch sie erinnerte mich, als sie sich interressiert über die Landkarte beugte, an einen eleganten, exotischen Vogel.
Mit ihrem roten, unter der Lupe vergrößerten Fingernagel zog sie die Wasserstraßen nach, die an Windsor vorbei- und schließlich in die Welt hineinflossen. Ihr vergrößerter Fingernagel faszinierte mich. Die Form des Nagels wirkte selbst bei einer so eingehenden Betrachtung perfekt, und die Haut des Fingers war glatt und bleich, als er über die blaue Färbung der Wasserwege dahinglitt.
Sorgfältig, als entwerfe sie die Wasserstraßen selber, folgte sie dem Detroit River, bis er sich in den Erie-See ergoss, der wiederum mit dem Ontario-See in Verbindung stand. Vom Ontario-See aus folgte sie dem Sankt-Lorenz-Strom bis zum Atlantischen Ozean.
Sie blätterte durch die Seiten und deutete eine Route an, die durch alle Seen und Ozeane der Erde führte.
»Seht ihr? Wir könnten von hier aus die ganze Welt bereisen, den ganzen Weg bis nach China hinüber.« Sie zeigte auf die Karte. »Habe ich euch erzählt, dass ich oft nach Schanghai gereist bin? Seht ihr? Hier liegt es, direkt an der Mündung des Jangtse. Dort war mein Mann während des Krieges stationiert. Es ist eine sehr kosmopolitische Großstadt mit Menschen aus der ganzen Welt. Ich habe ihn dort mehrmals besucht.«

An jenem Nachmittag saßen meine Mutter und Eva auf den Vordersitzen, ich saß mit Asa hinten. Asa ließ alle Fenster offen. Es war sehr sonnig. Asa trug seine Sonnenbrille und dazu den Seidenschleier vor dem Gesicht.
Asa kündigte ein neues Spiel an: Blinder Mann im Auto.
»Das ist hässlich, Asa«, sagte meine Mutter. »Du bist nicht blind.«
Asa bestand auf seinem Spiel. »Ich übe schon mal für die Zeit, wenn ich blind bin.«
Asa sagte, er könne auch mit geschlossenen Augen sagen, wohin

wir führen. Er saß ganz still, achtete auf Geräusche und Gerüche und versuchte, jedes Abbiegen des Wagens zu spüren. Meine Mutter hatte nicht die direkte Ausfallstraße gewählt, weil sie Eva verschiedene Stadtteile Windsors zeigen wollte.

»Jetzt fahren wir ostwärts am Fluss entlang«, verkündete Asa. »Das erkenne ich am Geruch des Wassers. Es stinkt.«

Meine Mutter fuhr langsamer. »Du kannst immer noch sehr gut sehen, Asa. Der Doktor hat gesagt, dass du noch viele Jahre lang gut sehen wirst. Du bist erst zehn. Du hast dein ganzes Leben noch vor dir. Was meinen Sie, Eva?«

»Ich muss deiner Mutter zustimmen, Asa«, sagte Eva. »Wusstet ihr, dass ich, als ich noch an der Universität studierte, das Sehvermögen der Bienen untersucht habe? Wusstet ihr, dass Bienen alle möglichen Farben sehen können? Sie vermögen sogar Farben zu sehen, die wir nicht sehen können.«

»Was für Farben?«

»Farben, die wir nicht mal erraten können. Sie können Ultraviolett sehen …«

Asa unterbrach sie: »Jetzt fahren wir südwärts auf der Straße, die nach Toronto führt, wo die Ärzte noch im Mittelalter leben und gar nichts können. Sie haben die größten und dümmsten Krankenhäuser der Welt. Sie konnten meinem Vater nicht helfen. Und ich bin sicher, dass sie auch nichts über Seide wissen.«

»Nun«, sagte meine Mutter, »es spielt keine Rolle, was die Ärzte können und nicht können. Sie haben auch nicht auf alles eine Antwort. Du musst *ha-Schem* vertrauen, Asa. Er hat uns Eva geschickt, damit du alles über die Seide erfährst, gerade als du sie dringend brauchtest. Außerdem ist es unhöflich, jemanden zu unterbrechen.«

Eva schloss die Augen. »Ich werde auch ein Spiel spielen. Mein Spiel heißt: Wenn wir in Prag wären. Und es geht so. Wenn wir in Prag wären und am Fluss spazieren gingen, würden wir jetzt am anderen Ufer den Hradschin sehen. Versucht, ihn euch vorzustellen!«

Ich hatte keine Ahnung, wie der Hradschin aussehen mochte. Dennoch versuchte ich, ihn mir vorzustellen, wie Eva es verlangt hatte. Ich stellte mir ein buntes Schloss vor, wie ich es in einem Märchenbuch gesehen hatte. Und sekundenlang stand mir dieses imaginäre Bauwerk am anderen Ufer des Detroit River mit beflaggten Türmen und den mit Bannern geschmückten Turmspitzen lebhaft vor Augen.

»Haben Sie großes Heimweh, Eva?«, erkundigte sich meine Mutter.

Mein Phantasieschloss verschwand.

»Ich habe großes Heimweh nach Prag, Adele. Letzte Nacht habe ich geträumt, ich war wieder im Studierzimmer meines Vaters, und Asa saß bei ihm und las in seinen Büchern.«

Ich verspürte unvermittelt einen Schock, denn genau diesen Traum hatte ich in der Nacht gehabt, als Eva zu uns gekommen war, um sich bei uns einzumieten, diesen Traum, in dem Evas Vater und Asa im *Midrasch* von den Abendgesichten lasen. Ich erinnerte mich an die tiefe Sehnsucht, die ich empfunden hatte, weil ich mich nicht mehr erinnern konnte, was der *Midrasch* uns lehrt.

Jetzt, da Eva von Asa geträumt hatte, empfand ich Ärger. Warum nicht von mir? Waren Träume nicht Dinge, an die man tagsüber gedacht hatte? Sie musste an ihren Vater und Asa gedacht haben, an die Menschen, die sie liebte.

»Würden Sie jetzt lieber nach Prag zurückkehren als bei uns in Windsor bleiben?«, fragte Asa.

Eva überlegte. »Nun, da ich eben nur dort sein kann, wo ich bin, ist es mir wohl so bestimmt. Und ich kann nicht mehr zurückkehren.«

»Warum?«

»Weil sich alles verändert hat. Dort gibt es keine Freiheit. Und außerdem bin ich froh, hier bei euch sein zu können.«

Wir waren westwärts gefahren, bevor wir uns nach Süden wandten. Asa hatte sich anfangs geirrt. Wir umrundeten den großen Zeh unserer Halbinsel und nahmen schließlich Kurs Ost in Richtung Leamington.

Als wir in die Stadt kamen, sahen wir eine stockwerkhohe Tomate, die als Informationsstand und Touristenattraktion fungierte. Oben drauf stand ein Schild mit dem Text: »Willkommen in der Tomatenhauptstadt der Welt!«

»Die Früchte dieses Landes sind gewaltig!«, sagte Eva.

Wir alle lachten.

»Ich habe noch nie eine Tomate gegessen.«

Wir hatten noch nie etwas so Albernes gehört.

»Hattet ihr denn nicht mal Ketchup?«, fragte Asa.

»Nein. Was ist Ketchup?«

»Tote, zerquetschte Tomaten. Ich mag kein Ketchup«, antwortete Asa.

»Ich glaube, mir würde Ketchup auch nicht schmecken.«

Wir fuhren zum Point Pelee, wo wir an einem Strandtisch ein kleines Picknick veranstalteten.

Auf dem Rückweg machten wir in der Nähe von Kingston bei der Landwirtschaftsausstellung Halt, der eine Kirmes angeschlossen war. Asa und ich fuhren mit meiner Mutter auf mehreren Karussells, während Eva zusah. Als wir zum Riesenrad kamen, sagte Eva, sie wolle auch mitfahren. Asa und ich stiegen in eine Gondel, meine Mutter und Eva in die nächste. Als ich mich ganz oben auf dem Riesenrad umdrehte, sah ich, dass sich meine Mutter mit beiden Händen die Augen bedeckt hatte.

Fürsorglich legte Eva meiner Mutter einen Arm um die Schultern.

»Joseph, du erdrückst mich!«, kreischte Asa.

»Tut mir Leid«, sagte ich. »War nicht so gemeint.«

»War es doch! Du hast es absichtlich getan!«

»Ich habe gesagt, dass es mir Leid tut.«
Meine Mutter nahm ihre Hände erst herunter, als die Fahrt vorüber war. Später sagte sie: »Ich habe schon immer Höhenangst gehabt.«
Nach dem Riesenrad kamen wir am Liebestunnel vorbei.
»He, das sieht aus als ob es Spaß macht, und ist wohl auch nicht allzu gefährlich«, sagte meine Mutter lachend.
»Ja, wollen wir nicht alle fahren?«, fragte Eva.
Asa wollte nicht. Es war dunkel drinnen, und er würde nichts sehen können. Also wartete er mit meiner Mutter draußen.
Ich saß neben Eva in einem Wagen.
»Ist das nicht aufregend?«, fragte mich Eva. Ihre langen Beine waren eingezwängt und drückten gegen meine. Ich spürte die duftende Wärme ihres Körpers. Ich atmete tief ein.
Auf einmal war ich überglücklich.
Unser kleiner Wagen neigte sich von einer Seite zur anderen, während wir durch den Tunnel der Liebe glitten. Überall am dunklen Firmament verteilt funkelten kleine Herzen wie Sterne. Romeo und Julia leuchteten auf und küssten sich an der Wand.
Eva zeigte auf eine lächelnde Mondsichel, auf der ein Cupido saß und mit seinem Bogen zielte.
»Er sieht aus wie Asa!«, sagte sie, während wir ins Sonnenlicht hinausglitten.

Auf der Heimfahrt nahmen wir eine andere, verschlungene Route. Wir fuhren an der Kalkstein-Villa vorbei, die am Ufer des Detroit River stand und eine wundervolle Aussicht bot. Seit Maurice und Shooshy nicht mehr lebten, verfiel sie immer mehr. Vor dem Haus standen zwei riesige Bäume, die in jedem Frühjahr blühten. Sie waren noch im vergangenen Jahrhundert gepflanzt worden. Es gab nur diese beiden ihrer Art in der Stadt, weil sie in unserem Teil der Welt sehr selten waren. Die Bäume hatten die Blüte schon hinter sich. Ich hatte sie schon immer bewundert, aber bis zu jenem Tag hatte ich nicht gewusst, wie sie heißen.

»Wie wunderschön!«, sagte Eva. »Paulownien sind meine Lieblingsbäume. Im Garten des Hradschin, in den mein Vater mich öfter mitnahm, gibt es ein besonders schönes Exemplar. Diese beiden sind fast genauso schön. Ich wünschte, ich könnte sie blühen sehen.« Und sie zitierte aus den Worten Bileams, als er auf die Kinder Israels hinabblickte, die sich vor ihm in der Wüste verteilt hatten:

K'n'khalim nitayu … Wie die Täler sich erstrecken
Wie die Gärten am Ufer des Flusses;
Wie die Aloebäume, die der Herr pflanzte,
Wie die Zedern am Rand der Gewässer.

»Eva«, sagte meine Mutter, »Sie erwecken die Worte der Thora zum Leben!«

»Wissen Sie, wenn ich wieder reich wäre, würde ich mir ein Haus am Fluss kaufen.«

»Sie waren reich?«, fragte Asa.

»Als ich in Prag aufwuchs, hatte ich alles, was ich brauchte. Und wenn man alles hat, was man braucht, dann ist man reich.«

Als wir vor unserem Haus hielten, dämmerte es schon. Hunderte von Glühwürmchen stiegen aus dem Gras empor, sogar noch mehr als ich an jenem ersten Abend gesehen hatte, an dem Eva eintraf und ich von unserem Garten aus beobachtet hatte, wie sie in ihrem Zimmer umherging.

»Das ist zauberhaft«, sagte meine Mutter.

»Was ist zauberhaft?«, fragte Asa.

»Die Glühwürmchen«, sagte ich.

Asa begann zu weinen. »Ich kann sie nicht sehen!«

»Komm mit mir, Asa!«, sagte Eva. »Würdest du mir mein Vergrößerungsglas heraussuchen, Joseph?«
Sie reichte mir ihre Handtasche. Ich suchte nach dem Vergrößerungsglas und nahm es heraus. Dabei streifte meine Hand die Lackschatulle, in der der »Augsburger Codex« verwahrt war.
Vorsichtig trat Eva mit ihren hochhackigen Schuhen auf den Rasen. Sie bückte sich und fing mit der Hand ein Glühwürmchen ein.
»Sehen wir's uns mal unter der Lupe an!«
Ich hielt das Vergrößerungsglas über die kleine Öffnung, die sie mit ihrer geschlossenen Faust machte. Der Mond über uns war voll und rund aufgegangen.
»Kannst du es jetzt sehen, Asa?«, fragte sie. »Kannst du es unter der Lupe sehen?«
»O Eva! Ja!«, sagte er mit einem leichten Tremolo in der Stimme. »Ja, ich kann's sehen. Wie schön es funkelt!«
Sie ließ das Glühwürmchen fliegen und nahm mir mit einem Lächeln ihre Handtasche ab, die sie sich über die Schulter hängte. Als wir die Verandatreppe hinaufstiegen, fiel mir auf, dass Eva an ihrem Brillantring drehte. Vielleicht hatte sie den Stein nach innen gedreht, als sie die Faust machte, sodass Asa glaubte, tatsächlich ein Glühwürmchen zu sehen.
Ich weiß nicht, ob Asa tatsächlich das schwache Schimmern des Glühwürmchens in Evas Hand wahrgenommen hatte, sogar mit dem Vergrößerungsglas, oder ob er in Wirklichkeit ihren Brillanten gesehen hatte oder vielleicht sogar das Vergrößerungsglas selbst, das irgendwie das Mondlicht einfing und reflektierte. Aber das war unwichtig. Ich wusste ja schon, dass es in ihrer Macht stand, uns Burgen und Zaubergiraffen sehen zu lassen, die gar nicht da waren.

Am Abend, bevor wir zu Bett gingen, bedankte sich Eva bei meiner Mutter für den wunderschönen Tag.

»Das habe ich gern getan, Eva. Es hat mir selber auch Spaß gemacht.«

»Morgen werde ich vielleicht zum Assumption College gehen und nach dem Artikel suchen, von dem ich neulich abends gesprochen habe.«

»Das ist eine gute Idee.«

Am folgenden Tag begleiteten Asa und ich Eva zur Bibliothek des Assumption College. Aber sie hatten weder »Orientalia« noch »Assyriology«, die beiden Zeitschriften, die Eva brauchte.

Als wir nach Hause zurückkehrten, sagte Eva zu meiner Mutter: »Ich weiß nicht, was ich tun soll, Adele. Es ist so wichtig, das richtige Material zu haben.«

»Keine Sorge, Eva! Ich hab Ihnen doch schon gesagt, dass ich für Sie nach Detroit fahren kann. Gleich morgen werde ich es tun.«

»Sie sind so lieb zu mir, Adele!« Eva küsste meine Mutter auf die Wange.

Meine Mutter errötete.

Und so begann meine Mutter, die noch nie gern Auto gefahren war, es sei denn eine kurze und vertraute Strecke, ihre Ängste zu überwinden. Sie hatte mich bereits in Erstaunen versetzt, als sie uns durch die Gegend fuhr, um Eva die Umgebung zu zeigen, und nun fing sie an, ein- bis zweimal in der Woche munter zur Bibliothek der Wayne State University zu fahren, um Eva bei ihren Forschungsarbeiten zu unterstützen.

Kapitel 21

Bis auf die ein, zwei Jahre, nachdem seine Frau ihn und seine Tochter verlassen hatte, war Enoch Laquedem ein sehr produktiver Autor. Er verfasste Dutzende von Essays und Monografien über eine breite Palette von Themen, von *Midraschim*-Kommentaren bis zu Abhandlungen über vergleichende Linguistik, unter anderem über die *hapax legomena*, die Eva meiner Mutter an den Abenden neben der Sonnenuhr erklärt hatte. Besonders interessierten ihn die Berichte nach der Entdeckung der ugaritischen Texte im Jahre 1929, die im darauf folgenden Jahrzehnt nach und nach veröffentlicht wurden.

Enoch Laquedems Arbeiten waren in angesehenen wissenschaftlichen Zeitschriften oder winzigen akademischen Verlagen erschienen und fanden den Weg in kleine und große Bibliotheken auf der ganzen Welt, ja, manchmal sogar in die abgelegensten und verborgensten Regale. Das wurde mir in jenem Sommer klar, als Eva bei uns wohnte und meine Mutter in der Bibliothek der Wayne State University so unbekannte Journale wie die »Biblische Monatsschrift«, die »Orientalia« und die »Assyriology« fand.

Im Laufe der Jahrzehnte habe ich zahlreiche andere Artikel von Laquedem entdeckt. Ich habe die vielen deutschsprachigen Wissenschaftsjournale der damaligen Zeit durchforscht, von denen manche inzwischen fast verschollen und nur sehr schwer zu finden sind. Ich habe ihren Inhalt gründlich studiert und die verschiedenen Artikel gelesen, die mich interessieren, genau wie meine Mutter, obwohl sie nicht sehr viel Deutsch verstand, die Zeitschriften der Wayne State University durchsucht hatte, um zu sehen, ob es etwas gab, das für Eva von Interesse sein könnte.

Der Anregung durch Dr. Schpizhof verdanke ich es, dass ich selbst Deutsch lernte und die Französischkenntnisse, die ich in meiner Jugend in Kanada in der Schule erworben hatte, verbesserte.
Vor mehreren Jahren fand ich in der Bibliothek des Jüdischen Museums in Prag Laquedems Monografie »Midrasch, Metapher und Prophezeiung«. Am Anfang zitiert Laquedem den Vers, den Eva uns an jenem ersten Tag vortrug, als sie in unser Haus kam und mein *Tikkun* zur Hand nahm: »Wenn doch alle Menschen Gottes Propheten wären …« In einer längeren Diskussion trug Laquedem die kühne Theorie vor, die imaginativen, querverweisenden Kommentare des *Midrasch* hätten die biblische Prophezeiung ersetzen sollen:

Der Verlust wahrer Propheten und ihrer Prophezeiungen war für die nachbiblische Gesellschaft in Palästina wohl die größte Tragödie, größer als die der physischen Zerstörung des Tempels oder der politischen Einbußen Jerusalems. Wie sollten sie diese immaterielle und geheiligte Institution ersetzen?

Bevor er diese Frage beantwortete, erläuterte Laquedem jedoch seine Definition dessen, was eine Prophezeiung ausmacht.

Die reine Voraussage zukünftiger Ereignisse ist eine eher vereinfachende, ungenügende Definition der Prophezeiung. Die eigentliche Absicht der Prophezeiung und die Mission der Propheten ist es uns zu lehren, in der Welt der Gegenwart zu leben, die göttlichen Muster zu erkennen und Sinn in ihre endlose Verwirrung zu bringen.

Laquedem behauptete, die göttliche Inspiration, unter deren Einfluss die Propheten immer sprechen, sei im Grunde das Verständnis dessen, was er als das »Netz der Wirklichkeit« bezeichnete.

Dieses Netz der Wirklichkeit ist es, das scheinbar ungleiche Dinge miteinander verwebt und ein ganzes Tuch aus ihnen macht. Für sich allein betrachtet scheint unsere Welt für den menschlichen Verstand ein Chaos unzusammenhängender Ereignisse zu sein, in Wahrheit ist das aber nicht der Fall. Dieser Eindruck entsteht nur durch unser begrenztes Wahrnehmungsvermögen, unsere begrenzte Vernunft. Die Prophezeiung und die intellektuellen Hilfsmittel der Weisen, welche die Midrasch-*Kommentare geschrieben haben, sind ein Versuch, Ordnung und Verknüpfungen zu finden, damit unsere Welt einen Sinn bekommt. Aber wir müssen bei derartigen Analysen auch sehr vorsichtig sein. Solche Versuche können ein gefährliches Unterfangen sein. Wie jene Naturwissenschaftler unserer Zeit, die vergeblich versuchen, den Geist zu finden, der im materiellen Gehirn wohnt, kann man ein so empfindliches und phantomgleiches Gebilde wie eine Prophezeiung nicht sezieren, ohne ihren Tod herbeizuführen.*

Obwohl ich die letzten Jahrzehnte mit der Nachforschung nach allem verbracht habe, was Laquedem geschrieben hat, habe ich niemals das gefunden, was ich im Grunde wirklich suchte: Ich habe nie ein Exemplar der »Wolkenglorиolen« gefunden und nie einen Beweis dafür, dass sie jemals veröffentlicht wurden, nachdem Eva uns verlassen hatte.

Kapitel 22

Eva Laquedem begegnete Chujo Higashi, als sie beide an der Karls-Universität in Prag studierten.

Chujo war aus Fukuoka auf der Insel Kyushu gekommen, um Medizin zu studieren. Eva begann ihr Naturwissenschaftsstudium mit den Fächern Chemie, Biologie und Physik.

Kurze Zeit arbeitete sie mit der Entomologin Dr. Penelope Kastner-Lublin zusammen, einer weltbekannten Autorität für Insektenphysiologie. Und im Laboratorium dieser Wissenschaftlerin begegnete Eva ihrem zukünftigen Ehemann, und zwar auf Grund einer der merkwürdigsten Ideen, die unmittelbar vor dem Beginn des Zweiten Weltkriegs unter japanischen Militärstrategen umgingen.

Eines Tages, mehrere Monate, bevor die Nazis in der Tschechoslowakei einmarschierten, erhielt Kastner-Lublin den Besuch einer japanischen Regierungsdelegation.

Seit vielen Jahren hatte Kastner-Lubin genau wie der berühmte Karl von Frisch das Sehvermögen der Bienen untersucht und ihre Fähigkeit, im Kurzwellen- und Ultraviolettbereich Licht und Farben wahrzunehmen, die für uns Menschen unsichtbar sind. Neben ihren ausgedehnten Experimenten mit der Farbwahrnehmung begann sie schon früh mit ihren Untersuchungen anderer bemerkenswerter Fähigkeiten dieser Lebewesen, ihrer Fähigkeit, polarisiertes Licht wahrzunehmen, was Menschen und andere Wirbeltiere nicht können, sowie ihrer Fähigkeit, auf Grund dieser Wahrnehmung zu navigieren. Es war beobachtet worden, dass die Bienen sich sogar bei bedecktem Himmel nach dem Stand der Sonne orientieren können. In den dreißiger Jahren hatte Kastner-Lublin mehrere

Artikel veröffentlicht, darunter »Veränderungen der Lichtpolarisation in verschiedenen atmosphärischen Phänomena und die Wahrnehmung der Bienen« sowie »Eine mikroskopische Untersuchung des Ommatidiums (Augenkeils) der Honigbiene«.

Zu jener Zeit hatte das japanische Militär damit begonnen, in eine Reihe scheinbar außergewöhnlicher wissenschaftlicher Forschungsprojekte zu investieren, und interessierte sich für dieses Beispiel fortgeschrittener Insektenerkundung wohl in der Hoffnung, dass weiterführende Forschungen sie irgendwie dazu befähigen würden, bestimmte Prinzipien für ihr Heer und ihre Luftwaffe anwenden zu können. Kastner-Lublins Forschung war hochentwickelt und erforderte nicht nur Kenntnisse des visuellen Systems und der Neurophysiologie der Bienen, sondern auch solche der Physik des Lichts im polarisierten Zustand.

Die Japaner waren unter einem Vorwand zu ihr ins Labor gekommen, um herauszubekommen, ob sie sich überhaupt für Japan engagieren würde. Sie fragten, ob sie bereit sei, ihnen bei der Erforschung einer neuen Krankheit zu helfen, welche die Seidenraupenpopulation in Japan bedrohe. In dieser Hinsicht, schmeichelten sie Kastner-Lublin, gleiche sie Louis Pasteur, den im vergangenen Jahrhundert die französische Regierung gebeten hatte, die Seidenraupenkrankheit Pébrine zu untersuchen.

Chujo Higashi, dessen Familie in Fukuoka Seidenfabriken und -spinnereien besaß und Verbindungen zum Militär hatte, sprach fließend Deutsch. Seine Regierung hatte ihn gebeten, sich der kleinen japanischen Delegation anzuschließen, obwohl er weder bei der Besprechung ein Wort sagte noch Kastner-Lublin ansprach.

Als die Delegation eintraf, war Eva im Labor.

Penelope Kastner-Lublin hörte sich die Bitte der Delegation höflich an, um sie dann ebenso höflich abzulehnen.

»Es tut mir sehr Leid, aber ich kann Ihnen nicht helfen. Ich habe

mein Leben lang das Sehvermögen der Bienen erforscht. Ich weiß nichts über die *Lepidoptera* und ihre Krankheiten.«
»Aber vielleicht wird die verehrte Madame Professor es sich noch einmal überlegen, ob sie uns helfen will«, sagte der Leiter der Delegation. »Die Seidenspinner und ihre Larven sind schließlich Insekten. Diese Krankheit ist eine schwere Bedrohung für unsere Volkswirtschaft und daher auch für das Wohl unseres Volkes.«
»Ihre schwierige Situation bedaure ich sehr, aber Schmetterlinge sind einfach nicht dasselbe wie Bienen«, erklärte die Entomologin energisch.
»Vielleicht sollten wir Madame für ihre Entscheidung ein paar Tage Zeit lassen, damit sie noch einmal nachdenken kann. Die Zeiten sind sehr unruhig. Falls Sie zu uns nach Japan kämen, um für uns zu arbeiten, würden wir für Ihre Sicherheit und Ihr Wohlergehen sorgen und Sie mit allem versorgen, was Sie brauchen. Ihre Arbeit mit den Bienen könnten Sie natürlich fortsetzen.«
Sie überlegte einen langen Moment. »Nein. Nein. Es tut mir Leid, ich kann Ihnen nicht helfen. Ich möchte keine Zeit verschwenden, weder die Ihre noch die meine. Ich habe mehrere Tageslichtexperimente durchzuführen, und es wird jetzt schon bald dunkel. Fräulein Laquedem, würden Sie die Herren bitte hinausbegleiten?«

An jenem Abend läutete es an der Tür der Laquedem-Wohnung. Eva öffnete.
Sie erkannte den jungen Mann von der Delegation. Er hielt ein Buch in den Händen, dessen Titel unter seinen Fingern verborgen war.
Er verbeugte sich zur Begrüßung: »Mein Name ist Chujo Higashi. Sie sind Fräulein Laquedem?«
»Ja, richtig. Kann ich Ihnen helfen?«
»Lieben Sie wirklich die Insekten?«
Sie lächelte. »Ja. Sehr sogar.«

»Mögen Sie Glühwürmchen?«
»Über die weiß ich nicht sehr viel. Sind die Glühwürmchen in Ihrer Heimat ebenfalls krank?«
Er lachte. »Keineswegs. Das wäre eine große Katastrophe. Kennen Sie unsere ›Geschichte von Genji‹?«
Nein, kannte sie nicht.
»Es ist eine wunderschöne Geschichte. Hier ist sie.« Er überreichte ihr das Buch, das er in den Händen ghehalten hatte.
Eva schlug das Buch auf und lachte. »Vielen Dank, aber ich kann nicht Japanisch.«
»Ach, das macht nichts. Eines Tages werde ich Ihnen das Kapitel mit dem Titel ›Glühwürmchen‹ vorlesen. Leider gibt es kein Kapitel über Bienen, mit dem ich Sie erfreuen könnte.«
»Wollen Sie es mir auf Japanisch vorlesen?«, erkundigte sich Eva.
»Wollen Sie die Sprache lernen? Es wäre mir eine Ehre, Ihr Lehrer zu sein.«
»Das freut mich.«
»Wann wollen wir mit dem Unterricht beginnen?«
»Wann immer Sie dazu bereit sind.«
»Dann jetzt gleich.«

Chujo und Eva trafen sich danach öfter. Am Abend nach der Arbeit holte er sie im Laboratorium ab, und sie wanderten durch die Stadt, jedes Mal durch andere Straßen.
Wo immer sie gingen, irgend etwas erinnerte Chujo stets an Fukuoka, obwohl die beiden Städte ganz und gar verschieden waren.
Die Moldau erinnerte Chujo Higashi an den bescheideneren Naka, der durch seine Heimatstadt floss. Der Hradschin erinnerte ihn an die Burg über Fukuoka. Und als Eva ihm ihre geliebte Paulownia in den Hradschin-Gärten zeigte, musste Chujo an den berühmten Tobiume denken, den Fliegenden Pflaumenbaum auf dem Gelände des Dazaifu-Schreins. Er erzählte Eva die Legende

von diesem treuen Baum, der sich in Kyoto in die Lüfte erhob, um dem Gelehrten Sugawara Michizane zu folgen, als dieser auf die Insel Kyushu verbannt wurde. Seine Blüten waren Michizanes Lieblingsblumen gewesen.

Eva lächelte und ergriff Chujos Hand. »Sie sind bis obenhin voll Heimweh, Chujo!«

»Vermutlich. Vielleicht, weil ich mir so große Sorgen mache.«

Chujo Higashi war wirklich tief besorgt über den gefährlichen Kurs, den sein Vaterland einschlug.

Und es kam der Tag, da auch Eva von tiefem Heimweh nach ihrer Heimat gequält werden sollte.

»Jetzt tut es mir Leid, dass ich mich über ihn lustig gemacht habe«, erklärte sie uns. »Aber er hat es mir nie übel genommen. Mein Ehemann konnte sich nie an Prag gewöhnen.«

Kurz nach dem Einmarsch der Deutschen in die Tschechoslowakei wurde Dr. Kastner-Lublins Labor beschlagnahmt. Die Wissenschaftlerin verschwand. Eva konnte nicht in Erfahrung bringen, ob sie verhaftet worden war oder außer Landes fliehen konnte.

Nach einiger Zeit durfte Eva nicht mehr an der Universität studieren.

»Heirate mich!«, sagte Chujo auf der Karlsbrücke zu ihr. »Du könntest sofort nach Japan ausreisen. Dort bist du sicher. Ich werde bald nachkommen.«

Unter Tränen verabschiedete sie sich am Bahnhof von ihrem Vater. Die erste Etappe ihrer Reise sollte sie nach Moskau und von dort quer durch Sibirien nach Wladiwostok führen.

»Da habe ich meinen Vater zum letzten Mal gesehen«, erzählte uns Eva. »Er stand neben Chujo auf dem Perron.«

Einige Monate später beendete Chujo Higashi sein Medizinstudium und kehrte zu seiner europäischen Frau nach Japan zurück.

Kapitel 23

Eines Nachmittags, wenige Wochen, nachdem Eva begonnen hatte, in die ganze Welt Telegramme zu verschicken, hielt ein Yellow Cab vor unserem Haus. Zwei Männer stiegen aus, der eine alt, der andere jung. Obwohl der Tag heiß war, trugen sie beide schwarze Anzüge und schwarze Hüte. Der ältere Mann hatte einen langen grauen Bart. Der jüngere hatte einen gestutzen blonden Bart und war sehr dünn.

Ich ging zur Tür und öffnete. Als die Männer die Verandatreppe heraufkamen, waren ihre schwarzen Gestalten vom leuchtenden Rot der Rosen gerahmt.

Meine Mutter kam zu mir in die Diele. Leise flüsterte sie mir zu: »Es muss sich um ein Missverständnis handeln, Joseph. Die wollen vermutlich zu Rabbi Kremlach, um Geld für die Yeshiva-Universität zu sammeln. Vielleicht kannst du sie sie zu Kremlachs begleiten.«

Die Männer standen auf der Schwelle und stellten sich uns höflich vor: »Wir kommen vom Amitzer Rebbe, Madame, der sich vor kurzem in Jerusalem niedergelassen hat. Wir hätten gern Eva Marie Laquedem aus Prag gesprochen. Der Rebbe hat ein Telegramm von ihr erhalten. Es wurde ins falsche Land geschickt, zum Glück aber sofort nachgesandt. Wir waren gerade unterwegs in Amerika. Der Rebbe hat sich mit uns in Verbindung gesetzt und uns gebeten, Mrs. Laquedem aufzusuchen und zu sehen, wie es ihr geht. Hoffentlich haben wir sie nicht verpasst. Sie wohnt doch noch hier, oder?«

»Ja, sie wohnt bei uns«, sagte meine Mutter. »Aber sie heißt jetzt Mrs. Higashi.« Und dann setzte sie leise hinzu, als wolle sie diesen frommen Herren den Grund für Evas Ehe mit einem Japaner erklären: »Ihr verstorbener Mann hat ihr das Leben gerettet.«

Die beiden Männer warfen einander einen kurzen Blick zu. »Ja, er hat eine große Tat vollbracht. Würden Sie Mrs. Higashi sagen, dass wir hier sind?«

Meine Mutter führte sie ins Wohnzimmer. Sie bot ihnen Platz an, sie aber zogen es vor, stehen zu bleiben.

Dann ging meine Mutter nach oben, um Eva zu holen. An jenem Nachmittag hatte Eva sich von der Arbeit am Buch ihres Vaters frei genommen, um Asa eine Kalligrafiestunde zu geben. In Wahrheit übte sie mit ihm nicht die richtige Kalligrafie, sondern das Zeichnen verschiedener japanische Schriftzeichen mit dem Bleistift.

Manchmal unterbrach ich für ein paar Minuten meine Leseübungen, um sie zu beobachten.

Eva zeichnete sehr sorgfältig auf einem Blatt Papier. »Dies ist das Symbol für das Wort Baum: 木, und dies ist das Symbol für die Sonne: 日. Wenn du die Sonne zeichnest, wie sie am Morgen hinter einem Baum aufgeht, bekommst du dieses Ideogramm: 東, und das bedeutet ›Osten‹. Wisst ihr, wie man auf Japanisch zu Osten sagt, Kinder?«

Wir wussten es nicht.

»Higashi!«

Während die Abgesandten des Amitzer Rebbe auf Eva warteten, stellten sie mir mehrere Fragen: Wie alt ich sei. Ob ich Hebräisch könne. Ob ich jeden Tag die Thora studiere.

Ich antwortete ihnen, dass ich, während der *Ba'al koreh* nicht da war, jede Woche in der Synagoge vorläse.

Das freute sie.

Sie baten mich, ihnen etwas vorzulesen. Ich war nervös, griff aber zu meinem *Tikkun*. Ich las den Text aus dem Wochenabschnitt, an dem ich gerade geübt hatte.

»›*Va'yiru kol ho'aydoh* ... Und die Gemeinde sah, dass Aaron tot war, und sie weinten um Aaron dreißig Tage, das gesamte Haus Israel.‹«

Der jüngere Mann sagte: »Sehr gut, Yosef. Die Worte werden dich dein Leben lang begleiten.«

Der ältere Mann schien zu zögern, aber dann sagte er: »Es muss sehr angenehm sein, Mrs. Higashi als Untermieterin zu haben. Sie ist eine sehr gebildete Frau, nicht? Eine Wissenschaftlerin?«

»Ja, das ist sie«, bestätigte ich. »Sie kann Hebräisch und kennte die Thora. Ich glaube, das hat sie von ihrem Vater gelernt.«

Das brachte sie zum Lächeln.

In diesem Moment kam Eva, gefolgt von meiner Mutter und Asa, die Treppe herab.

Als die beiden sie sahen, neigten sie respektvoll den Kopf.

Daraufhin verneigte sich Eva. Sie lächelte und hielt beide Hände, wie es die Sitte erforderte, vor ihrem Körper. Sie reichten sich nicht die Hand. Ihre Tasche hing am Riemen über ihrer Schulter. Sie sprach eine kurze Begrüßung in einer fremden Sprache, möglicherweise Tschechisch. Dann wechselte sie zu Englisch.

»Ich bin Ihrem Rebbe sehr dankbar, dass er Sie geschickt hat«, sagte sie. »Mein Vater hat immer höchst anerkennend von ihm gesprochen. Sie hatten viele Ansichten gemeinsam, obwohl sie unterschiedlichen Weltanschauungen anhingen.«

»Der Rebbe hatte immer die größte Hochachtung vor der Weisheit Ihres Vaters.«

Bis zu diesem Moment hatten sie alle gestanden. Eva bedeutete ihnen, in den beiden Lehnsesseln Platz zu nehmen. Ich setzte mich neben Eva auf das Sofa.

Asa musterte die beiden Männer, zuckte mit den Achseln und beschloss, draußen zu spielen.

»Keine Sorge, ich werde mein Seidentuch tragen«, versicherte er Eva.

»Das ist eine gute Idee, Asa. Draußen scheint die Sonne.«

»Mein neues Schriftzeichen werde ich später üben.«

»Sehr gut, Asa.«

Meine Mutter bot den Männern etwas zu essen an, vielleicht ein Stück von dem Kuchen, den sie soeben gebacken hatte? Sie lehnten den Kuchen höflich ab. Obwohl sie es nicht erwähnten, hätten sie nichts gegessen, was meine Mutter gebacken hatte. Sie kannten sie nicht und konnten sich nicht darauf verlassen, dass sie in ihrer Küche die rituellen Vorschriften einhielt.

Eva sagte zu meiner Mutter: »Vielleicht möchten die Herren etwas Obst und Eiswasser oder Saft. Obwohl ich Ihnen keine Mühe machen möchte, Adele.«

»O ja, natürlich!«, sagte meine Mutter, die Evas Hinweis darauf begriff, dass diese Dinge für die Abgesandten erlaubt seien.

Aber die Männer lehnten auch dieses Angebot höflich ab.

»Nun, dann werde ich Sie mit Ihren Besuchern allein lassen«, sagte meine Mutter. »Falls Sie mich brauchen – ich bin in der Küche. Ich habe noch Kuchen im Backofen.«

Dann wandte sie sich an mich. »Joseph, ich glaube, Eva würde mit ihren Besuchern gern allein sprechen.«

»Aber nein!«, widersprach Eva. »Ich wäre dankbar, wenn Joseph hierbleiben würde. Vielleicht kann er mir helfen, falls ich etwas brauche.« Sie sah die Abgesandten an. »Die beiden Herren haben sicher keine Einwände dagegen.«

Sie schienen zu zögern, beugten sich aber Evas Willen. »Er ist ein kluger und intelligenter Junge. Er liest sehr gut aus der Thora.«

Diese Bemerkung freute meine Mutter und beruhigte sie zugleich.

»Nun, wenn Sie mich entschuldigen würden – ich muss wieder an die Arbeit«, sagte sie. Obwohl ich glaube, dass auch sie gern gehört hätte, was die Männer zu sagen hatten.

Der Ältere sagte: »Der Rebbe war erfreut über Ihr Telegramm. Er wusste nicht, was aus Ihnen geworden ist. Der Rebbe war Ihnen und Ihrem Vater immer sehr dankbar für das, was Sie für seine Familie getan haben.«

»Ich hatte gehofft, dass der Rebbe vielleicht etwas über meinen Vater weiß. In all diesen Jahren habe ich nichts von meinem Vater gehört. Er wusste, wo er mich hätte finden können, wenn es ihm möglich gewesen wäre. Ich suche immer noch nach ihm.«

Die beiden Männer sahen einander an.

Evas Stimme wurde ein wenig lauter: »Ich bin darauf vorbereitet, die Wahrheit zu hören. Ich habe so lange auf die Wahrheit gewartet.«

Ohne mich anzusehen, ergriff sie meine Hand. Ich war überrascht von dieser Geste und errötete. Ich spürte, wie das kühle Metall ihres Rubinarmbands mein Handgelenk streifte. Ich schämte mich meiner Hand. Sie war mager, knochig und schweißnass, aber ich hielt ganz still, während Evas warme, trockene Hand die meine fester packte.

Der ältere Mann sagte bedächtig: »Es tut mir sehr Leid. Der Rebbe hat einen Bericht erhalten, der zwar mehrere Jahre alt, aber zuverlässig ist. Er hat die Information von einem seiner Anhänger. Ihr Vater wurde ins Terezin-Getto außerhalb von Prag gebracht.«

»Wann?«

»Im Winter 1944.«

Hoch aufgerichtet saß Eva auf dem Sofa. »Was ist aus ihm geworden? Wurde er in ein Lager geschickt?«

»Nein. Anfangs wurde er dem Ältestenrat zugeteilt, daher hat der Anhänger des Rebbe auch von ihm gehört. Persönlich hat er ihn nicht gekannt. Sie sind sich niemals begegnet. Es gab Gerüchte, dass eines der Ratsmitglieder entlassen worden sei und in die Schweiz ausreisen konnte. Aber das traf nicht zu.«

Der Mann zögerte.

Eva packte meine Hand noch fester. »Bitte, sprechen Sie weiter!«

»Ihr Vater wurde gehängt.«

Eva presste ihre andere Hand auf ihre Brust.

Einen Moment schwiegen alle, dann sagte Eva: »Sprechen Sie weiter! Ich möchte alles erfahren.«

»Ihr Vater wurde mit zwei anderen Ratsmitgliedern öffentlich gehängt. Es tut mir Leid. Am ersten Passahtag auf dem Hauptplatz des Gettos. Es tut mir Leid. Warum, wissen wir nicht. Die Mörder brauchten keinen Grund zum Töten.« Abermals zögerte der Mann. »Die Leichen wurden drei Tage lang hängen gelassen.«

Eva murmelte etwas vor sich hin. Ich konnte nicht verstehen, was sie sagte und in welcher Sprache.

Ihre Hand wurde feucht und ließ die meine los. Mit offenem Mund sank sie ins Sofa zurück.

»Sie ist ohnmächtig!«, sagten die Männer.

Ich lief hinaus und holte meine Mutter.

Sie wies die beiden Männer an, Eva flach auf das Sofa zu legen.

Obwohl es ihnen verboten war, eine Frau zu berühren, die nicht ihre Ehefrau war, und obwohl sie Eva nicht die Hand gereicht hatten, als sie hereinkamen, gehorchten die Männer meiner Mutter. Dies war ein Notfall, daher waren sie dazu verpflichtet.

»Aufwachen, Eva! Aufwachen!« Meine Mutter tätschelte ganz leicht ihre Wangen.

Sie wandte sich an die Männer. »Was ist geschehen?«

»Ihr Vater wurde ermordet. Bereits vor mehreren Jahren.«

»Die arme Eva! Joseph, geh mir ein bisschen kaltes Wasser holen!«

Ich lief in die Küche. Ich zitterte am ganzen Körper, und mir war, als könnte ich Ewigkeiten lang kein Glas finden und den Wasser-

hahn öffnen. Ich hatte noch nie gesehen, wie jemand in Ohnmacht fiel, aber es schien mir eine sehr ernsthafte Sache zu sein.
Als ich ins Wohnzimmer zurückkehrte, tauchte Asa wieder auf.
»Eva ist tot! Ich hab's gewusst! Alle Menschen in diesem Haus sterben! Alle Menschen in diesem Haus sterben!«
»Sei still, Asa!«, sagte meine Mutter. Ich konnte mich nicht erinnern, dass meine Mutter jemals so streng mit ihm gesprochen hatte. »Sei still! Sofort, Asa Ivri! Eva ist nicht passiert.«
Asa erstarrte an seinem Platz wie eine kleine Statue.
Eva begann sich zu regen. Sie schlug die Augen auf.
»Alles in Ordnung, Eva?«, erkundigte sich meine Mutter.
Sie nickte.
Die Abgesandten sagten: »Es tut uns Leid, dass wir eine so grausame Nachricht überbringen mussten.«
»Nein«, sagte Eva matt, »Sie haben es mir sagen müssen. Es war Ihre Pflicht. Wie denn auch nicht? Ich musste es wissen. Gar nichts zu wissen, war eine Qual für mich.«
Ganz langsam richtete sie sich auf. Holte tief Luft. Zerrte am Kragen ihres Kleides, bis er zerriss.
Evas Augenlider flatterten, und sie sah aus, als werde sie gleich wieder in Ohnmacht fallen.
»Ich rufe Dr. Fairclough an«, erklärte meine Mutter.
»Nein«, sagte Eva. »Diese Herren haben eine lange Reise hinter sich und ... Ich muss einfach ein bisschen die Augen zumachen.« Abermals schloss sie ihre Augen.
»Ihr Vater war ein sehr tapferer Mann, Mrs. Higashi. Am Anfang des Krieges hat Ihr Vater geholfen, den Rebbe und seine Frau zu retten. Er konnte ein paar Beamte bestechen, wie wir glauben, mit Objekten, die in das Museum dort gelangt waren. Womit genau, hat der Rebbe niemals erfahren. Ihr Vater konnte Geheimnisse auch unter den schlimmsten Bedingungen bewahren. Der Rebbe lässt Ihnen ausrichten, dass Sie sich sofort an ihn wenden sollen,

falls Sie irgendetwas brauchen. Er wird tun, was immer in seiner Macht liegt.«

Eva winkte ab. Sie schien sich nicht mehr konzentrieren zu können. »Ja, ja. Vielen Dank. Ich bin … Ich bin auf einmal sehr müde. Würden Sie mich entschuldigen? Ich muss mich hinlegen.«

Obwohl sie aufs Heftigste erregt und gerade ohnmächtig gewesen war, entdeckte ich, dass sie nicht weinte, genau wie ich vor Jahren beim Tod meines Vaters nicht geweint hatte. Unwillkürlich dachte ich immer wieder: Ja, wir sind uns irgendwie gleich. Wir sind uns gleich. So verhalten sich Menschen von Welt. Eva und ich sind uns irgendwie gleich.

Eva erhob sich und ging zur Treppe. Meine Mutter folgte ihr und legte ihr den Arm um die schmale Taille.

Die Abgesandten erhoben sich.

Auf einmal wandte sich Eva zu ihnen um. »Wie geht es der Enkelin des Rebbe, Rachel?«

»Rachel ist verheiratet. Sie lebt in B'nei Brak in der Nähe von Tel Aviv. Sie hat den Sohn des Tamimer Rebbe geheiratet. Sie haben zwei kleine Söhne.«

»Und ihr Augenlicht? Was ist mit ihrem Augenlicht?«

Die beiden schüttelten den Kopf. »Sie ist so gut wie blind. Aber Gott sorgt für die Seinen. Sie ist eine wunderbare Frau. Sie hält sich sehr gut. Sie spricht oft von Ihnen und davon, wie bereitwillig Sie ihr geholfen haben. Sie hat Sie niemals vergessen.«

Eva nickte. »Es freut mich, das zu hören. Es freut mich sehr. Sie war ein süßes kleines Mädchen. Sie hatte eine so lebhafte Phantasie.«

Von meiner Mutter gestützt, stieg Eva die Treppe hinauf.

Als die Frauen verschwunden waren, überreichte mir der ältere Mann eine flache Schachtel.

»Bitte, Yosef, gib dies Mrs. Higashi, sobald es ihr wieder besser geht. Es ist ein Geschenk des Rebbe.«

Bald darauf traf Dr. Fairclough ein.
»Sie hat einen schrecklichen Schock erlitten«, erklärte ihm meine Mutter, als sie nach oben gingen.
Als Dr. Fairclough Evas Zimmer betrat, blieb er einen Augenblick stehen. Meine Mutter hatte die Vorhänge geschlossen, sodass es dunkel im Zimmer war. Eva lag mit geschlossenen Augen lang ausgestreckt auf ihrer orange-goldenen Brokatdecke. Ihr rotes Haar hatte sie gelöst.
»Eva, Eva«, flüsterte meine Mutter. »Der Doktor ist hier.«
Eva schlug die Augen auf. »Danke, Adele.«
Dr. Fairclough flüsterte meiner Mutter etwas zu.
»Selbstverständlich«, sagte sie. Dann führte sie Asa und mich hinaus und schloss hinter uns die Tür.
Als wir die Treppe hinuntergingen, wimmerte Asa: »Sie muss sterben, nicht wahr?«
»Nein, Asa, das muss sie nicht«, gab meine Mutter zurück. Dieses Mal klang ihre Stimme sanft, nicht streng. »Eva wird nicht sterben. Keine Angst! Sie hat nur eben eine sehr traurige Nachricht erhalten.«

Als Dr. Fairclough herunterkam, sagte er zu meiner Mutter: »Es handelt sich um die milde Form einer Gemütserschütterung – begreiflich, unter diesen Umständen. Sie braucht nur ein wenig Ruhe und liebevolle Pflege, die Sie ihr zweifellos zukommen lassen werden, Adele. Sie ist eine bezaubernde junge Frau. Schwer zu glauben, dass sie schon so vieles durchgemacht hat. Vielleicht braucht sie die eine oder andere kleine Ablenkung. Versuchen Sie, möglichst viel Zeit mit ihr zu verbringen. Ich werde morgen wieder vorbeikommen.«
Als Dr. Fairclough das Haus verließ, setzte er noch hinzu: »Vielleicht sollten Sie alle in ein paar Tagen zu einer kleinen Rundfahrt auf mein Boot kommen. Ich könnte mir vorstellen, dass Ihnen das gefallen wird.«

»Vielen Dank, Herr Doktor.«

An jenem Abend klopfte meine Mutter an Evas Tür, um ihr Tee und ein Stück Kuchen zu bringen.

»Vielen Dank, Adele. Es sieht köstlich aus.«

Eva bat uns, alle zu ihr ins Zimmer zu kommen und ihr Gesellschaft zu leisten. Sie schien wieder fröhlicher Stimmung, obwohl sie am selben Tag erst erfahren hatte, dass man ihren Vater umgebracht hatte.

Sie saß auf ihrem Bett und aß von ihrem Kuchen.

»Ich glaube, ich hab's die ganze Zeit gewusst. Aber ich wollte es mir nicht eingestehen.« Schuldbewusst sah sie meine Mutter an, genauso wie Asa mich manchmal schuldbewusst ansah. »Es wäre falsch von mir gewesen, die Hoffnung aufzugeben, ohne sichere Auskünfte zu haben, nicht wahr?«

»Sie hatten Recht, die Hoffnung bis jetzt nicht aufzugeben«, sagte meine Mutter.

»Als ich hierher kam, fiel mir ein, dass der Rebbe mit meinem Vater befreundet gewesen war. Ich wusste, dass mein Vater versucht hatte, dem Rebbe und seiner Frau zu helfen, damit sie Prag verlassen konnten. Wie ihm das letztlich gelungen ist, weiß ich nicht. Er hat es mir nicht gesagt. Er muss etwas verkauft haben, um das Geld dafür aufzubringen. Unser Bankkonto in Prag war eingefroren.«

»Die Männer haben gesagt, ich soll Ihnen das hier von ihrem Rebbe geben.« Damit reichte ich Eva die Schachtel, welche die Abgesandten mir gegeben hatten.

»Wie nett von ihnen! Wollen wir nachsehen, was drin ist?«

Sie öffnete die Schachtel so langsam, wie sie sonst immer ihre Lackschatulle öffnete. Die Schachtel enthielt ein dünnes Buch mit braunem Ledereinband.

Sie zeigte auf ihre Handtasche. »Würdest du mir meine weißen Handschuhe holen, Joseph?«

Ich suchte ein wenig herum, dann fand ich die Handschuhe. Sie zog sie an und schlug das Buch auf.
»Ach, ist das schön!«, sagte sie ganz leise. Sie war zutiefst bewegt. Ihre grünen Augen wurden feucht und glänzten stärker als sonst. »Ein *Perek Schir ha-Schirim* – ein Kapitel aus dem Hohen Lied. Wisst ihr, was das ist?«
Wir wussten es nicht.
Sie erklärte uns, dass dieses schmale Bändchen die ganze Schöpfung Gottes zeige, Himmel und Erde, Tiere und Pflanzen, die ihren Schöpfer preisen.
»Und die bezaubernden Buchmalereien! Ich glaube, es muss italienisch sein, vielleicht fünfzehntes Jahrhundert. Würden Sie uns daraus vorlesen, Adele?«
»Wo soll ich anfangen?«
»Irgendwo.«
Meine Mutter wählte einen Abschnitt, der mit einem Bild von Palmen und einem Garten geschmückt war. Laut las sie: »›*Gan Ayden omer* … Der Garten Eden sagt: Erwache, Nordwind, und komme, Süd, durchwehe meinen Garten, dass seine Balsamdüfte strömen! Mein Geliebter komme in seinen Garten und esse von seinen köstlichen Früchten!‹«
Ich errötete. Hatte Eva gesehen, wie ich an dunklen Abenden im Garten unter ihrem Zimmer stand? Hatte sie gesehen, wie ich durch ihre Fenster spionierte, und sei es auch nur durch die geschlossenen Vorhänge? Obwohl alles, was ich sah, nur Schatten waren?
Aber Eva und meine Mutter konzentrierten sich ganz auf die Handschrift.

Später an diesem Abend rief meine Mutter Rabbi Kremlach an, um ihm eine Frage über religiöse Vorschriften zu stellen.
Er antwortete ihr, da Eva die Nachricht vom Tod ihres Vaters erst

mehrere Jahre nach dem Vorfall erhalten habe, sei es nicht erforderlich, dass sie eine ganze Woche *Schiwa* sitze. Unter diesen außergewöhnlichen Umständen brauche sie nur eine Stunde lang *Schiwa* zu sitzen.

Kapitel 24

Dr. Fairclough hatte das Angebot, das er uns gemacht hatte, nicht vergessen.

Am Tag darauf kam er zu uns, um nach Eva zu sehen und uns abermals einzuladen, auf seinem Boot mitzufahren.

Im »Star« hatte es einen Artikel über Dr. »Skipper« Fairclough und seine Jacht gegeben. Die »Oiseau de la Mer«, die im Jachtklub von Windsor lag, war dreißig Fuß lang und hatte eine Schlafkoje mit einem eigenen Badezimmer. Dr. Fairclough segelte, seit er ein Junge war, zog inzwischen jedoch seine Motorjacht vor.

»Das wäre wunderschön, Doktor«, sagte Eva zu ihm. »Vielen Dank, dass Sie auch Adele und die Kinder eingeladen haben.«

Meine Mutter lehnte dankend ab. »Ich werde seekrank auf Schiffen. Aber die Kinder werden es bestimmt genießen.«

»Ich werde Sie morgen Vormittag abholen.«

Am folgenden Morgen packte meine Mutter einen Picknickkorb mit Sandwiches und Plätzchen, die sie gebacken hatte.

Während wir warteten, rief Dr. Fairclough an, um uns mitzuteilen, dass es im Hôtel Dieu einen Notfall geben habe, dass er aber am frühen Nachmittag fertig sein würde.

Er bat meine Mutter, uns gegen zwei Uhr zum Jachtklub zu bringen. Dort sollten wir ihn dann treffen. Das würde Zeit sparen.

Als wir am Jachthafen eintrafen, war der Himmel bedeckt, und auf dem Wasser tanzten kleine Schaumkronen.

Bei der Begrüßung erkannte ich Dr. Fairclough anfangs nicht. Er trug ein gestreiftes Matrosen-T-Shirt, eine weiße Hose und eine blau-weiße Matrosenmütze. Dazu trug er Loafer ohne Socken.

»Keine Sorge, es wird bald aufklaren!« versicherte er uns. »Alle Mann an Bord!«
Dr. Fairclough hatte Recht, schon bald kam die Sonne heraus, und der Himmel wurde blau. Wir fuhren auf dem Detroit River zum St.-Clair-See hinaus.
»Joseph, Asa«, sagte Eva, »ist es nicht schön, auf einem so großartigen Boot zu sein? Das erinnert mich an damals, als ich auf dem Chinesischen Meer gesegelt habe.«
»Sie haben auf dem Chinesischen Meer gesegelt?«, fragte Dr. Fairclough. »Etwas so Exotisches habe ich schon immer mal tun wollen.«
»Nun ja, es war nicht gerade die ruhigste Tour, wir hatten ziemlich schwere See, aber es war sehr aufregend.« Eva lächelte Dr. Fairclough an. »So viel frische Luft muss doch sehr belebend auf Sie wirken. Gehen Sie häufig segeln?«
»Nicht oft genug. Wenn es nach mir ginge, würde ich die ganze Zeit auf dem Wasser verbringen. Wenn man will, kann man von hier aus bis zum Atlantik fahren. Das würde ich wirklich gern eines Tages tun. Vielleicht sogar bis zu den Bermudas.«
Eva schloss die Augen. »Ja, eine wunderbare Idee. Manchmal träume ich davon, endlos um die ganze Welt zu segeln. An Land ist alles so anders, finden Sie nicht, Doktor? Es gibt so viele Länder und Grenzen und Einschränkungen. Manchmal fühle ich mich so eingeschlossen.«
Ich war erstaunt über ihre Worte, denn uns hatte sie erzählt, sie sei sehr glücklich, dass sie bei uns in Windsor wohnen könne und dass sie schließlich nach all ihren Wanderungen ein neues Zuhause gefunden habe.
Warum sagte sie, dass an Land alles viel schwieriger sei? Wir lebten an Land. Warum fühlte sie sich so eingeschlossen? Sie hatte das schönste Zimmer in unserem Haus, ein Zimmer mit Blick auf den Garten.

Dr. Fairclough sagte: »Nun ja, wenn Sie das jemals wollen, werde ich Sie überall hinbringen. Sie brauchen nur ein Wort zu sagen. Hier auf dem Wasser kann man absolut frei sein, und all diese imaginären Grenzen verschwinden.«
»Ja, das tun sie wohl. Es ist ein wunderbares Gefühl, das zu erleben.«
Dann schien ihr plötzlich einzufallen, dass Asa und ich zuhörten. »Ach was, ich rede Unsinn. Ich würde meine Freunde niemals verlassen wollen.«
Dr. Fairclough sagte zu uns: »Macht es euch beiden Spaß?«
»Ja, Dr. Fairclough«, antwortete Asa. »Es ist beinah so schön wie auf einem Ozeandampfer.«

Ein paar Stunden schipperten wir in der näheren Umgebung. An der kanadischen Küste sahen wir kleine Cottages mit Trauerweiden und Nadelbäumen. Dann fuhr Dr. Fairclough mit uns an der amerikanischen Küste entlang, wo wir die großen Villen von Grosse Point sahen. Schließlich fuhren wir weiter auf den See hinaus und ankerten.
Eva öffnete den Picknickkorb und verteilte die Sandwiches, die meine Mutter hergerichtet hatte. Als wir alles gegessen hatten, wurde es schon dämmrig. Dr. Fairclough lichtete den Anker und wollte den Motor starten.
Der Motor sprang nicht an. Wir hatten keinen Treibstoff mehr.
»Es ist nicht zu glauben!« sagte Dr. Fairclough. »Das ist mir noch nie passiert. Ich glaube, ich hatte es zu eilig. Aber keine Sorge, hier kommt immer jemand vorbei. Genießen Sie einfach das Wasser und den Himmel! Im Grunde ist es wundervoll. Niemand kann mich hier erreichen. Ich bin frei!«
Eva lachte. »Also, Doktor, ich glaube, Sie haben das absichtlich so eingerichtet.«
Etwa eine Stunde lang trieben wir auf dem Wasser. Dr. Fairclough

zeigte Asa und mir seinen Kompass und wie man mit einem speziellen Licht das SOS-Signal geben konnte.
Asa fing an zu jammern, weil er nicht mehr so gut sehen konnte, als es dunkler wurde.
»Es tut mir Leid«, sagte Dr. Fairclough. »Vielleicht hilft ja das.« Er drehte an einem Knauf, und sämtliche Lampen an Deck gingen an.
Ich staunte, wie sehr dieses Lampenlicht alles veränderte. Der ganze See schien aufzuleuchten.
»Seht doch! Seht!« Eva zeigte zum nördlichen Himmel über Michigan.
Wir drehten uns alle um. Zu unserer Verwunderung schimmerte am Horizont ein riesiger grün-roter Lichtvorhang.
Ich hatte so etwas noch nie gesehen. Das Leuchten war so stark, dass sogar Asa es sehen konnte.
»Das ist ein Nordlicht!«, sagte Dr. Fairclough. »Das ist ein Nordlicht! Also, in diesen Breiten habe ich noch nie eines gesehen.«
»Ich habe eins gesehen, als ich durch Sibirien fuhr«, sagte Eva. »Kannst du es sehen, Asa?«
»Ja, ich kann's sehen, Eva.« Er sagte es ehrfürchtig. »Es ist so wunderschön, Eva.«
»Ja, Asa, das ist es.«
Wenn ich an diesen Augenblick zurückdenke, erfüllt mich eine große Traurigkeit. Heute kann Asa ein solches Phänomen nicht mehr sehen.
Dr. Fairclough lachte und legte Eva behutsam einen Arm um die Schultern. »Sobald die Dame aus dem Osten da ist, ereignen sich seltsame Dinge.«
»Das ist reiner Zufall«, sagte Eva, und das Nordlicht begann zu verblassen.
Obwohl mir der Ausflug sehr gut gefiel und das Nordlicht mir große Freude bereitete, wurde ich plötzlich sehr nervös. Ich hatte den ganzen Nachmittag nicht geübt und mein *Tikkun* auch nicht

mitgebracht. Nun würde zudem der ganze Abend verschwendet sein. Bestimmt würde ich bald einen Fehler machen, wenn ich nicht aufhörte, so nachlässig zu sein.

Schließlich kam ein Boot mit einer amerikanischen Flagge und versorgte uns mit Benzin. Der Motor sprang sofort an.

Kurz darauf trafen wir im Jachtklub von Windsor ein.

Als wir nach Hause kamen, erzählte Asa meiner Mutter: »Wir haben ein Nordlicht gesehen! Mitten auf dem See haben wir ein Nordlicht gesehen! Vielleicht hat noch ein Komet auf der Sonne eingeschlagen, und das Licht wird wieder normal.«

Kapitel 25

Vom Anatomischen Institut an der U Nemocnice bis zu den verschiedenen Gebäuden des Staatlichen Jüdischen Museums im Josefov-Viertel geht man ungefähr zwanzig Minuten.
Nach der Revolution von 1989 wurde ich von der Universität als Gastprofessor eingeladen. Ich freute mich, dass es nach so langer Zeit noch immer so großes Interesse für meine früheren Arbeiten am Hippokampus und seinen Projektionen bestand.
Im Verlauf der letzten Jahrzehnte hatte sich das Interesse der Neurowissenschaft auf die neueren, verfeinerten Methoden übertragen, um Antworten auf Fragen zu finden, welche die chemischen Botenstoffe des Gehirns betrafen, die Neurotransmitter, und wie man deren verschiedenen Wege identifizieren und verfolgen konnte.
Obwohl sich bei der Arbeit daran viele Wissenschaftler noch immer altmodischer Verfahrensweisen bedienten, hatte ich ein Nachlassen des Interesses an diesen betagteren Methoden der anatomischen Forschung bemerkt. Ich begann mich in meinem Labor so etwa wie ein Dinosaurier zu fühlen: nicht mehr im gleichen Takt mit der immer schnelleren und hoch entwickelten modernen Welt, feststeckend in einer bequemeren Vergangenheit. Trotz meiner intensiven Arbeit und meiner Erfolge hatte ich das Gefühl, nicht gerade viel erreicht zu haben. In Prag jedoch erfreute ich mich wieder an meiner Arbeit und an dem, was ich aus meinem Leben gemacht hatte. Im Laufe von acht Wochen hielt ich eine Reihe von Vorlesungen und Labordemonstrationen, die vom Lehrkörper und den Studenten der Neurochirurgie, der Neurowissenschaft und der Neurologie frequentiert wurden.
Wie üblich hatte Asa mich begleitet, zumeist aber fühlte er sich

nicht wohl. Er litt unter Anfällen von Depression, die, nachdem er vollständig erblindet war, immer häufiger wurden. Im Jahr vor unserem Besuch in Prag hatte er den letzten Rest des Tunnelsehens verloren, mit dem er Jahrzehnte lang die Welt betrachtet hatte. Asa verbrachte seine Tage in der Wohnung, die uns die Universität zur Verfügung gestellt hatte.

»Wohin gehst du?« fragte er mich, wenn er hörte, dass ich mich zum Ausgehen vorbereitete.

Ich antwortete ihm gewöhnlich, dass ich mir dies oder das in der Stadt ansehen wolle.

»Suchst du sie?«

»Wen?«

»Eva. Suchst du sie immer noch? Warum lebst du in der Vergangenheit? Selbst wenn sie noch am Leben wäre und in dieser Stadt wohnte – glaubst du, du würdest sie wiedererkennen?«

»Ich mache lediglich einen Spaziergang, Asa. Ich habe einen freien Tag. Möchtest du vielleicht mitkommen?«

»Nein danke, Joseph.«

»Was wirst du so lange machen?«

»Nachdenken.«

»Worüber?«

»Über Vater und Mutter.«

»Und damit lebst du nicht in der Vergangenheit?«

»Ich weiß es nicht. Irgendwie habe ich das Gefühl, dass sie hier bei mir sind, irgendwie ein Teil von mir, wenn ich nur über sie nachdenke.«

Ich zog die Brauen hoch, aber das konnte Asa natürlich nicht sehen.

An den Abenden, an denen ich nicht von Angehörigen der Fakultät eingeladen war, bestand ich darauf, dass mein Bruder mit mir zum Essen ging. »Du kannst nicht die ganze Zeit zu Hause sitzen. Das wird allmählich lächerlich. Wirst du nun mitkommen, Asa?«

Er antwortete nicht.
Mir wurde klar, wie verschieden wir geworden waren. Als wir jung waren, redete er auf mich ein, bis ich sagte, was er hören wollte. Jetzt musste ich mich ständig wiederholen. Ich hörte den bittenden Ton in meiner Stimme, und das verwirrte mich. Mir wurde schwindlig.
»Wirst du mitkommen, Asa?«
Letzten Endes gehorchte Asa dann und zog sich an. Sogar eine Krawatte und ein Sportjackett legte er an. Seltsamerweise schien er diese abendlichen Exkursionen in eines der Restaurants sogar widerwillig zu genießen. Wenn wir auf der Straße waren, erschien ein Lächeln auf seinem Gesicht.
Einmal blieb er stehen und wandte sich zu mir um.
»Weißt du noch, wie Vater für uns Bilder gemalt hat?«
Ich wusste es nicht.
»Aber ja, er hat Alligatoren und Krokodile gezeichnet und uns gefragt, was der Unterschied zwischen ihnen sei.«
»Das hatte ich ganz vergessen. Ja, jetzt erinnere ich mich. Es ist erstaunlich, dass du dich daran erinnerst. Du warst damals noch so klein.«
»Ich erinnere mich an vieles, Joseph. Warum bist du jedes Mal so verwundert? Mir ist gerade wieder etwas eingefallen.«
»Was denn?«
»Das zeige ich dir im Restaurant.«
Als wir im Restaurant am Tisch saßen, bat Asa mich um ein Blatt Papier und einen Stift. Ich gab ihm den Stift in die Hand und führte sie zu dem Blatt Papier. Obwohl er blind war, zeichnete er sehr präzise. Er kombinierte das Symbol eines Baumes mit dem Symbol einer dahinter aufgehenden Sonne, das Ideogramm für Osten – *Higashi.*
Asa lachte. »Siehst du? Ich erinnere mich an vieles, Joseph. Ich hab mir die Dinge für die mageren Zeiten aufbewahrt.«
»Ja, das hast du wohl.« Ich zögerte; dann sagte ich: »Weißt du, Asa,

es tut mir Leid, dass du jetzt gar nichts mehr sehen kannst. Ehrlich. Es macht auch mich sehr traurig.«

»Das weiß ich, Joseph.« Asa lächelte. »Mir ist gerade noch etwas eingefallen, etwas, das Eva gesagt hat, als sie zum ersten Mal zu uns kam.« Er sprach ganz langsam und fast unhörbar. »›Wir alle besitzen etwas viel Wichtigeres: unsere Seelen, die wichtiger sind als unsere menschlichen Körper und unsere Sinne. Deine Seele kann dir niemand nehmen. Deine Seele gehört dir auf ewig.‹ – Erinnerst du dich daran, Joseph?«

»Ja.«

»Siehst du, Joseph?«, sagte Asa. »Du und ich, wir sind verschieden, selbst wenn wir uns beide nach all diesen Jahren an dieselben Dinge erinnern. Du klammerst dich zu sehr an deine Erinnerungen, als seien sie ... Nun ja, als seien sie Gegenstände, die du für immer in den Händen halten kannst. Aber das sind sie nicht. Ich habe versucht, aus meinen Erinnerungen zu lernen. Das ist für mich das Wichtigste. Für mich ist immer alles sehr schwierig gewesen, und es gibt Zeiten, in denen es mir zu viel erscheint, aber trotzdem bin ich immer noch besser dran, weil ich von einer Fremden, die einmal zu uns ins Haus kam, etwas gelernt habe. Aber das ist lange her, Joseph, und weit, weit weg.«

Als wir vom Restaurant nach Hause gingen, fiel Asa wieder in Schweigen zurück.

Ich merkte, wie ich meinen Bruder anstarrte.

Mich überwältigte ein alter, törichter Gedanke, der, einmal in der Jugend gedacht, nur sehr schwer auszulöschen war.

Asa ist immer noch schön, sagte ich mir wider Willen, und dafür bezahlt er mit seinen Depressionen. Nach all diesen Jahren beunruhigte mich die Erkenntnis, dass ich die kindischen Gedanken wiederholte, die ich als kleiner Junge gehabt hatte: Weil ich hässlich war, würde ich vor manchen schrecklichen Dingen sicher sein, die anderen Menschen widerfuhren.

Ich würde nicht blind werden wie mein Bruder Asa oder dahinwelken und gelb werden wie mein Vater.
Ich würde eines Tages glücklich werden, obwohl ich damals nicht glücklich war.

In meiner freien Zeit – und während jener acht Wochen hatte ich eine Menge davon – verbrachte ich viele Nachmittage mit Spaziergängen durch die Stadt. Es war mir ganz recht, dass Asa mich auf diesen Exkursionen nicht begleitete. Solche Dinge wollte ich allein erledigen.
Als ich zum ersten Mal den Hradschin besuchte, war ich traurig. Denn trotz seiner Pracht war er ganz anders als das Phantasieschloss, das ich mir vor so vielen Jahren nach Evas Erzählung vorgestellt hatte, als wir ihr die Umgebung von Windsor zeigten.
Immer wieder kehrte ich zu den verschiedenen Gebäuden zurück, die zum Jüdischen Museum gehörten. Nach dem Zweiten Weltkrieg war das Museum auf Bitten der restlichen jüdischen Gemeinde vom tschechoslowakischen Staat übernommen worden, der weder die Kraft noch die Mittel hatte, sich selbstständig darum zu kümmern.
Ich zog Erkundigungen ein und lernte mehrere Angestellte kennen. Von den Überlebenden jener schrecklichen Periode des Krieges arbeitete keiner mehr hier. Die meisten der gegenwärtigen Kuratoren waren nach dem Krieg geboren worden.
Keiner hatte Enoch Laquedem persönlich gekannt. Sein Name war nur wenigen vage bekannt.
Irgend jemand erzählte mir jedoch von einer alten Frau, die während des Krieges im Museum als Textilsortiererin eingeteilt worden war. Sie war schließlich, wie alle, die im Museum arbeiteten, deportiert worden und hatte es irgendwie geschafft zu überleben. Sie wohnte im Bezirk Letná nördlich der Moldau.
Ein Treffen wurde arrangiert.

Das kleine Haus in der schmalen Nebenstraße war von Efeu überrankt. Drinnen war es ziemlich dunkel.
Die alte Frau sprach Tschechisch und Deutsch; Letzteres hatte ich als Erwachsener gelernt, hauptsächlich um wissenschaftliche Quellen im Original lesen zu können. Mehr als einmal hatte Dr. Schpizhof zu mir gesagt: »Wenn ein Papagei mit seinem dünnen Pallium-Neuralgewebe Englisch verstehen kann, dann können Sie auch Deutsch lernen. Sie haben ein größeres Gehirn. Außerdem ist es wichtig, dass Sie die frühere anatomische Literatur lesen können.«
Dr. Schpizhofs Worte führten nicht nur dazu, dass ich Deutsch lernte, sondern auch dazu, dass ich eine Zeit lang am Pallium der Vögel arbeitete, jener glatten, grau-weißen Umhüllung des Vogelhirns, dem Äquivalent unserer menschlichen und säugetierischen Hirnhälften. Ich habe fünf Abhandlungen über das Thema geschrieben.
Die alte Frau in Letná hatte Laquedem nicht besonders gut gekannt.
»Er war ein stiller Mann«, sagte sie. »Wir haben nie richtig miteinander gesprochen, obwohl er immer freundlich hernickte, wenn niemand es sah. Es war eine winzige Geste, aber sie gab mir das Gefühl, noch am Leben zu sein. So tot war ich damals innerlich.«
Sie konnte sich nicht daran erinnern, dass während jener Zeit Bücher oder Handschriften ins Museum gekommen waren. Die alte Frau besaß nur eine unzulängliche Ausbildung. Sie war 1943 ins Museum gebracht worden. Die ursprünglichen Textilexpertinnen waren bereits mit früheren Transporten weggeschafft worden. Sie hatte einmal in einer Spinnerei gearbeitet, das war ihre einzige Qualifikation, und war von den Deutschen ins Museum gebracht worden, um die wertvollen Textilien auszusortieren, die immer noch aus den Gemeinden der Umgebung hereinkamen. Das waren zumeist die mit Gold und Silber bestickten Thorahüllen und die

reich dekorierten *Parochet* – Vorhänge, die vor dem Thoraschrein hingen, und die in den Synagogen beschlagnahmt wurden, bevor man die Gebäude zerstörte.

Die alte Frau hatte keine Ahnung von den Handschriften des Museums und hatte noch nie etwas vom »Augsburger Codex« gehört. Doch sie erinnerte sich, dass man das Museum gezwungen hatte, mehrere Ausstellungen für hohe Beamte der NSDAP zu veranstalten. »Viele von uns Häftlingen nahmen diese Konservierungsarbeiten sehr ernst«, erklärte sie stolz, »weil wir hofften, wenigstens einen Teil der Schätze unseres Volkes zu retten. Es gab auch für jede Ausstellung einen Katalog.«

»Kataloge?«

»Ja, es gab mehrere Ausstellungen für die Parteibonzen.«

Mit dieser Information kehrte ich ins Museum zurück. In dessen Archiven wurde ich zu dem einzigen Exemplar des Ausstellungskatalogs mit dem Titel »Bücher und Manuskripte der Juden« geführt. Unter anderem fand ich darin die Beschreibung eines reich bebilderten Feiertagsgebetbuchs des Salomon De Braga, illustriert von Alexander von Augsburg.

Ich las diese Beschreibung in einer Art Schockzustand. Ich bat den Kurator, die Handschrift sehen zu dürfen. Er schaute in dem alten Katalog nach und wirkte dabei etwas verwirrt, versprach mir aber, das umfangreiche Museumsinventar durchzusehen. Seine Suche dauerte fast zwei Wochen.

»Ich kann's nicht finden«, berichtete mir der Kurator schließlich und zuckte mit den Achseln. »Es muss während des Krieges verschwunden sein. Damals ist vieles verschwunden, verstehen Sie? Ich weiß nicht, was aus dem Manuskript geworden ist. Der Gedanke daran ist sehr bedrückend, Professor.«

Schließlich erläuterte ich dem Kurator, dass ich in meiner Jugend ein anderes Beispiel aus dem Schaffen Alexanders von Ausgburg gesehen habe, den »Augsburger Codex«.

Darüber freute sich der aufgeregte Kurator so sehr, dass er mir andere Kataloge von anderen Ausstellungen zeigte und sogar ein paar der Gästebücher mit den Eintragungen der hohen Naziwürdenträger, die gekommen waren, um sich die Ausstellung dieser fast ausgestorbenen Rasse anzusehen.
Ohne großes Interesse warf ich einen Blick in das Gästebuch, doch dann fiel mein Blick auf einen Namen, den Namen eines ranghohen Parteioberen. Er hatte seinen Namen in einer altmodischen Gelehrtenschrift geschrieben: »Dr. Xavier I. Hirschmann, Professor für Orientalistik und semitische Sprachen, Universität Berlin.«

Kapitel 26

Kapitel 26

Dank Isabel Kremlachs Bemühungen wurde meine Mutter beauftragt, den alljährlichen Sommer-Luncheon des *Misrachi*-Frauen-Klubs zu beliefern. Das große Ereignis fand jeweils im Juli am Ufer des St.-Claire-Sees statt, wo viele Leute aus Windsor Sommerhäuschen besaßen.

Eine Party, die von einem Catering Service beliefert wurde, war etwas ganz Neues für die Frauengruppe. Bis dahin hatten alle Mitglieder einfach kalte Milchprodukte mitgebracht. Dieses Jahr aber war Isabel Kremlach die neue Präsidentin des *Misrachi*-Frauen-Klubs und sie bestand, da der Luncheon in ihrem Cottage stattfinden sollte, bei der Planungssitzung auf gewissen Änderungen.

»Wirklich, meine Damen, es wäre viel eleganter, wenn wir einen Catering Service nehmen würden. Dadurch werden mehr Leute angelockt, wir können höhere Preise nehmen, und wir werden mehr Geldspenden bekommen. Gebt ein bisschen mehr aus, dann verdient ihr ein bisschen mehr! Das Nationale Hauptquartier wird sehr zufrieden mit uns sein. Unsere Ortsgruppe wird bestimmt die Lebensbaumurkunde bekommen. Und da wir nun eine echte Caterin in unserer Stadt haben, wird die Sache besonders einfach. Adele ist nicht teuer. Und ich habe den Cottage Cheese und die Pfirsiche mit den hartnäckigen Steinen so satt! *Dios mio!* Meine armen Eingeweide! Die rebellieren gegen derartige Beleidigungen! In Havanna wäre so etwas unmöglich!«

»Wir sind aber nicht in Havanna, Isabel!«, rief jemand.

»Das ist die Tragödie meines Lebens!« Isabel rollte in gespielter Verzweiflung die Augen. »Wie ich immer sage: *Todo por el amor!*«

Alle Frauen lachten.

Isabel sah sich im Raum um. »Also, Ladys, die Frage ist erledigt. Adele hat zugesagt, Gebäck, Sandwiches und Blintzes zu machen. Perfekt für einen Sommernachmittag. Und jetzt stimmen wir mit erhobenen Händen ab. Na los doch, hebt die Hände! Du da! *Vaga!* Heb endlich deine faule Hand!«
»Du weißt genau, dass ich mir das Schlüsselbein gebrochen habe, Isabel!«
»Deswegen hat Gott dir zwei Hände gegeben, Sarah!«

Isabel Kremlach hatte Recht. Der Cater-Luncheon zog mehr Leute an. Nahezu fünfzig Frauen sagten zu. »Und möglicherweise kommen sogar noch mehr, wenn man die Zuspätkommenden und die Dummköpfe mitzählt«, sagte Isabel.
Meine Mutter war nervös, denn dies war nach der Zubrovsky-Hochzeit erst ihr zweites großes Festereignis. Obwohl jedermann mit dem Zubrovsky-Auftrag zufrieden war und viele Leute – sogar Iris May – ihr gesagt hatten, wie köstlich ihre Speisen geschmeckt hätten, war meine Mutter danach kein bisschen selbstsicherer.
»Aber da kommen so viele Leute, und alles muss einfach perfekt sein, Joseph. Ich werde jede Hilfe brauchen, die ich bekommen kann, also wirst du dich um Asa kümmern müssen.«
»Ich muss üben.«
»Ja, ich weiß, aber nebenbei kannst du von Zeit zu Zeit nach deinem Bruder sehen.«
Sie wandte sich an Eva. »Ich hoffe, ich bringe das hier fertig. Ich weiß nicht, warum ich so nervös bin. Die Mädchen, die mir bei der Zubrovsky-Hochzeit geholfen haben, sind in Nova Scotia.«
»Keine Angst, Adele, ich werde Ihnen helfen«, versprach Eva. »Es wird ein großer Erfolg werden.«
»Aber Sie müssen am Buch Ihres Vaters arbeiten.«
»Ich kann mir genug Zeit nehmen, um Ihnen zu helfen.«
Die ganze Woche vor dem Luncheon war meine Mutter damit

beschäftigt, die verschiedenen Zutaten einzukaufen. Zwei Tage vor dem Luncheon stand sie sehr früh auf, um das Gebäck anzufertigen. Obwohl die Frauen nur zweierlei bestellt und bezahlt hatten, wollte meine Mutter drei Sorten backen. Nach langem Überlegen entschloss sie sich für Ladies-in-Waiting mit Vanillepuddingfüllung, Robin Red Breasts mit einer Kirsche in der Mitte und mit Schokolade überzogene Paradise Wheels.

Jedesmal, wenn ich eine Erholung von meinen Übungen brauchte, ging ich in die Küche und sah nach, wie weit alles gediehen war. Eva kam herunter, um meiner Mutter zu helfen.

»Verzeihen Sie, Adele. Ich muss verschlafen haben. Ich habe gestern bis spät in die Nacht noch einmal den Artikel gelesen, den Sie letzte Woche für mich gefunden haben.«

»Schon gut, Eva. Sie kommen gerade rechtzeitig. Ich werde jetzt die Kirschen in die Robin Red Breasts drücken.«

Obwohl sie in der Küche helfen wollte, hatte Eva sich fein gemacht und trug ein gelbes Seidenkleid.

»Sie sollten sich aber erst umziehen, Eva. Sonst ruinieren Sie sich Ihr Kleid!«

»Ach was, nicht nötig. Ich werde eine von Ihren Schürzen anziehen.«

Eva hatte Recht. Ihr Kleid bekam keinen einzigen Fleck.

Asa war im Garten; er trug seinen Seidenschleier. Wir beobachteten ihn durch die Küchenfenster und die offene Hintertür, wie er um die Sonnenuhr und zwischen den Reihen der Blumen herumlief.

Asa spielte ein neues Spiel, das er erfunden hatte, nachdem Eva bei uns eingezogen war: der Zoo des Kaisers. Er war der Große Khan und lief umher, um sich um all die exotischen Tiere in seiner Menagerie zu kümmern, die in unserem Garten ein geheimes Leben führten. Es war ein Fulltimejob. Jeden Tag trafen neue Kreaturen mit Schiffen aus verschiedenen Teilen der Welt ein, zum Beispiel

LaLa GooGoo, das grüne Pferd, das auf die Bäume klettern und sich dort oben verstecken konnte wie ein Chamäleon. Jedes Mal, wenn man in den Garten kam, musste man hinaufsehen, für den Fall, dass LaLa GooGoo oben saß und »aufs Klo musste«. Dann war da Abulabaz, der Zauberelefant, der im Dschungel von Nachtigallen aufgezogen worden war. Abulabaz hatte einen neuen Trick gelernt. Er konnte sich als Rose tarnen. Niemand würde es merken, es sei denn, er versuchte die Rose zu pflücken oder von der Stelle zu bewegen, denn sie war so schwer wie der Elefant. Außerdem roch die Rose trotz ihres Aussehens wie ein Elefant. Immerhin war es, wie Asa erklärte, eine bemerkenswerte Fähigkeit, das Aussehen einer Rose anzunehmen.

»Eva, Eva«, rief Asa vom Garten her. »Schauen Sie her!« Er tat, als könne er trotz aller Anstrengung die rote Blüte an einem der Rosenbüsche nicht bewegen. »Das ist Abulabaz, der Elefant des Kaisers!«

Eva wischte sich die Hände an ihrer Schürze ab.

»Ich werde kommen und ihn mir ansehen. Aber nur für eine Minute, denn ich muss deiner Mutter helfen. Sie hat sehr viel zu tun.«

Eva ging durch die Hintertür in den Garten. Ich beobachtete sie mit Asa, wie sie angeblich versuchte, die Rose, die eigentlich Abulabaz war, von der Stelle zu bewegen.

In diesem Moment klingelte es an der Tür.

Isabel Kremlach hatte den »Star« angerufen und vorgeschlagen, Geneviève LaFontaine solle meine Mutter interviewen. »Publicity, Adele, die braucht man, wenn man ein Geschäft aufbauen will. Die Leute müssen anfangen, ständig zu denken, koschere Caterin, koschere Caterin. Und für unseren *Misrachi*-Klub wäre es auch nicht schlecht.«

Geneviève LaFontaine war mit dem Fahrrad gekommen. Sie lehnte es an einen der großen Rosenbüsche vor dem Haus und riss dabei mehrere Blüten ab.

»Ihr Gebäck duftet köstlich«, sagte sie zu meiner Mutter, als sie durchs Haus zur Küche ging.
Sie sah mich an; dann wandte sie sich schnell meiner Mutter zu.
»Wie nett, dass Ihr Junge Ihnen hilft! Mein Sohn lässt sich nicht mal in die Nähe der Küche sehen. Darin ist er genau wie sein Vater. Sie sind beide allergisch gegen Hausarbeit. Männer! Man kann nicht mit ihnen kochen. Und ohne sie hat das Kochen keinen Sinn. Darf ich mich hierher setzen?«
Bevor meine Mutter antworten konnte, setzte sich Geneviève LaFontaine auf einen der Küchenstühle und zog einen Stenoblock aus der Tasche. Sie machte sich in Kurzschrift Notizen, während meine Mutter ihr verschiedene Rezepte erklärte.
»Aah-ha ... Ich verstehe ... Benutzen Sie bestimmte Zutaten? Verzeihen Sie, ich weiss so gut wie gar nichts über die Gebräuche Ihrer Leute. Ich weiß, dass Sie kein Schweineschmalz oder Ähnliches verwenden.« Sie kicherte. »Ihre Leute sind streng gegen das liebe, kleine Schweinchen. Stimmt's?«
Meine Mutter nickte.
»Benutzen Sie Butter?«
Meine Mutter lächelte. »Ja. Wann immer ich kann. Der *Misrachi*-Luncheon wird ein Essen ganz aus Milchprodukten. Der Hauptgang besteht aus Blintzes, das sind so etwa mit Käse oder Obst gefüllte Crêpes. Die bereite ich erst am Tag des Luncheon zu, heute mache ich das Gebäck. Allerdings benutze ich Butter nie, wenn ich nach einem Fleischgang einen Nachtisch serviere. Wir essen niemals Milchprodukte mit Fleisch zusammen.«
Geneviève LaFontaine lachte laut auf und klatschte in die Hände, als hätte sie etwas sehr Witziges gehört. »Ach ja, jetzt erinnere ich mich an Ihre Essensvorschriften. Alte Bräuche soll man nicht verändern, würde ich sagen.« Sie beugte sich vor und drohte mit dem Zeigefinger. »Niemals Dinge miteinander vermischen!« Wieder lachte Geneviève LaFontaine. »Da haben Ihre Leute wirklich

Recht. Sehen Sie mich an! Ich bin so ein Mischprodukt.« Sie zählte an ihren langen, knochigen Fingern ab. »Warten Sie mal. Ich habe französisches, schottisches, englisches und sogar einen Tropfen italienisches Blut in mir. Und weiß Gott was sonst noch ...«

Der Himmel draußen klarte auf. Etwas schob sich ins Sonnenlicht. Eva war aus dem Garten in die Küche zurückgekommen. Obwohl sie eine einfache Schürze trug, schien sie zu leuchten, ihr Haar loderte in dem Licht, das zur Hintertür hereinströmte, auf.

Geneviève LaFontaine hob ihre knochige Hand an die Brust. »Also, hol mich der ... Ich habe Sie schon einmal gesehen. Das weiß ich genau. Jawohl. Auf der Ouellette. Das werde ich nie vergessen. Sie haben gesagt, Sie würden unserer hübschen kleinen Stadt nur einen Besuch abstatten. Ich habe immer gehofft, Sie eines Tages wiederzufinden. Ich dachte, dass ich vielleicht geträumt habe. Sie haben das schönste Blau getragen, das ich je gesehen habe. Mir stehen solche Farben überhaupt nicht.« Sie zupfte an ihrer weißen Bluse, die abgetragen und verschossen wirkte. »Ich nähe mir alle Kleider selbst, und das sieht man! Na ja, wir haben sonst nicht so viel Glanz in unserem Städtchen. Aber Sie, Sie sind so ... so *soignée!* Wer sind Sie? Und was machen Sie hier?«

»Ich habe hier ein Zimmer gemietet.«

Geneviève LaFontaine breitete die Arme aus. »Eine Fürstin mietet sich ein Zimmer! Eine Königin im Kerker! Fabelhaft! Und es muss doch verwirrend sein für Sie, mit all diesen seltsamen Bräuchen.«

»Ich bin durchaus vertraut mit ihnen.«

»Wirklich?«, fragte Geneviève.

Eva lächelte, aber es war nicht ihr gewohntes Lächeln.

»Nun, Sie müssen mir verzeihen«, begann Geneviève noch einmal. »Ich verhöre Sie, als seien Sie verhaftet. Und nun erzählen Sie mir bitte alles über sich! Lassen Sie mich raten! Sie sind aus New York oder Paris. Ich war noch nie in diesen Städten, aber eines Tages werde ich hinfahren. Ich schreibe seit zehn Jahren für den ›Star‹, und vermutlich bin ich unheilbar neugierig auf Leute. Leute sind meine Spezialität. Schon als kleines Mädchen sagte meine Mutter zu mir, ›Geneviève Orestes‹ – das ist mein Mädchenname, wie schon gesagt, ich bin ein ziemlicher Mischmasch –, ›Geneviève Orestes, hör endlich auf, den Leuten persönliche Fragen zu stellen! Eines Tages wirst du noch großen Ärger kriegen!‹«

»Ich habe scheußliche Kopfschmerzen«, sagte Eva. »Bitte, entschuldigen Sie mich. Ich bin nicht an diese Hitze gewöhnt. Ich muss mich hinlegen. Wie ich weiß, hat Adele Ihnen sehr viel über den bevorstehenden Luncheon zu erzählen.«

Geneviève drohte Eva mit dem Finger und lachte. »O nein, meine Hübsche, so leicht kommen Sie mir nicht davon! Nun, da ich weiß, wo ich Sie finde, werde ich mit Sicherheit wiederkommen.«

Eva lächelte, machte kehrt und verließ die Küche.

Geneviève rief Eva nach: »Ich werde Ihnen nichts antun, das verspreche ich! Ich werde Sie nur bewundern!« Dann fragte Geneviève meine Mutter: »Wer ist sie?«

»Ach, wissen Sie, Mrs. LaFontaine, jeder Mensch hat ein Recht auf sein Privatleben, meinen Sie nicht?«

»Aber gewiss doch, gewiss! Ich hab's nicht böse gemeint.«

Nun spähte Geneviève zur Hintertür hinaus und sah, wie Asa im Garten umherlief. Die ganze Zeit über hatte sie ihn nicht bemerkt.

»O Gott, ich dachte, ich sehe eine Gartenfee! Da draußen ist ein kleiner Junge mit einem Schleier über dem Kopf!«

»Das ist mein Sohn Asa. Er bedeckt den Kopf, um seine Augen vor der Sonne zu schützen. Sie sind ein bisschen empfindlich.«

»Ach so, natürlich«, sagte Geneviève. »Ich brauch auch eine neue Brille. Mein Mann sagt immer: ›Geneviève, du klebst ja förmlich an der Seite! Halt Abstand, halt Abstand, hast du gehört?‹«

Einen Augenblick blieb Geneviève LaFontaine still und blickte zur Hintertür hinaus. Dann wandte sie sich zu meiner Mutter um.

»Darf ich mich ein bisschen in Ihrem Garten umsehen? Er sieht so bezaubernd aus.«
»Aber natürlich. Ich werde ihn Ihnen zeigen.«
»Nein, nein! Sie haben so viel zu tun. Ich kann allein hinausgehen. Nur für einen Moment. Ich bin nicht empfindlich. Ich sehe mich nur mal kurz um. Ich liebe Blumen.«
Sie ging hinaus und schlenderte durch den Garten. Als sie zu Asa kam, sprach sie ihn an. Er ging mit ihr umher und zeigte auf verschiedene Büsche. Dann zeigte er in die Bäume hinauf. Geneviève LaFontaine kicherte.
Sie blieben stehen und unterhielten sich noch ein wenig.
Als Geneviève LaFontaine in die Küche zurückkam, sagte sie zu meiner Mutter: »Ich konnte es zunächst nicht sehen, wegen dieses Schleiers, aber Ihr Junge ist wirklich süß. Und diese lebhafte Phantasie! Singende Elefanten und grüne Pferde und so!«
Am folgenden Tag schrieb Geneviève LaFontaine in ihrer beliebten Wochenkolumne »N'est-ce pas?«:

Jeden Tag begegnen wir Menschen, auf die wir niemals einen zweiten Gedanken verschwenden. Doch eines Morgens sah ich zufällig eine bemerkenswerte Erscheinung, die verträumt ins Schaufenster des Pelzgeschäfts Lazar blickte, obwohl es sehr warmes Wetter war. Sie trug einen leuchtend bunten Sonnenschirm. Es war ein sonniger Tag. Da stand sie, statuesk und majestätisch, einen Fuß um eine Spur nach außen gekehrt. Ich ging natürlich sofort hinüber, um sie zu fragen, ob sie neu in Windsor sei. Aber sie sagte: »Ich bin nur für ein paar Stunden hier. Was für eine hübsche kleine Stadt Sie haben!« Ich hätte nie gedacht, dass sich unsere Wege noch einmal kreuzen würden. Ich hätte mir nie träumen lassen, dass es eine Story mit so viel Romantik und Tragik geben könnte!
Gestern nun entdeckte ich die geheimnisvolle und schöne Frau, die ich an jenem Tag vor ein paar Wochen gesehen hatte. Aber sie war so

diskret wie eine Aristokratin, deswegen musste ich meine geheimen Quellen nutzen. Ihren Namen darf ich natürlich nicht verraten. Jeder hat ein Recht auf ein Privatleben. Was ich Ihnen mitteilen kann, ist Folgendes: Sie hat die ganze Welt bereist und mit ihrem verstorbenen japanischen Ehemann sogar zehn Jahre in Japan gelebt.
Er war ein berühmter Arzt, der den Tenno ärztlich versorgt hat. Unsere geheimnisvolle Dame bewegte sich in höchsten Kreisen. Und meine Quellen berichten mir, dass sie einen Aufsehen erregenden Schatz besitzt, der ein kleines Vermögen wert ist. Um was es sich dabei handelt, weiß ich noch nicht. Sie trägt ihn ständig mit sich herum. Man stelle sich vor, was sich hier in Windsor alles tut!

Auf der Seite gegenüber erschien ein sehr viel kleinerer Artikel:

Gala-Luncheon für Damen mosaischen Glaubens
Die hiesige Ortsgruppe der Misrachi-*Ladys, einer zionistischen Organisation, wird eine viel versprechende Veranstaltung abhalten, um Spenden für ihre Glaubensgenossen im ehemaligen Palästina zu sammeln. Der Luncheon wird im Strand-Cottage von Mrs. Isabel Kremlach, der Ehefrau des Rabbi Maurice Kremlach von der Shaarei-Chesed-Synagoge stattfinden. Den Catering Service für dieses Ereignis übernimmt Adele Ivri. Mrs. Ivri, eine Witwe, ist eine sanfte, gemütliche Frau mit einem einfachen, doch felsenfesten Glauben.*
Die in Havanna geborene Isabel Kremlach, Gastgeberin des Luncheon und Präsidentin der hiesigen Ortsgruppe, sagte: ›Oh, Adele ist das Beste, was unserer Gemeinde seit langem widerfahren ist. Wir sind sehr glücklich, eine eigene Caterin zu haben, die unseren speziellen Bedürfnissen gerecht wird. Aber natürlich sind uns bei diesem fröhlichen Fest auch alle anderen Konfessionen herzlich willkommen.‹«

Darunter war ein Rezept abgedruckt: Adele Ivris Dairy Paradise Wheels.

Meine Mutter wurde blass, als sie den Artikel über Eva las. »Das ist ja furchtbar!«, sagte sie zu mir. »Wir haben's ihr doch versprochen! Es ist schrecklich! Eva wird sich entsetzlich aufregen.«

»Asa ist ein Plappermaul. Es ist seine Schuld.«

»Er ist noch ein Kind«, ermahnte mich meine Mutter. »Mrs. La-Fontaine hatte kein Recht, ihm neugierige Fragen zu stellen. Ich muss es sofort Eva sagen.«

Ich folgte meiner Mutter nach oben.

»Es tut mir Leid«, sagte meine Mutter, als sie Eva die Zeitung gab. »Bitte, verzeihen Sie uns! Ich hoffe, Sie werden uns nicht böse sein.«

Voller Unruhe warteten wir, während Eva den Artikel las.

Schließlich sagte sie: »Keine Sorge! Ich bin weder ärgerlich noch böse. Hier wird weder mein Name erwähnt noch was dieser Schatz eigentlich ist. Es spielt außerdem keine Rolle. Ich behalte den Codex immer im Auge. Ich werde einfach besonders vorsichtig sein müssen.«

Meine Mutter war über Evas Reaktion so erleichtert, dass ihr die Tränen in die Augen traten.

Ich jedoch blieb nervös. Ich glaubte Eva nicht. Ich konnte nicht glauben, dass sie nicht verärgert war. Wieso war sie uns nicht böse? Wieso fühlte sie sich in unserem Haus noch immer sicher? Ich wusste nicht, was ich tun sollte. Asa hatte alles verdorben.

In jener Nacht konnte ich vor Besorgnis nicht schlafen. Was, wenn jemand in unser Haus einzubrechen und Evas Schatz zu stehlen versuchte?

Nun würde ich die *Parascha* noch fleißiger üben müssen.

Beim *Misrachi*-Luncheon drängten sich die Damen um Eva. Jede wusste offenbar genau, dass sie die geheimnisvolle Dame war, von der Geneviève geschrieben hatte.

»Stimmt es, dass Sie einen Schatz haben?«, erkundigte sich jemand.

Eva lachte. »Nun ja, ich habe das hier gekauft, als ich in Ihr bezauberndes Städtchen kam.« Sie hob ihren Arm. Das Rubinarmband aus Shooshy Kalksteins Nachlass funkelte im Nachmittagslicht. »Ich wusste nicht, dass es so wertvoll ist. Morgen werde ich es auf der Bank in einen Safe bringen.«
Alle Frauen lachten.
Jemand anders fragte: »War Ihr Ehemann wirklich der Leibarzt des Kaisers von Japan?«
»Nein«, sagte Eva. »Ich weiß nicht, woher sie das hat. Aber mein Mann stammte aus einer aristokratischen Familie.«
Dann erzählte sie allen, wie ihr Mann ihr das Leben gerettet hatte, indem er sie aus Prag heraus schaffte, und wie freundlich die Japaner zu ihr waren.
»Aber hatten Sie denn keine Angst?«, fragte eine der Damen. »Bei all diesen Atombomben?«
Eva wirkte plötzlich sehr traurig.
»Nein, nein. Ich habe nie Angst gehabt. Aber mein Mann war an jenem Tag in der Präfektur und arbeitete im Kinderkrankenhaus. Er war der Strahlung ausgesetzt. Er wurde sehr krank und ist dann gestorben.« Sie hielt einen Moment inne. »Mein Mann war ein wunderbarer Mensch. Er kannte immer mein Herz.«
Alle schwiegen auf einmal. Die Damen hatten Tränen in den Augen.
Dann sagte Eva: »Es ist sehr freundlich von Ihnen, mir zuzuhören. Bitte, verzeihen Sie mir! Ich wollte nicht von diesen Dingen sprechen. Ich nehme an, es wird jetzt Zeit, all die Köstlichkeiten zu probieren, die unsere Adele gezaubert hat.«

Am frühen Abend jenes Tages, nachdem sie vom Luncheon zurückgekehrt waren, wollte Eva meiner Mutter das Geld für die vergangene Woche Kost und Logis geben.
»Aber nein, Eva!«, wehrte meine Mutter ab. »Für diese Woche

kann ich Ihnen kein Geld abnehmen. Sie haben mir so viel bei diesem Luncheon geholfen!«

»Das hat mir doch Freude gemacht, Adele. Sie sind so großzügig zu mir. Wenn Sie nicht zu müde sind, könnten wir noch diesen Artikel durchgehen, den Sie für mich in der Bibliothek aufgetrieben haben. Ich habe ihn gestern Abend zum dritten Mal gelesen. Es ist erstaunlich, wie ähnlich das Ugaritische dem Hebräischen ist. Die Tafeln, die in Syrien gefunden wurden, sind verblüffend. Sie werfen Licht auf alles andere. Sie bestätigen viel von dem, was mein Vater geschrieben hat. Wollen wir heute Abend darüber sprechen? Das heißt, wenn Sie nicht zu müde sind. Ich weiß, der heutige Tag und diese Woche waren sehr anstrengend für Sie. Wir könnten im Garten bei der Sonnenuhr sitzen.«

»Ja, Eva. Sehr gern.«

»Das freut mich. Ich würde Ihnen gern die Einleitung zum Buch meines Vaters vorlesen. Ich glaube, Sie können mir helfen, eine Frage zu beantworten, die mich sehr beschäftigt hat.«

»Ich? Aber ich bin doch nur Ihre Schülerin. Ich bin nicht sicher, ob ich wirklich etwas Vernünftiges dazu sagen kann.«

»Aber das tun Sie doch immer, Adele. Das tun Sie doch immer.«

Kapitel 27

Kapitel 27

Es klingelte an der Tür.

Eva kam die Treppe herunter. »Wer ist da, Adele?«

»Ein Telegramm für Sie.«

»Für mich?« Eva kam in den Flur und nahm von dem Boten das Telegramm entgegen. Der errötete, als sie sich bei ihm bedankte. Sie öffnete das Kuvert. Sie schien verärgert zu sein.

»Was ist es, Eva?«, erkundigte sich meine Mutter.

»Möchten Sie's lesen?« Sie reichte meiner Mutter das Telegramm.

Liebe Miss Laquedem,
es ist die bedrückende Aufgabe der Jewish Cultural Reconstruction Inc., verschiedene Objekte wiederzufinden, die für das jüdische Erbe wichtig, aber bei Kriegsende verschwunden sind. Frau Dr. Hannah Arendt, die Leiterin der Kommission, reist seit einiger Zeit durch den Mittelwesten und befindet sich gegenwärtig in Detroit. Sie hat soeben erfahren, dass Sie sich im nahen Windsor in Kanada aufhalten. Und sie wäre Ihnen sehr verbunden für jede Hilfe, die Sie uns bei der Erfüllung dieser heiligen Pflicht gewähren könnten. Die Leiterin der Kommission würde Sie gern so bald wie möglich treffen, da ihr Terminplan sehr gedrängt ist und sie schon bald wieder nach Europa reisen muss.

Am Schluss des Telegramms stand eine Telefonnummer in Detroit, wo Hannah Arendt zu erreichen war.

»Das klingt wichtig, Eva«, sagte meine Mutter. »Werden Sie den Leuten helfen können?«

»Ich weiß es nicht. Wie könnte ich das? Von mir wird immer so viel erwartet.« Sie hielt einen Augenblick inne. »Aber ja, ich werde versuchen, ihnen zu helfen. Könnten Sie bitte für mich dort anrufen, Adele? Wenn sie wollen, können sie morgen Vormittag kommen.«

»Natürlich kann ich das für Sie tun.«

»Sie sind so lieb zu mir, Adele. Ich hoffe, Sie verzeihen mir, dass ich Ihnen Ihre Zeit stehle. Ich muss wieder an die Arbeit. Das ist eine so schwere Verantwortung. Manchmal fühle ich mich überfordert. Außerdem gibt es da noch einen Artikel in Detroit über literarische Formen in den ugaritischen Mythen. Darf ich Sie bitten, den auch noch zu suchen? Es ist eine Schande, dass ich das nicht selber erledigen kann. Es tut mir Leid, dass ich Ihnen so große Mühe mache.«

»Kein Problem, Eva. Es macht mir Freude, Dinge für Sie herauszusuchen. Dabei kann ich immer etwas lernen.«

Am folgenden Morgen, einem Freitag, fuhr meine Mutter über die Grenze zur Bibliothek der Wayne State University und suchte nach dem Zeitschriftenartikel, den Eva brauchte, und den sie am Assumption College in Windsor nicht hatten.

»Es tut mir Leid, dass ich Ihnen so große Mühe mache«, wiederholte Eva, als meine Mutter das Haus verließ. »Gerade heute.«

»Das mach ich doch gern, Eva. Es ist so aufregend für mich. In zwei bis drei Stunden kann ich wieder zurück sein. Die Sommertage sind so lang, da haben wir reichlich Zeit für die Vorbereitungen für den *Schabess.*«

Asa begleitete meine Mutter.

Kurz nachdem sie abgefahren waren, hielt ein Taxi aus Detroit vor unserem Haus. Eine Frau stieg aus. Sie hatte tiefschwarze Haare und trug eine gerüschte weiße Bluse zu einem grauen Rock. Zwischen den Rosen entlang kam sie den Gehweg auf unser Haus zu. Ich begrüßte sie an der Tür.

Die Frau lächelte und fragte nach meinem Namen.

»Joseph ist ein ausgezeichneter Name. Ich heiße Hannah Arendt. Ich würde gern mit Miss Laquedem sprechen.«
Ich ging hinauf, um Eva zu holen. Als sie aus dem Zimmer kam, sagte sie leise zu mir: »Würdest du bitte bei mir bleiben und mir helfen, falls ich etwas für die Besucherin brauche? Du warst mir eine so große Hilfe, Joseph, als die Abgesandten aus Jerusalem kamen.«
Ich hatte keine Ahnung, wie ich ihr bei den Abgesandten geholfen haben sollte, aber ich begriff, dass sie aus irgendeinem Grund nicht mit der Besucherin allein sein wollte; genauso war es gewesen, als die Abgesandten kamen.
Der Gedanke, etwas dazutun zu können, dass Eva sich ruhiger und besser fühlte, gefiel mir. Ich war so etwas wie ein Leibwächter oder der Haushofmeister der Königin. Obwohl doch eine Königin der mächtigste Mensch im Land war, brauchte sie dennoch ihre Wachen und Berater, die sie unterstützen. Wie sollte sie sich sonst um so viele Dinge kümmern können? Ich war sehr stolz, dass Eva mich bei sich haben wollte, und freute mich, dass sie meine Mutter und Asa auf einen langen Botengang geschickt hatte.
Im Wohnzimmer begrüßte die Besucherin Eva auf Deutsch.
Eva reichte ihr die Hand und antwortete auf Englisch. »Wollen wir uns hier ins Wohnzimmer setzen?«
Dr. Arendt nickte zu mir herüber.
»Joseph wird uns Gesellschaft leisten«, sagte Eva.
»Nun ja, wenn Sie das wünschen«, gab die andere ein wenig unsicher zurück.
Dr. Arendt setzte sich in den Ohrensessel. Ich setzte mich neben Eva aufs Sofa, wie ich es auch getan hatte, als die Abgesandten kamen. Anfangs nahm Eva noch nicht meine Hand.
Ich war stolz auf Eva. Sie war so schön. Und alle möglichen wichtigen Leute kamen sie bei uns besuchen.

Wie sie da Eva gegenüber saß, wirkte die Besucherin ziemlich hässlich.
»Vor Jahren«, begann sie, »als ich in Heidelberg studierte, hörte ich einen Vortrag Ihres Vaters über das Thema Prophezeiungen. Ich studierte damals an der philosophischen Fakultät und beendete gerade meine Dissertation über den Liebesbegriff bei Augustinus. Die Auffassung Ihres Vaters vom ›Netz der Wirklichkeit‹ machte einen starken Eindruck auf mich. Ich war ganz hingerissen von seinen Ideen. In einiger Hinsicht scheint dieses Konzept natürlich auf der Hand zu liegen, und dennoch erklärte Ihr Vater es auf eine höchst originelle und interessante Art und Weise. Heutzutage finde ich diese unerwarteten Verbindungen überall, wohin ich komme.«
Eva lächelte. »Ja, diese Verbindungen überraschen uns immer wieder, in Wahrheit sind sie jedoch die natürliche Ordnung der Dinge.«
»Sie können auch sehr beunruhigend sein, finden Sie nicht?« Dr. Arendt schwieg einen Moment und starrte Eva an.
Eva ergriff meine Hand. Ihre Finger waren kalt.
Dr. Arendt fuhr fort: »Da wir gerade vom ›Netz der Wirklichkeit‹ sprechen – vermutlich fragen Sie sich, wie ich Sie gefunden habe. Zu meiner größten Überraschung erfuhr ich von Professor Xavier Hirschmann, dass die Tochter von Enoch Laquedem hier in der Gegend sei. Aber Hirschmann konnte mir nicht sagen, wohin Sie gegangen sind. Ich hatte nicht erwartet, Sie so mühelos zu finden. Ich erfuhr Ihre Adresse zufällig durch den Amitzer Rebbe. Ich fand es seltsam, dass Sie sich mit Professor Hirschmann getroffen haben, obwohl Sie vermutlich das gleiche von mir denken.«
»Warum sagen Sie das? Er war ein Kollege meines Vaters.«
Dr. Arendt sah Eva sehr lange an; dann richtete sie ihren Blick auf mich. Sie sagte etwas auf Deutsch.

Eva sagte: »Was immer Sie mir zu sagen haben, können Sie mir auf Englisch sagen.«
Ich hatte eine schreckliche Ahnung. Ich wurde nervös. Mir kam der Gedanke, dass Eva mich gebeten hatte, mit ihr ins Wohnzimmer zu kommen, um einmal mehr Zeuge zu sein. Wofür, das konnte ich mir nicht vorstellen. Was konnte sie von mir wollen? Ich hatte keine Ahnung. Auch heute weiß ich noch nicht, warum sie mich dabeihaben wollte. Vielleicht wusste sie es selber nicht. Glaubte sie etwa, ich könnte sie vor schlechten Nachrichten beschützen?
Dr. Arendt sagte: »Wie Sie wünschen. Ich habe keine Zeit für Diskussionen. Hat Herr Professor Hirschmann Ihnen von seiner bemerkenswerten akademischen und klerikalen Vergangenheit erzählt?«
»Er hat für viele der Zeitschriften geschrieben, für die auch mein Vater schrieb. Erst kürzlich habe ich einige seiner alten Artikel in der ›Biblischen Monatsschrift‹ gefunden, und …«
Dr. Arendt winkte ab. »O ja, er ist ein großer Experte – und ein großer Nazi. Deswegen wurder er 1942 nach Prag geschickt.«
Eva wurde blass. »Prag? Er hat mir gesagt, er wäre niemals in Prag gewesen.«
»Professor Hirschmann wurde nach Prag geschickt, um die Handschriften und Bücher zu begutachten, die in ganz Böhmen und Mähren beschlagnahmt und an das Jüdische Museum geschickt wurden. Als Professor Hirschmann eintraf, war Ihr Vater natürlich nicht mehr mit seiner normalen Beschäftigung betraut. Er war ein Zwangsarbeiter, der Bücher und Handschriften sortierte.«
»Ein Zwangsarbeiter?« Ich spürte, wie Evas Hand in der meinen ganz leicht zitterte.
Dr. Arendt machte ein Geräusch, das wie ein Schnauben klang. »Ich muss mich über Sie wundern, eine so gebildete junge Frau! Und auch noch Naturwissenschaftlerin.«

Eva sah sie scheigend an.
»Selbstverständlich interessierte sich Professor Hirschmann sehr für Ihren Vater«, fuhr Dr. Arendt fort.
»Für meinen Vater?«
»Ja, ja, für Ihren Vater.« Sie klang ungeduldig. »Wir glauben, dass Hirschmann mehrere Handschriften aus den Beständen des Museums und von jenen, die aus den Beschlagnahmen stammten, an sich genommen hat. Aber ohne richtige Beweise ist das kaum zu belegen. Für einen abgesprungenen Kleriker ist er sehr reich geworden.«
Eva nickte ernst. »Ich verstehe immer noch nicht, Frau Doktor. Warum hat er mich belogen?«
»Die ganze Welt ist voller Lügner. Man kann nicht sein Leben lang so tun, als sei das nicht so.«
»Aber warum haben Sie sich dann mit ihm getroffen? Und warum war er einverstanden, sich mit Ihnen zu treffen?«
»Weil wir ihm große Schwierigkeiten machen können, wenn er nicht kooperiert. Er besitzt viele Dinge, die wir wollen und die er illegal erworben hat. Aber wir müssen vorsichtig sein, damit wir sie sicher zurückbekommen. Es ist eine sehr heikle und schwierige Situation. Wir können es uns nicht leisten, dumme Fehler zu begehen. Fehler können schwerwiegende Folgen haben.«
»Und was hat das alles mit mir zu tun?«
»Hat Hirschmann Ihnen etwas aus seiner eigenen Sammlung gezeigt? Hat er Ihnen das De-Braga-Gebetbuch gezeigt? Es wurde während des Krieges in Brünn beschlagnahmt und ans Jüdische Museum geschickt. Die ursprünglichen Besitzer sind tot. Jetzt ist es verschwunden. Wir glauben, dass Professor Hirschmann es gestohlen hat.«
»Er hat mir nichts weiter gezeigt als sein Geld. Er wollte etwas von mir.«
»Ja, das sagte er mir. Er wusste, dass Ihr Vater den ›Augsburger

Codex‹ besitzt. Das war kein Geheimnis. Den wollte er auch für seine Sammlung. Sammler können richtig besessen sein. Es ist die alte *cupiditas* – die Gier nach materiellen Dingen. Aber der Professor musste äußerst vorsichtig sein. Er durfte sich nicht dabei erwischen lassen, dass er Gegenstände an sich nahm, die damals Eigentums des Großdeutschen Reichs waren. Und er brauchte Hilfe beim Fälschen der Eintragungen in den dicken Inventarlisten, die zusammengestellt wurden. Trotzdem war er bereit, gewisse Risiken einzugehen.«

»Risiken?«

Dr. Arendt sprach langsam, wie mit einem Kind: »Professor Hirschmann versprach Ihrem Vater das Leben, wenn er ihm den ›Augsburger Codex‹ gäbe.«

»Das Leben?« Eva zog ihre Hand aus der meinen. Ich dachte, sie würde in Ohnmacht fallen, wie sie es getan hatte, als die Abgesandten ihr berichteten, dass ihr Vater gehängt worden war. Irgendwie beherrschte sie sich jedoch. Steif aufgerichtet saß sie auf dem Sofa.

Dr. Arendt fuhr fort: »Ob es stimmt, was er behauptet, kann ich nicht sagen. Professor Hirschmann behauptet, er habe sich erboten, Ihren Vater persönlich mit seinem Wagen in die Schweiz zu bringen. Die Frau des Professors war Schweizerin, und die Hirschmanns fuhren ohne Probleme ständig hin und her. Obwohl es für sie gefährlich geworden wäre, wenn man sie mit Ihrem Vater erwischt hätte. Aber Ihr Vater besaß nicht, was er wollte.«

Eva wurde aschfahl. »Natürlich nicht. Ich hatte den Codex mitgenommen.«

»Es scheint so. Aber das wollte Ihr Vater Hirschmann nicht sagen. Er fürchtete, Sie könnten dadurch in Gefahr geraten; Deutschland war ja mit Japan verbündet. Er war nicht sicher, ob sie nicht noch in Hirschmanns Reichweite waren. Er sagte zu ihm, der Codex sei gestohlen worden. Professor Hirschmann glaubte ihm nicht. Er hielt Ihren Vater am Leben, so lange er konnte, selbst als die anderen Zwangsarbeiter des Museums mit den Transporten verschickt wurden. Er dachte, Ihr Vater würde die Handschrift letzten Endes doch hergeben. Aber es dauerte nicht lange, bis Hirschmann herausfand, dass Ihr Vater eine Tochter hatte und dass diese aus Europa abgereist war. Er zählte zwei und zwei zusammen. Von da an hatte Hirschmann keine Verwendung mehr für Ihren Vater.« Dr. Arendt hielt einen Augenblick inne. »Den Rest seiner Geschichte glaube ich ihm nicht.«

»Den Rest seiner Geschichte?«

Dr. Arendt atmete tief durch. »Es ist mir unangenehm, in all diese grässlichen Dinge verwickelt zu werden. Es ist zu deprimierend und zeitaufwändig. Ich habe so viel eigene Arbeit zu erledigen.«

»Bitte, erzählen Sie weiter!«

»Ich nehme an, die Tochter von Enoch Laquedem hätte reagiert, wenn Professor Hirschmann wirklich versucht hätte, sie in Japan zu erreichen.«

Eva sah sie verständnislos an. »Was haben Sie gesagt?«

»Hat irgendjemand jemals versucht, in Japan mit Ihnen Kontakt aufzunehmen?«

Als Eva antwortete, war ihr Flüstern kaum zu verstehen. »Nein. Niemand hat versucht, mich dort zu erreichen. Niemand. Einmal, ein paar Wochen nach meiner Ankunft, habe ich von meinem Vater gehört. Vielleicht hat man es versucht, aber ich war mit meinem Mann sehr viel auf Reisen.«

»Wann wurde Ihr Mann hingerichtet? Meine Informationen darüber sind nicht sehr eindeutig. 1944? ... Tut mir Leid, ich kann Sie nicht verstehen.«

»Nein, 1943.«

Es dauerte einen Moment, bis ich begriff. Eva hatte gelogen. Ihr Mann war nicht an den Folgen der Atombombe gestorben. Warum hatte sie gelogen und gesagt, er sei an der Verstrahlung gestorben? Warum hatte sie gesagt, er sei mehrere Jahre lang krank gewesen?

Eva war eine Lügnerin. Die ganze Welt war voller Lügner, und Eva gehörte auch zu ihnen.

»Tut mir Leid, wegen Ihrem Mann«, sagte Dr. Arendt. »Er versuchte, den Chinesen zu helfen, nicht wahr?«

Eva nickte.

»Den Kommunisten?«

»Nein, nein, den Nationalisten.«

»Durften Sie danach noch viel reisen?«

»Nein«, sagte Eva, »nicht während des Krieges.« Sie schlug beide Hände vors Gesicht.

Dr. Arendt erhob sich. Sie kam zu Eva herüber. Sie hielt einen Moment inne, als wisse sie nicht, was sie tun solle. Dann hob sie mit beiden Händen sanft Evas Kopf an. Eva weinte.

Hannah Arendt beugte sich hinab und küsste Eva wie zur Versöhnung auf die Stirn.

Dann blieb sie lange vor Eva stehen.

Schließlich sagte sie: »Es tut mir Leid, Mrs. Higashi. Ich muss Ihnen noch eine Frage stellen. Der ›Augsburger Codex‹ ist ein großer Kulturschatz unseres Volkes. Es wurde ja so viel vernichtet. Ein Museum in Jerusalem würde ihn gern erwerben. Dort kann er studiert und von vielen Menschen besichtigt werden. Wenn Sie sich von ihm trennen können, würde ich ein faires und großzügiges Angebot vermitteln.«

Eva konnte nicht sprechen. Mit einer Handbewegung bat sie Dr. Arendt wegzutreten.

»Sie brauchen sich nicht jetzt gleich zu entscheiden. Denken Sie gründlich darüber nach! Es hat keine Eile. Möglicherweise wäre das Ganze von Vorteil für Sie.« Sie reichte Eva eine Visitenkarte. »Ich möchte nicht falschen Alarm schlagen. Professor Hirschmann ist alt und schwach, ich glaube kaum, dass er Ihnen etwas antun kann.

Aber ich traue ihm einfach nicht. Ich fürchte, er würde nicht lange brauchen, um herauszufinden, wo Sie sich aufhalten. Ich wundere mich, dass er das nicht schon getan hat.«
Eva schwieg.
Dr. Arendt wandte sich zum Gehen. Ich stand auf.
»Ich freue mich, dich kennen gelernt zu haben, Joseph. Ich wünsche dir alles Gute. Ich weiß, du hast jetzt viele schlimme Dinge gehört. Das ist sehr bedrückend, sogar für Erwachsene, aber wir dürfen die Hoffnung für die Zukunft nicht aufgeben.«
Ich wusste nicht, was ich sagen sollte. Ich nickte nur.
»Ich finde allein hinaus. Mein Fahrer wartet. Du solltest bei ihr bleiben, bis es ihr besser geht.«
Als Dr. Arendt fort war, blieb Eva auf dem Sofa sitzen. Ich blieb im Wohnzimmer, wie man es mir geraten hatte. Eva schien nicht zu merken, dass ich bei ihr war.
All diese Jahre später schäme ich mich noch immer für meine damalige Reaktion. Ich konnte nicht anders. Ich war auf einmal wütend. Die Wut war so stark, dass sie mich selbst überraschte und ängstigte.
Eva schenkte mir keine Beachtung. Sie hatte mich doch gebeten, bei ihr zu bleiben, sie hatte getan, als seien wir gleich, und nun ignorierte sie mich. Sie saß auf dem Sofa und starrte düster vor sich hin.
Ich wusste, dass sie soeben etwas Schreckliches erfahren hatte, dass sie das Einzige mitgenommen hatte, das ihrem Vater das Leben hätte retten können. Ihr Vater hatte ihr verboten, die Handschrift mitzunehmen, sie hatte ihm nicht gehorcht, und er war getötet worden.
Vielleicht wurde sie deswegen gestraft, sodass sie auf der Welt umherwandern musste.
Selbst damals wusste ich, dass meine Gedanken schändlich waren. Mir fiel ein, dass es vielleicht keinen Unterschied machte, ob sie

den »Augsburger Codex« nun mitgenommen hatte oder nicht. Professor Hirschmann hätte ihren Vater ausgetrickst und sich die Handschrift angeeignet. Enoch Laquedems Leben jedoch hätte er nicht gerettet. Es war sehr mutig von ihr gewesen, den Codex mitzunehmen. Ich könnte niemals so mutig sein. Ich könnte niemals so sein wie sie. Wie hatte ich jemals denken können, wir seien gleich?

Wie konnte ich in so einer Zeit an meine eigenen Gefühle denken? Trotzdem war ich wütend.

Als Eva dort auf dem Sofa saß, wirkte sie noch schöner, schöner als ich sie zum ersten Mal sah. Ihre roten Haare hatten sich ganz leicht gelöst und wirkten üppiger und luxuriöser denn je. Die Haut an ihren Händen und Beinen war glatt und hell. Und weil sie so schön war, schien sie sich immer weiter von mir und der kleinen Welt, die ich kannte, zu entfernen.

In diesem Augenblick wurde mir klar, dass sie uns verlassen würde. Sie würde uns verlassen, wie mein Vater uns verlassen hatte und wie sie ihren Vater verlassen hatte. Mich hatte sie jetzt schon vergessen.

Immer wieder dachte ich: Sie hat mich gebeten, bei ihr zu bleiben, und nun hat sie mich vergessen, obwohl ich hier vor ihr stehe. Sie wird uns verlassen.

Panik stieg in mir hoch.

Eine halbe Stunde später kam meine Mutter mit Asa nach Hause. Eva saß immer noch auf dem Wohnzimmersofa und starrte vor sich hin.

Aufgeregt kam meine Mutter ins Zimmer. »Stellen Sie sich vor, Eva! Ich hab den Artikel gefunden, den Sie suchen, und noch einen anderen, der so interessant ist, dass ich ihn gleich dort lesen musste … Was ist los, Eva?«

Eva blickte auf.

»Es geht mir gut, Adele. Würden Sie bitte für mich Dr. Fairclough anrufen?«
»Was ist denn passiert, Eva?«
Langsam erhob sich Eva und ging zur Treppe. Schließlich wandte sie sich zu meiner Mutter um. Mit beiden Händen glättete sie ihre Haare. »Es geht mir gut, Adele. Ich muss mich nur ein wenig ausruhen. Aber ich wäre dankbar, wenn Dr. Fairclough so bald wie möglich zu mir kommen könnte.«
Während Eva hinaufging, fragte mich meine Mutter eindringlich: »Was ist geschehen, Joseph?«
»Ich weiß es nicht«, log ich. »Die Dame von der Kommission ist gekommen. Die beiden haben lange gesprochen. Ich habe kein Wort verstanden. Sie haben in einer fremden Sprache gesprochen.«

Kapitel 28

Kapitel 28

Am Nachmittag kam Dr. Fairclough zu Eva. Er ging nach oben und unterhielt sich mit ihr auf ihrem Zimmer.

Eva erinnerte ihn an das Versprechen, das er ihr an dem Tag gegeben hatte, an dem wir auf den See hinausgefahren waren und das Nordlicht gesehen hatten: »Wenn Sie es jemals wollen, werde ich Sie überall hinbringen. Sie brauchen nur ein Wort zu sagen. Hier auf dem Wasser kann man absolut frei sein, und alle diese imaginären Grenzen verschwinden.«

»Ich werde morgen abreisen«, erklärte sie meiner Mutter, als Dr. Fairclough das Haus verlassen hatte. Dr. Fairclough hatte sich bereit erklärt, am folgenden Morgen zu kommen und Eva auf der »Oiseau de la Mer« fortzubringen.

»Aber warum?«, fragte meine Mutter.

»Ich habe herausgefunden, dass Professor Hirschmann ein böser Mensch ist. Er könnte versuchen, mich hier zu finden.«

»Aber dann rufen wir die Polizei. Die wird Sie beschützen. Wie kann dieser Mann Ihnen Schaden zufügen?«

Eva lächelte, als spreche sie mit einem Kind. »Nein, Adele. Das würde nichts nützen.«

»Bitte, Eva, gehen Sie nicht! Sie können nicht immer davonlaufen. Das ist keine Lösung. Niemals.«

»Manchmal ist es aber alles, was man tun kann, Adele.«

»Manchmal, aber jetzt nicht mehr. Sie sind erregt, Eva. Bitte, warten Sie. Bitte, bleiben Sie noch eine Zeit lang, und dann entscheiden Sie sich in Ruhe!«

»Ich kann nicht, Adele. Es tut mir Leid.«

»Aber wo soll denn alles anders sein? Wo soll es für Sie besser sein?«

Eva lächelte. »Ich wollte Ihnen das hier geben, Adele.« Sie löste das Rubinarmband, das sie an dem Tag gekauft hatte, an dem sie zu uns nach Windsor gekommen war. Sie drückte es meiner Mutter in die Hand.

»O nein, das kann ich nicht annehmen, das ist viel zu kostbar«, sagte meine Mutter und gab es Eva zurück.

Eva wollte nicht locker lassen, aber meine Mutter blieb fest. »Nein, nein, Eva. Ich kann das nicht annehmen. Vielleicht brauchen Sie es eines Tages. Es muss ein kleines Vermögen wert sein.«

An jenem Tag, nach dem Beginn des Sabbat, aß Eva nicht gemeinsam mit uns zu Abend. Sie blieb in ihrem Zimmer und packte ihren Schrankkoffer.

Bis auf die Segensworte nahmen wir unsere Sabbatmahl schweigend ein. Später ging ich in den Garten hinaus und beobachtete Eva durch die Fenster. Sie ging genau wie am Abend ihrer Ankunft in dem erleuchteten Zimmer hin und her und hielt dabei Gegenstände in den Händen, die ich nicht genau erkennen konnte, verschwommene Formen, die zusammen mit ihrem Schatten auf die Vorhänge projiziert wurden.

In jener Nacht träumte ich, dass Eva und mein Vater im Garten spazieren gingen und sich die Rosen ansahen, die ich gepflanzt hatte.

»Wie schön die Rosen sind, die Joseph gepflanzt hat!«, rief sie aus.

»O ja! Sehen Sie, wie sie gewachsen sind!«

Mein Vater lächelte Eva an und fragte sie: »Wie heißen denn diese Blumen da?«

»Das sind Abendgesichte, Mr. Ivri«, sagte Eva, und auf einmal wurde sie so blass und gelb wie mein Vater.

Darüber erschrak ich so sehr, dass ich in Schweiß gebadet aufwachte und die ganze Nacht nicht mehr einschlafen konnte.

Kurz nach Tagesanbruch hörte ich, wie Dr. Fairclough mit seinem Kombiwagen kam.

Ich stieg aus dem Bett und zog mich an. Ich kam an Evas Tür vorbei. Sie war offen.

Eva stand mit Dr. Fairclough neben dem Bett. Sie trug dasselbe schimmernde blaugrüne Kleid, das sie an dem Tag getragen hatte, an dem sie zu uns gekommen war.

Wie ich sah, war das Zimmer wieder so zurückverwandelt worden, wie es gewesen war, bevor sie kam, nur dass es jetzt trotz des hereinströmenden Sonnenlichts noch öder und farbloser wirkte als zuvor.

All ihre schönen Dinge hatte sie eingepackt.

»Guten Morgen, Joseph«, sagte sie. »Könntest du dem Doktor mit meinem Schrankkoffer helfen, wenn es dir nichts ausmacht? Es tut mir Leid, dich bemühen zu müssen.«

Obwohl es Sabbat war, half ich Dr. Fairclough, Evas Schrankkoffer hinunter und zum Wagen zu tragen.

»Du wirst aber mächtig stark!«, sagte Dr. Fairclough außer Atem.

Nachdem wir den Koffer im Auto verstaut hatten, kam Dr. Fairclough ins Haus zurück, um Eva zu holen.

Sie kam vom ersten Stock herunter. Sie stellte ihre Handtasche am Fuß der Treppe ab. Genau wie bei ihrer Ankunft enthielt sie ihre beiden kostbarsten Schätze, das Manuskript der »Wolkengloriolen« und den »Augsburger Codex«.

Ich konnte eine Ecke der Lackschatulle, in der der Codex war, herauslugen sehen. Ich dachte an Mrs. Miyashita und fragte mich, ob sie jemals ihre Tochter gefunden hatte, und wenn ja, ob ihre Tochter sie wieder liebte.

Eva wandte sich um und lächelte Dr. Fairclough zu. »Ich bin Ihnen sehr dankbar, Doktor. Ich weiß nicht, was ich ohne Ihre Hilfe hätte tun sollen.«

»Ich bin glücklich, Ihnen helfen zu können, auch wenn ich traurig bin, dass Sie uns verlassen.«

»Ich würde gern ein paar Minuten mit meinen Freunden sprechen, Doktor«, sagte Eva. »Würden Sie mich bitte entschuldigen?«

»Selbstverständlich, Madame. Wir haben alle Zeit der Welt.« Er verbeugte sich. »Der Captain steht zu Ihren Diensten.«

Dr. Fairclough ging hinaus, um auf der vorderen Veranda zu warten.

Eva kam ins Wohnzimmer. Meine Mutter und Asa waren gerade herunter gekommen. Eva stand ein Stückchen von uns entfernt. Es war, als begegneten wir einander zum ersten Mal. Wir waren alle ein wenig verlegen. Eva blickte liebevoll von meiner Mutter zu Asa und dann zu mir.

»Ich würde gern noch einmal den Garten und die Sonnenuhr sehen.«

Meine Mutter und Asa folgten ihr durch die Küche und zur Hintertür hinaus.

Ich zögerte ein oder zwei Sekunden.

Ich konnte es nicht ertragen, Lebwohl zu sagen. Ich schämte mich, weil ich, nachdem Hannah Arendt sich verabschiedet hatte, so egoistisch und so wütend auf Eva gewesen war.

Ich stand am Fuß der Treppe neben Evas Handtasche. Ich stellte mir vor, den »Augsburger Codex« in Händen zu halten. Das Bild war so lebendig, als stünde ich neben mir und beobachte mich, wie es ein Fremder getan hätte.

Panik stieg in mir auf. Ich konnte nicht mehr atmen und verspürte einen schrecklichen Schmerz in der Brust.

Ich konnte es nicht ertragen, allein im Haus zu sein.

»Ach, Joseph!«, sagte Eva, als ich in den Garten kam.

Die drei standen um die Sonnenuhr herum. Einen Moment wusste keiner von uns etwas zu sagen. Meine Mutter und Asa weinten. Meine Mutter schneuzte sich in ihr weißes Leinentaschentuch. Schließlich konnte es Asa nicht mehr aushalten; er lief zu Eva hinüber und packte sie mit seinen dünnen Ärmchen fest um die Taille.

»Ach, Eva, Eva … Warum verlassen Sie uns?«

Sie zögerte einen Moment, dann sagte sie: »Du wirst mir am meisten fehlen, Asa.« Bis zu dem Augenblick hatte sie nicht geweint, nun aber füllten sich ihre Augen mit Tränen.

»Warum können Sie denn nicht einfach hierbleiben?«

Sie beantwortete seine Frage nicht. Sie bückte sich und zog ihm das große, quadratische Tuch aus reiner blauer Seide vom Kopf. Es wehte zwischen ihnen wie ein Geist.

Sie sah ihm aus nächster Nähe in die Augen. »Du hast mir so viel Freude gemacht, Asa. Weißt du das? Und jetzt sieh mich genau an, sieh mich an, Asa, damit du mich nicht vergisst!«

Sie strich ihm das Haar zurück. Sein Gesicht war nass von Tränen.

»Wirst du mich auch niemals vergessen, Asa?«

Er schüttelte den Kopf. »Nein«

»Niemals?«

»Niemals, Eva.«

Sie küsste ihn auf die Stirn und ließ ihre Lippen lange auf ihr ruhen.

Dann richtete sie sich wieder auf und wandte sich zu mir, um mich zu umarmen. »Du hast mir so mannigfach geholfen, Joseph. Du bist stark. Ich werde dir immer dankbar sein.«

Danach schloss sie meine Mutter in die Arme und flüsterte ihr ins Ohr: »Ich werde niemals vergessen, wie lieb Sie zu mir waren, Adele. Verzeihen Sie, wenn ich zu egoistisch war.«

»Aber nein, nein!«, wehrte meine Mutter ab. »Dieser Gedanke ist mir niemals gekommen.«

Eva trat zurück und lächelte.

Dann umarmte sie jeden von uns noch einmal, zuerst Asa, dann mich und zuletzt meine Mutter, langsam, liebevoll, und dieses Mal ohne ein Wort.

Wir begleiteten sie nicht ins Haus zurück und zum Wagen hinaus. Das hätten wir nicht ertragen.

Wenig später hörten wir Dr. Faircloughs Kombiwagen wegfahren.

Kapitel 29

Kapitel 29

Nachdem Eva fort war, blieben wir auf den Gartenstühlen rings um die Sonnenuhr sitzen. Mutter und Asa weinten leise. Ich litt sehr, aber ich weinte noch immer nicht. Wie lange wir da saßen, weiß ich nicht mehr. Mir kam es wie eine sehr lange Zeit vor. Schließlich sagte meine Mutter ganz leise: »Wir müssen uns jetzt fertig machen, Kinder. Es wird spät.«

Als wir das Haus verließen und die Verandatreppe hinabstiegen, schritten wir unter dem Spalier mit den Gracious Majesties hindurch, an denen noch immer viele Blüten prangten, obwohl sie ihre beste Zeit eindeutig hinter sich hatten. Ich spürte, dass die Rosen traurig waren, aber ihr Schmerz war mir gleichgültig. Meine eigene Trauer schien mir um so viel größer und so viel unerträglicher zu sein. Schließlich hatten sie nur ein sehr kurzes Gedächtnis und würden nicht sehr lange leiden.

Schweigend gingen wir zur Synagoge. Es war ein heißer und strahlender Morgen. Zutiefst betrübt wanderten wir unter einem schattigen Baumdach nach dem anderen dahin.

Ich blickte immer wieder zum Haus zurück. Von Zeit zu Zeit blieb meine Mutter stehen, um wieder zu Atem zu kommen.

Als wir in der Synagoge ankamen, hatte man die Thora bereits aus ihrem Schrein geholt. Rabbi Kremlach begleitete sie mit mehreren anderen Männern durchs Allerheiligste.

Ein leises Gemurmel lief durch die Gemeinde. Alle wandten den Kopf, um uns besser sehen zu können, als Asa und ich den Bereich der Männer betraten und meine Mutter den Gang zur Abteilung der Frauen entlangschritt.

Rabbi Kremlach stieß einen hörbaren Seufzer der Erleichterung aus. »Ach Joseph!«, hörte ich ihn sagen.
Ich ging nicht zu meinem Platz, sondern hastete zur *Bima*, wo die Tora inzwischen niedergelegt wurde. Ihre Silberverzierungen, die turmspitzenförmigen Kreuzblumen und der Filigranschild sowie der bestickte Mantel, Gold auf blauem Samt, wurden entfernt.
Meine Mutter setzte sich ganz vorn in die Frauenabteilung. Weit vorgebeugt auf ihrem Platz, ließ sie mich keinen Moment aus den Augen. In den Händen hielt sie ihren *Chumesch*. Ihre Augen waren noch immer rot.
Die große Thorarolle wurde vor mir entrollt. Jemand sprach einen Segen. Ich griff nach dem silbernen Thorazeiger und sah auf das große Pergamentmeer hinab.
Zu meinem Entsetzen lagen die Buchstaben und Wörter dort ungeordnet durcheinander. Sie waren für mich unentwirrbar. Hin und her trieben sie, verblassten und zerflossen. Ich konnte mich nicht daran erinnern, was diese Buchstaben bedeuteten und warum ich hier war.
Mein Gesicht brannte. Ich konnte weder lesen noch mich bewegen. Ich stand da, den Silberzeiger in der erhobenen Hand, und verharrte regungslos vor der Thora.
Ich wusste nicht, was ich tun sollte.
Dann hörte ich eine getragene Stimme aus der Abteilung der Frauen. Es war die Stimme meiner Mutter, ihre geduldige Stimme, mit der sie immer so liebevoll mit meinem Vater und mit Eva, mit Asa und mit mir gesprochen hatte.
Ich hörte, wie meine Mutter Wort für Wort syntaktisch eingebunden formulierte. Obwohl sie ziemlich laut sprechen musste, damit ich sie an der *Bima* hörte, klang ihre Stimme sanft und freundlich.
Es war ihre Stimme und es war die Stimme ihres Vaters.
Eine Stille senkte sich über die Gemeinde, als lauschten die Menschen angestrengt auf die Nachrichten über ihre Zukunft, denn die

Zukunft der Welt wie auch ihre Vergangenheit sind in der Thora verborgen.

»›*V'yisu … mairamses … va'yachanu … b'sukkos …* Und sie zogen … von Ramses … und sie lagerten … in Sukkos.‹«

Langsam, ganz langsam sagte meine Mutter mir die Worte der Thora vor, eins um das andere, mit einer Pause dazwischen, während ich sie für die Gemeinde wiederholte.

»›*V'yisu … m'sukkos …* Und sie zogen … von Sukkos … und lagerten … in Eisom … das am Rand der Wüste liegt.‹«

Anfangs sprach ich die Worte nur nach, ohne sie wirklich aus der Thora zu lesen, wie ich es eigentlich hätte tun müssen. Ich begriff nicht einmal ihre einfachste Bedeutung. Ich ahmte nur die Laute nach, wie es nach Ansicht meiner Mutter Nebukadnezar tat. Ich folgte lediglich der Stimme meiner Mutter, weil meine Augen jetzt voll Tränen standen und ich nichts mehr sehen konnte.

Während meine Mutter fortfuhr, mir vorzulesen, und ihre Stimme zu mir drang, begannen die heiligen Buchstaben wieder in mein Blickfeld zurückzuschwimmen, sich auf dem hellen Pergament der ausgebreiteten Rolle zu materialisieren.

Jetzt standen die Buchstaben und Wörter Reihe um Reihe mit ihren herrlichen Kronen und schönen Verzierungen senkrecht da wie edle Könige und vornehme Königinnen, die voll Stolz ihr Reich betrachten. Sie blickten zu mir auf. Sie sprachen in ihrer königlichen Sprache zu mir und sangen in majestätischen Tönen. Gemeinsam berichteten sie von sich und ihrer uralten Geschichte, einer Geschichte aus fernen Zeiten, in unserer Welt immer wieder neu geboren, bewahrt von jeder Generation und im Leben aller Kreaturen.

Und sie berichteten von Eva, von der Wanderschaft ihrer Seele, ihrem Reichtum an Wissen und ihren schimmernden Gewändern, ihren schier unerträglichen Sehnsüchten und ihren Augenblicken der Trauer. Eine Lebensgeschichte, wie sie auch ich mit Sicherheit haben würde: das Pilgerleben, das allen, die in diese Welt geboren werden, zu teilen bestimmt ist.

Bald war ich wieder ruhig und konnte klar denken. Ich trocknete meine Tränen und las den Rest der *Parascha* allein. Ich machte keinen einzigen Fehler.

Noch während ich las, spürte ich, ohne vom Pergament aufzusehen, zu meiner großen Freude, dass Eva in die Synagoge gekommen war und in der Reihe, in der meine Mutter inzwischen stumm saß, Platz nahm.

Liebevoll umarmte sie meine Mutter.

Ich stellte mir vor, wie ich sagte: Sie sind zurückgekommen!

Als ich mit der Lesung fertig war, wagte ich es aufzublicken.

Eva war nicht da.

Ich sagte mir: Vielleicht ist sie gekommen und wieder gegangen.

Doch mir war klar, dass das nicht zutraf. Ich verspürte einen ganz schrecklichen Schmerz, einen Schmerz, der im Laufe der Zeit zwar nachgelassen, mich aber niemals gänzlich verlassen hat.

Jetzt, all diese Jahrzehnte später, reise ich von Gemeinde zu Gemeinde und lese aus meinem schmalen Büchlein »Im Spiegel meiner Seele«, das nichts anders als die ineinander verwobenen Bilder all der guten Dinge enthält, die mir im Leben begegnet sind. Ich habe sie festgehalten, so gut es mir jenseits der engen Grenzen meines ephemeren materiellen Gehirns möglich war. Trotz lebenslanger Nachforschungen weiß ich noch immer nicht, wo unsere Erinnerungen in uns ihre Heimstatt finden oder wohin sie gehen, wenn wir gestorben sind.

Jetzt blicke ich auf und sehe Eva.

Wie schön, dass sie zu mir zurückgekommen ist.

Wenn sie nur bleiben würde. Wenn sie nur warten würde, bis ich zu Ende gelesen und mit der Gemeinde gesprochen habe, die vor mir sitzt.
Wenn sie nur bleiben würde, würde ich meine Aktentasche öffnen und den »Augsburger Codex« herausholen.
Dann würde ich zu ihr gehen.
Hier ist er, Eva. Es tut mir Leid.
Ich dachte, du würdest mich vergessen.
Ich dachte, ich könnte dich halten, obwohl ich jetzt weiß, dass Erinnerung und Liebe – diese klaren, unnachsichtigen Spiegel – niemals die Seele eines anderen einfangen können.
Wenn ich dies doch nur damals gewusst hätte.
Wenn doch alle Menschen Gottes Propheten wären …
Was du uns einmal erklärt hast, trifft jedoch zu: Alles, was wir jemals gesehen, gehört oder in der Hand gehalten haben, verändert uns für immer. Wenn wir einander begegnen, werden wir ein Teil voneinander.
Ich stelle mir gern vor, dass ich dir letzten Endes geholfen habe. Ich habe die Last auf mich genommen, die du so viele Jahre lang getragen hast. Ich bin immer unwürdig gewesen, bis auf diesen Schatz, den wir zu einem unerträglichen, unbenennbaren Preis gerettet haben.
Vielleicht ist es das, was du dir gewünscht hast.
Vielleicht wusstest du, dass ich den Codex und seine Bilder beschützen würde.
Wenn ich dies doch nur damals gewusst hätte.
Wenn doch alle Menschen Gottes Propheten wären …
In meinem ganzen Leben habe ich niemals etwas so Wunderschönes gesehen.
Bitte, verzeih mir! Ich habe dich einmal zu hart beurteilt. Mein ganzes Leben lang habe ich die Sünde der Undankbarkeit mit mir herumgetragen.

Ich habe dir niemals für das gedankt, was du uns geschenkt hast. Für eine kleine Weile, es ist lange her, waren wir jenen himmlischen Wesen gleich, die, höheren Sphären angehörend, über die Himmel hinblicken, und wir sahen so viel weiter, als wir es uns je hätten vorstellen können.

Danksagung

Ich möchte mich bei den vielen Leuten bedanken, die mir auf verschiedene und oft unentbehrliche Art und Weise während des Entstehens diese Buches geholfen haben: Tobias Picker, Barbara und Merton Bernstein, Kathleen und Glenn Cambor, Pedro und Cory de Armas-Kendall, Marsha Lynn Gordon, Dieter Hall, Deborah Harris, Yuko Ishikura, Eva Jägel-Guedes, Mary Jurisson, Tamar Leiter, Rachel Levy, Henriette Simon Picker, Orlando Rodriguez, Nina Ryan, Lois Rosenthal, Patti Sacher und Salomão Segal.

Besonders dankbar bin ich meiner wunderbaren Lektorin Celina Spiegel für ihre hilfreiche Klugheit und ihre geduldige Unterstützung.

Mein besonderer Dank gilt dem Deputy Prime Minister of Canada, Honorable Herb Grey, und seinem Assistenten John Haffner für ihre großzügige Hilfe beim Recherchieren der kanadischen Einwanderungspraxis nach dem Zweiten Weltkrieg. »Im Spiegel meiner Seele« ist ein fiktives Werk, und niemand sollte sich im Hinblick auf historische Tatsachen und Gesetze darauf verlassen.

Beim Schreiben dieses Romans habe ich mich auf mehrere erwähnenswerte Quellen gestützt: Der Passus über die Abendgeschichte entstammt Edward Seidenstickers hervorragender Übersetzung von Murasaki Shikibus »Der Roman vom Prinzen Genji« (»The Tale of Genji«, Knopf, New York 2000). Der *Midrasch* über die Stadt Jericho ist frei aus »The Book of the Cave Treasures« von Ephraem Syrus (306–373) übernommen worden, zitiert nach »Through the Labyrinth: Designs and Meanings over 5000 Years« von Hermann Kern (Prestel, München, 2000). Die Lobeshymne für den Quilin wurde von Shen Dus Preislied in Erinnerung an die

Präsentation einer Giraffe vor dem Ming-Hof inspiriert, zitiert in »When China Ruled the Seas: The Treasure Fleet of the Dragon Throne, 1405–1433« von Louise Levathes (Oxford University Press, 1996).

